湖南省文艺发展基金会
资助项目

月逐苏仙

梁瑞郴　著

深圳出版社

图书在版编目（CIP）数据

月迷苏仙 / 梁瑞郴著. -- 深圳：深圳出版社，
2025. 1. -- ISBN 978-7-5507-4151-5

Ⅰ. I267

中国国家版本馆CIP数据核字第2024AQ8569号

月迷苏仙
YUE MI SUXIAN

出 品 人	聂雄前
责任编辑	张若一　何　滢
责任校对	熊　星　万妮霞
责任技编	梁立新
装帧设计	焦泽亮

出版发行　深圳出版社
地　　址　深圳市彩田南路海天综合大厦（518033）
网　　址　www.htph.com.cn
订购电话　0755-83460239（邮购、团购）
设计制作　长虎·设计　CHANGHU Designstudio
　　　　　QQ:931640398
印　　刷　深圳市新联美术印刷有限公司
开　　本　889mm×1194mm　1/32
印　　张　8
字　　数　181千
版　　次　2025年1月第1版
印　　次　2025年1月第1次
定　　价　48.00元

目 录

第一辑 胜步

第四辑 吆喝

第一辑

胜步

山与水，
物与人，

相依相谐，
几成圣手丹青。

雪漫天门山

　　我欲登天门山，前两次未果，眼前已是第三次了。和朋友谈及前两次与天门山失之交臂的遗憾，不由得就想起李白《行路难》中所言，"欲渡黄河冰塞川，将登太行雪满山"。我登天门山，有如李白登太行山一样，两次均因大雪阻隔而不能成行。当时从安全的角度、严寒的天气及我的身体条件考虑，朋友们均反复劝诫，暂时放弃吧，今后有机会再登吧！

　　于是前两次都放弃了，便有了第三次登天门山。世上的事，真是无巧不成书。不意登山的前一天，朋友告知，明天天门山有小雪，山上风雨交集，天寒地滑，可能又只得放弃。我心不由得一沉，难不成这老天总跟我作对？但我还是心有不甘，于是便跟朋友商量，这次登天门山，可是专程陪两位旅居美国的同学。他们此次回湘，可是重情重义之举，专程从芝加哥飞抵湖南，以圆湘雅同学的聚会之梦。聚会之后，夫妇俩非常想一睹张家界的真容。如果此次不能如愿，再去张家界就不知是猴年马月的事了，也许，就可能成为一生的遗憾。张家界的朋友见我如此恳切，反复斟酌后说，虽有小雪，但今非昔比，现在已经有了索道登顶，安全是有保障的，应该无碍。

　　此前三天，我们已游览了金鞭溪、黄石寨、宝峰湖、袁家界、大峡谷玻璃桥，可以说是饱览了张家界华彩之章。但天门山不游，仍然要留下遗憾。

旅美朋友说，飞机穿越天门洞和翼装穿越天门洞，影响很大，全世界都知道。外国人对登天门山，也是充满期待。

1999年12月，九国飞行员驾机飞越天门洞。这是朋友、策划大师叶文智的惊世之作。从此，天门山一飞冲天，闻名遐迩。

当年，虽未能到现场观看，但我们还是围坐荧屏旁，屏声静气，紧张地观看那一场特技飞行的盛典。也不知为什么，即便在守候期间，心中也有一种莫名的兴奋和紧张。想想，这种紧张是有来由的。天门洞宽57米，高131.5米，纵深60米。这对瞬间穿越的飞机来说，不能不说是危险之举，稍有差池，便可能机毁人亡。

这是一次大手笔圆满之作，人、机、山都以最完美的结局告终。至此，天门山名声大噪。

此后，接踵而至的是翼装穿越天门洞，这是特技运动世界的新潮流，新鲜，前卫，刺激。运动员从万丈悬崖腾空跃下，在不借助任何动力的情况下，仅凭空气的浮力和运动员自身的调节，飞向既定的目标。全世界的目光都聚焦于这山鹰般的飞翔，天门山再一次惊艳世界。

不知你是否发现，一切成功的创意，都深藏一条颠扑不破的真理，它必须自创，全新，往往也是唯一。

以此进行参照，我们有必要检讨今天有关旅游文化的各种节会。人们不难看到，许多地方倾力打造的这个节那个会，实则大同小异，其公式化模式化惊人相同。耗费大量的人力物力，貌似热闹，其实留不下记忆，更谈不上影响，实则是得不偿失的形式主义。

我们就在这种种的联想之中，在如同飘絮的雪花中，坐上缆车，直达天门山顶。

我在 20 世纪 80 年代，曾从泰山顶乘缆车下行至中天门，这是平生第一次乘这玩意儿。那时年轻，是脚力最盛的时期，即便是登十八盘，似乎也不是十分费劲，下山却改乘缆车，其实完全是为了体验这现代化交通工具的便利。那次体验虽说是有惊无险，却给我留下了惊悚的记忆。缆车从山顶下行约一半的时候，山中突然刮起风来，风并不大，但缆车却被吹得晃荡起来，一车人慌乱起来。此时，一位女孩子突然尖叫起来，凄厉的声音增加了恐怖感。有人大喊："不会出事吧！"慌张中，竟有人腿脚发软，一屁股坐在地上。

这第一次乘缆车的惊险之旅，让我对这玩意儿一直心存芥蒂。但这次天门山登顶之旅，让我体验到一种时代的进步。

缆车平稳，舒适，快捷。全方位的观景视角，让你在平稳的上行中饱览风光。盘旋蜿蜒的山道，跌宕起伏的绿浪，参差嶙峋的山峦，变幻莫测的云雪……你的心有多丰富，天门山的风景就有多丰富。

看风景，往往在于你有一双看风景的眼睛，这就像听音乐需要一双懂音乐的耳朵一样，世间万事万物，都互相对应，相互成就。

天门山，就在于它具有引发无穷想象的禀赋。

那穿云破雾之洞，可以想象为天之门，它的威严，在敞开的大门之间，具有某种神秘和巨大的召唤之力。如今，天梯已经铺就，如果你有足够的虔诚，你匍匐而上，不自觉中就会体验一种人间和仙界的迥异。大地之力，一步步把你托举而上。你会忍不住去幻想天之门内有仙境，从而让你在攀爬天梯时具有特别的活力。

天门山具有一种神奇的力量，让你超越自我。它绝美的风景，仙界般的气质，让人难以相信人间居然有这般鬼斧神工的造景大匠。尤其是飘雪之时，它在银装素裹中，有一种追魂夺魄的气势。

当是时，你在栈道旁找一处观景绝佳之处。极目远望，隐隐约约可见张家界市的全貌，雪让天际与城市浑然一体。雪是装饰的高手，它让一切有棱角的东西，都变得圆润而柔和，它将大地变得素雅而清纯，实在比那些五颜六色更美。

雪中的天门山，天地更壮阔雄浑，跌宕起伏的山峦，静谧而奇诡。身旁的冰凇，让人于千姿百态中感受到大自然的璀璨夺目。雪中的天门山，就是这样让你如置身于人间的幻景之中。

这样的景，在静观中默念，就能接通你大脑的天线，让你插上想象的翅膀，和翼装飞行者一样，翱翔于这连绵起伏、怪石嶙峋、峰起丛林、壁立千仞的天门山。

正是在这种默观中，我耳畔响起一支歌，它由近而远，在天际回荡。

　　　走近你，为那亘古不变的誓言，走近你，为那遥远如初的梦幻。是什么让我的心如此安宁？我终于看见了看见了天门山。天门洞开，我乘朝云欲归去，云潮如海，我化清风又重来。告别昨天，让我忘情地走回自然。

这是《天门山之歌》，它既有现实的写照，又颇有几分禅意，甚至还带有点仙气。歌是请著名的歌唱家李娜来唱的。其时李娜唱的《青藏高原》正红极一时，那苍凉高亢的声音，使她成为唱这首歌的不二人选，但歌没有唱红，李娜本人却唱进了歌里。仿佛这歌就是李娜的命运之曲。

命运弄人，人生许多的事情，都讲究一个缘字。其实许多看似偶然的东西，都包含着必然性，当人们对一些既定事实无法解释时，便认定是一种缘分。

也许，世间万事万物真有一种缘分。陪同登山的向君谈起李娜，表现出极大的兴趣。他坚定地认为，李娜与天门山，有一种前世今生的缘分，那种一见钟情，一见便决定归隐山林，一见便决定在此筑庐居住。这个决定，貌似仓促贸然，其实是一种长久的深思熟虑，她一直在寻找一处灵魂安放之处。在天门山，她觉得遇见了自己人生可遇不可求的圣地。她是那么果决，义无反顾，旋即将户口也迁往张家界，落户于此。在往后的日子里，李娜沉寂于这片山水中，与林泉相伴，几乎是天天进出于天门山寺，青灯黄卷，礼佛唱经。

许多人不解，李娜在歌坛正如日中天，前景一片辉煌，何以此时归隐山林，遁入空门？

这实在是一个精神世界的问题，任何的解答都不可能完满而准确，但李娜对名利的放下是肯定的。这是一种从名利场抽身而退的举动，你可以说是一种躲避，也可以说是一种进取，众说纷纭就见出了这一举动的复杂性。这让人联想起了弘一法师，他是民国时期的奇僧。他39岁削发为僧时，已名满天下，桃李芬芳，创造了许多中国的第一，但他斩断俗缘，抛弃名利，粪土当年万户侯，果敢地踏上向佛之路。他在放下之际，另一方面却表现出积极的进取。遁入空门之后，弘一法师致力于佛学的研究，并着重对佛教戒律最严的律宗进行研究，他所达到的修为高度，让佛门弟子奉其为律宗第十一代世祖。在中国近代史上，他与虚云和尚、印光法师、太虚法师同被尊为"四大高僧"。

历史的过程是无法设定的，人生的轨迹也具有某种不确定性。李娜归隐，在天门山的礼佛中，对人生有更深层的彻悟。天门山寺的那副联语，对她可以说有大启示，大清醒。

天外有天天不夜，
山上无山山独尊。

这是一副对仗极工整的古联，此联字面朴实简单，但满含哲理，猜想李娜面壁数月，一定是从中感受到一种佛的召唤。不久，她便匆匆离开天门山，上五台山削发为尼，皈依佛门，此时，才是一种真正的大解脱。而后，又移居美国，在洛杉矶一家寺庙里礼佛修道，法号为"昌圣"。

至此，李娜完成了她的出家三部曲。初登天门山，归隐林泉，萌生皈依佛门之念；礼佛唱经，坚定出家想法，投奔五台山落发为尼，正式皈依佛门；远赴他国，于美国洛杉矶择一寺庙定居，入佛门深入修行。

尽管李娜在天门山不过短短一年的时间，但天门山是她跨进佛门的第一步。这既是她个人佛史的发端，也不啻为天门山重要的文化积淀。

雪，比上山时下得紧了，纷纷扬扬，搅得满天皆白，天地间充盈一种飘飘欲仙的气氛。

朋友突然指着山下一小红点说，看，那就是李娜小屋！循声看去，在一片银色的世界中，李娜小屋格外显眼。当年，李娜建好木质小屋后，仅仅住了一个多月，便无偿捐给了公园管理处。现公园管理处将它扩建成一幢豪华别墅，名为李娜别墅，供游人休息观光。

在这银白的世界，李娜别墅深红的屋顶格外耀眼。我跟朋友开玩笑说，李娜跳出红尘，但俗界又还她一顶更鲜红的帽子。顺着朋友指点的地方看去，那红顶的别墅还真是银白世界最亮眼的风景。这让人想起《红楼梦》大结局中，贾宝玉披一袭猩红披风，在白茫茫的天地中出走的情形，白茫茫大地落得一片真干净。

李娜如今已在异国他乡修行论佛，据说她的母亲也远去洛杉矶与女儿同住。我问旅美的朋友是否知道李娜在美国的情况。朋友一脸茫然，既不知李娜已定居美国，更遑论了解李娜在洛杉矶寺庙孤守青灯的情况。

出家，本来就要退出俗界的舞台，抛弃昨日之我。李娜的销声匿迹，是出家的题中应有之义。

但此时，当我立于天门山栈道，观天之门、山之巍、雪之势时，就感觉它将与天地同寿，与日月同辉。若干年后，李娜会像一粒尘埃消失于这个星球，但天门山只要存在，就有可能让我们在某一时、某一刻、某一环境、某一话题中，重提李娜。青山不废，每一片绿叶发生的故事，都记载在坚固的岩石中。只要我们拂开岩石上的雪，历史就会清晰地展现在我们眼前。

谢谢这场大雪，让我们思接千载，产生那么多的联想！虽不能看到满目青山，看不到莽莽苍苍的天然次生林的真容，但这银白的世界，让我感受到天门山除了自然生态完美之外，还有文化的滋养，这些使它成为壮美而奇瑰之山。

郴江为谁流

郴，林中之邑也，意思是森林中的城市。那年大雪纷飞的时刻，我降生于郴州，故名字中有"瑞"，对应出生时刻；有"郴"，对应出生地点。既长，父亲告诉我，"瑞"不是对应出生时刻，而是家谱中的字辈。但无论如何，郴州是一座给我生命打上胎记的城市。

我生于斯并不长于斯。直到10岁时，我才第一次踏上这胞衣之地。

印象中，20 世纪 60 年代的郴州，并不比我生活的小县城更繁华。街道逼仄而逶迤，散乱而陈旧，小摊小贩的吆喝声，此起彼伏，处处弥漫市井气息。

正是这种气息，增加了我的好奇心，我用惊异的眼光，打量这座与我生命密切相关的城市。虽是匆匆而浅浅的一掠，这座城市的旧时光景，还是让人印象深刻的。

郴州也曾经令我有几分尴尬，我于满世界游走的时候，就常常被这个"郴"字弄得啼笑皆非。每有对方需我报上名来时，就多被卡在"郴"字上，即使你与对方反复解释，往往是适得其反，总不得要领，凡这时候，还只能自己动笔写出来。尤其恼人的是，许多寄赠的报刊，居然多把"郴"字写成"柳"或"彬"字。

我曾经叹息世人不读书，史有"义帝徙郴"，诗有"少游咏郴""郴江幸自绕郴山，为谁流下潇湘去"，后有"三绝碑"立于苏仙岭上，但郴州仍然于外界几成陌生。

真正让世人知晓郴州，竟是一场冰灾。

2008 年的冰灾，湖南少有，郴州更是少有。断路，断电，断水……郴州遭遇前所未有的艰难。

那个冰天雪地的世界，既有种种的艰难与困苦，也有桩桩的感天和动地。滚动式的报道，直击人心的画面，将郴州推向世人的眼前。

人们此时回头再读秦少游的诗，虽有几分伤感，但更体味出郴州的诗意与美丽。雾失楼台，月迷津渡，杜鹃声声，春寒切切，残阳树树，梅香阵阵，少游将自己的哀怨寄于山水之间，让绕山的郴江，载向诗意盎然的潇湘。

山水之美，与人生失意浑然一体，让郴江第一次载满了诗意。

少游笔下郴山和郴江的美丽，几乎沿袭千年，这种风景在后来徐霞客的笔下，凝聚成"寸土佳丽"的赞叹。

这种美丽并不被所有人欣赏。在一些人的眼中，寸土佳丽的郴州，竟成南蛮之地。我在很长的时间里，就受这种观念的支配，将原生态看成荒蛮，将亘古当成落后。

白云苍狗，似水流年，千年万年流淌的郴江，曾几何时，那些满载的诗意渐渐失去，郴江的幸与不幸，在顷刻间翻转。茂林修竹的郴山滋养一江碧水的郴江，故少游感叹，"郴江幸自绕郴山，为谁流下潇湘去"。曾几何时，在疯狂追逐资本的时候，郴江两岸的青山被开采得千疮百孔，所谓有色金属之乡，被某些人掠夺式开发，污染已成郴江之大不幸。

我曾游历过欧洲，在汩汩流淌的莱茵河畔漫步，感叹它曾因工业革命的蹂躏，一度横遭污染，变成黑河。后经上百年的治理，方使黑水变清，教训惨痛。

历史有时会在不经意中重演。我的故乡母亲河郴江，也因为有色金属的滥采，变得满目疮痍，山河有恙。它会不会重蹈莱茵河的覆辙？它会不会诗意殆尽，让郴州的母亲河失去光泽？有段时间，许多关于郴江的灾难性消息不断传入耳鼓，让我这个游子焦虑不安。

大自然的发展从来都存在因果的联系。我想起 2008 年的郴州大雪，这是大自然对人类的一次警告。当人类对大自然无度索取的时候，就埋下了大自然对人类报复的种子。一旦这种报复的力量积蓄到一定的程度，它会像火山一般迸发。一次次灾难的降临，实在是一次次严重的警告，可惜我们有些人，并未在警告的面前止步。这是郴江的悲哀，也是郴江的痛点。

历史往往会在柳暗处花明。当郴江呻吟、抽泣的时刻，江河治理、修护等一系列举措应运而生，河长制的建立，为江河披上袈裟，为江河保护建立起一整套制度。

2021年盛夏，当我再次踏上返回故乡之路时，我有一种期待，一种冀望。我想见证郴州通过治理后的景象，我想通过一次独立眼光的审视，看看母亲河郴江的变化。

晨曦初露，我便选择了郴州市内石榴湾公园这一段徒步考察。

郴江两岸，河草丰茂，沿河游道，晨光初露中已见晨练者三三两两。更有垂钓者，倚栏支起根根钓竿。我寻声问去，垂钓者便笑答，闲来无事，便来郴江打发时光。也有钓者说，这几年郴江中的鱼多了起来，手气好，也能多钓上几尾。远处，波光粼粼中，也偶听到鱼跃的声音。

晨起的练客中，多是步履匆匆的老者，也有不少的青壮年环堤小跑。大桥下的篮球场，则龙腾虎跃，一拨年轻的篮球爱好者，在晨练中显出勃勃生机。

夏风裹着青草的香味，吹走了一日的热燥，把清风送给每一位晨练者。我登上一处脚摇踏体育器械，与一旁正在锻炼的邝姓老者攀谈。邝同志刚刚退休，是一位城管工作者。他是土生土长的郴州人。他说他在郴州生活几十年，一直沿郴江居住，他经历了郴江的变迁。他说，郴江曾经有过一夜之间江水消失殆尽，也有过洪水滔天泛滥成灾的极端现象。郴江的变迁实质也是我们这些年成功和失误的见证。我点点头，非常认可邝同志的观点。他停住脚，从踏板上下来。他再次打开话闸，这些年政府在观念上发生极大转变，下了大力气整治郴江，从源头抓起，从关键点抓起，见了成效，现在的郴江，江草、飞鸟、鱼虾又现昔日的景象。尤其是穿城而过的江段，整治之后，不仅水清见底，而且成为城市里的一道亮丽风景。流水不腐也给城市带来生机。郴江，已经成了市民生活的一部分。你看，多少晨练的人！

我举目望去，沿江两岸，人声鼎沸，密密匝匝，一举手，一投足，都有悠然自得之感。

整治后的郴江，有佳丽之态，风姿绰约，柔和恬静，晨光中袅袅升起水雾，又浮现秦少游词中的诗意。

"郴江幸自绕郴山，为谁流下潇湘去？"千年前的叩问，我们不必寻求最准确的答案。但今晨我在石榴湾公园的漫步寻访，却找到了郴江注入耒水、湘江后所承载的诗意。为谁流下潇湘去的"谁"也清晰可见，这就是人民。

人民对幸福生活的追求，就是为政者的奋斗目标。郴江两岸所呈现的笑脸，所发出的欢声，是一首新时代、新气象的《踏莎行》。

弥天大雾仰天湖

"仰天大笑出门去，我辈岂是蓬蒿人。"这是最能反映李白意气风发的样子的诗句，难怪有人惊呼其为仙人谪入凡间。在漫天大雾的仰天湖，我突然想起李白的这两句诗，这种无厘头的联想，全因了仰天湖的名字，加之仰天湖密密编织的弥天大雾。

今年的秋，短促而奇异。仅仅不到 10 天的时间，便断崖似急坠，转眼中就由夏入冬了。

我到仰天湖的这天，此地正举办瑶乡欢庆秋收的丰收节。其时，秋已骤然逝去，那些欢庆的音乐只能在瑟瑟寒风中顽强响起，但仍能够给人带来一阵阵喜悦。丰收，是一年中上天对农民最高的奖赐。你瞧，在仰天湖草坪的大屋场里，那些堆集陈列的各种各样的粮食及山珍，就非常坚定地把秋挽回，让你感受到稻花飘香的阵阵秋意。尤其是高山独有的，热气腾腾的烤红薯，让人的味蕾开花，禁不住诱惑，同行者便瞬间成为了食客。雾失高台，风送寒意。这是当日仰天湖高山草原真实的写照。这座海拔 1300 多米的高台，有上万亩之阔。若是天高云淡之日，举目眺望，绿茵铺天，湖光山色，一点点微风，也可以摇动起层层绿波。那时候，你自然会想起有"楚南极地"

之称的城步南山的高山草原。它们是何其相似？无论是地形、面积还是状况都相差无几。这两座高台，当年红军长征时都曾经过。南山的壮美深深吸引了王震，面对这片为天地壮色的南方草原，他深情地说，待革命胜利后，我们要在这里建一座牧场！新中国成立后，南山牧场应声而起，如今已成为湖南的"奶库"，为人民送去优质的奶源。但如果要说这两片高山草原的美，我更要把赞美的票投给仰天湖了！

仰天湖除了微微起伏，连绵不绝，与天地相衔，与山川共色的高山草原之外，还有晶莹剔透，如仙境瑶池般的大湖。水是滋养万物的母乳，仰天湖的绿茵，在水的滋养下，草色翠碧，景如仙界。若是在春雨和秋水的洗涤下，那真是青葱欲滴，高台无尘，把最鲜嫩的草色献给天地。

可惜作家们来的这天，雾裹了仰天湖的真容，百米之外，一片迷蒙，近观尚不可能，又何谈远望呢？但许多作家还是在淅淅沥沥的小雨、冷冷冽冽的寒风中奋勇向前，企望老天开眼，能一睹仰天湖的芳容。但天不遂人愿，弥天大雾把仰天湖包得严严实实。年近八旬的老作家谭谈，在艰难登上最高顶时，不无遗憾地说，什么也没看见，有点湖光，不见草色！

新疆、北京来的朋友，也只能抱憾而归，很难想象，他们是否还有再次登临这高山草原的机会。

大雾冷雨一相逢，便胜却人间无数。我在心中对朋友们说，仰天湖一日，大雾冷雨可能会给你留下最深刻的印象，绵绵不绝的回忆。湖南郴州的北湖，居然会有这样一片高山草原，装进你的心里，容你想象。我相信，我们在仰天湖蒙古包中用餐之后，当主人用最鲜美的牛羊火锅招待你时，你会感受到绿色的味道。从来不吃羊肉的谭谈，也第一次在仰天湖破戒。他不无自豪地对我说，我第一次吃了羊肉呀，这里的羊肉居然没有任何膻气！

我们沿着盘旋山路登上仰天湖，一路上随处可见翻飞的白鹭，这些鸟之精灵，早已把这片山水，写进我们的心中！

月迷苏仙

黄昏时分，硕男、家胜、柏成诸友陪我去登苏仙岭，鼓动说，半山的竹楼，有山野佳肴，满怀清风，若是天佑，星汉灿烂，月出其中，则可亲临秦观词的意境之中，感受郴江绕郴山的无限风情。

今日的郴州，已是南国繁华的城市，三湘大地，得港澳风气之先者，莫过于郴州。据我所知，湖南吃粤港早茶的习惯，最初便是由郴州兴起，然后一路北上，风靡长衡株潭。郴州，已经处处弥漫时尚的元素、先锋的意识。我徜徉其间，旧城已荡然无存，些许模糊的印象也没有了。当年狭窄逶迤的街间小巷，在飞速向前的经济巨轮的呼啸声中，已被滚滚洪流裹挟而去，只剩下斑斑驳驳的碎片。举目四顾，你不能不惊叹它二十多年翻天覆地的变化。任何一位游子如果远行归来，莫不用沧海桑田来形容这座城市的变化。

但在这大变局中，郴州也有气定神闲，任岁月之风劲吹而不变的大家，这便是为这座城市送来第一缕阳光的苏仙岭。

在中国的名山中，苏仙岭是最不惮于寂寞的山之骄子。其悠悠人文历史可上溯汉魏而绵绵不绝，晋朝葛洪的《神仙传》、北魏郦道元的《水经注》、宋朝李昉的《太平广记》、明朝的《徐霞客游记》、清朝蒲松龄的《聊斋志异》中，均有生动记述。尤其是身世坎坷奇异的少年苏耽成仙的传说，让这座并不伟岸的山岭充满了仙风道气。秦观的词、东坡的跋、米芾的字三剑合璧的"三绝碑"，更是华夏文艺史上的奇葩。毛泽东对郴州的记忆，也都由此聚焦在苏仙岭了。

尽管如此，苏仙岭有与湘南人一样的品格，不事张扬，不求闻达，淡定而从容、淡泊而优雅，固执地坚守着那一份清高。

我们登上半山竹楼时，已是暮霭沉沉。竹楼掩映在翠竹秀木之中，简陋的竹楼充满了文趣古意。二楼四壁洞开，天风轻抚，在这夏之黄昏，它不独洗去了燥闷，而且洗濯了心灵，让你的灵魂一下子便充满了诗意。

一杯乡间的新茶，草木的醇香，泉水的甘甜久久地留在心间。不用推轩，只须西望，整个郴州市尽收眼底。暮霭中有了些雾意，郴江蜿蜒北去，虽不复当年山重水复的意境，但多少还可以找到些许"郴江幸自绕郴山"的痕迹。但城郭则无法再有当年林邑森森的情景，眼下只有闪闪烁烁的霓虹灯光和车水马龙的城市。然而十分有趣的是，苏仙岭与这座城市的共存，却似乎在告诉人们一个道理，现代化和传统并不矛盾，它们可以互相依存，和谐共生。

夜幕撒下来了。没有星星，没有月亮，竹楼外的山岭只有影影绰绰的轮廓。趁着夜色，主人端上来一盘又一盘山野乡间的菜肴，醇醇米酒的香味在这竹楼上弥漫开来，杀鸡煮食，仿佛时光倒流，饮酒举箸，让人感到了无限的古意。

然而，就在此时，眼前的林中却突然闪闪烁烁，星星点点。见我满腹的狐疑，柏成兄告诉我，苏仙岭沿路装有路灯，每到夜幕降临，便路灯齐放，这主要是为了方便夜间登山锻炼的群众。苏仙岭每天都有三万多人在晨昏两个时段健身登山。这是中国女排在郴州集训给郴州人民带来的新气象。

我们走下竹楼，来到路边，只见上下两股人流涌动。有的是祖孙，有的是夫妻，有的是朋友，有的是全家人，每个人脸上都汗水涔涔。有的健步如飞，有的闲庭信步，有的慢跑紧走，有的歌声一路，笑声一路。霎时间，整座苏仙岭都涌动着蓬勃的生命力。

真好啊！我由衷地赞叹起来，我从这些登山者的脚步声中，听到了一种文明进步的声音。

当我们在判定一个城市文明进步的程度，检验一个城市人民生活质量的高低时，的确对群众性的健身活动缺乏足够重视。其实，在市民生活质量的衡量指标中，哪个城市参与健身的群众越多，证明这个城市的文明程度越高，生活质量越高。

人生幸福的终极目标是什么？也许有人会说是财富、权势、荣誉。其实这一切与健康比较时，你不能不承认后者才是幸福人生的终极目标。

我看着从眼前走过的一个又一个脸上泛着红光的人时，就时时感受到他们内心充满着幸福感。生命的律动让他们内心和谐，在大自然的气息中，你在不经意中便有了淡定。

这座山，是一个民间传说让它翩翩欲仙。传说成仙的苏耽，其实就是民间理想中圣贤的形象：孝敬母亲，爱护万民，悬壶济世，扶贫救困。千百年来，苏仙岭一直香火不断，一个传说中历经劫难的少年由民间走向神坛，印证了"百善孝为先""万事民为大"的道理。

寒暑春秋，晨钟暮鼓，每天都有数万人涌上苏仙岭。一个城市，多留下一点自然，就给人民多留下了一点慰藉心灵的天地。

夜漆黑了，苏仙岭许多生灵都蛰伏隐去了，但盘旋的山道上，仍然是人影幢幢。这是一个无月的夜晚，只有闪闪烁烁的灯光点缀其间。无月，但我仿佛看到无边的月色。半个月之后，当我随湖南作家采风团再次登临苏仙岭，主人邀我为这座山留下一句话时，我不假思索地便写下了"雾失楼台，月迷苏仙"。

万洋山之风

亿万年的风，也未能吹老万洋山。

它蓬蓬勃勃生长的高山草甸，拥衾着蓝天白云，在风的抚慰下，草浪起伏，杂花纷飞。夏季，这是万洋山一年中最惬意的季节。

我曾三次踏上桂东的土地，第一次匆匆忙忙，与万洋山擦肩而过。第二次有缘登临，却天不遂人愿，漫天大雾，不辨东西。今夏承友人相邀，来桂东小住，择日登临，竟天赐良机，红日普照，满目青山。

万洋山，又名草山，这是万洋山早先的名字，也许有人以为这名字颇具土味，缺乏文雅之气韵。其实，一切原始的，野生的名字，更接近事物的本质，从文明的角度看，它更具有奠基性、稳定性、本质性。我想，草山之名，应该是当地居民见漫山野草，便直呼草山了。

如果从生活的本源出发，你就会觉得，草山之名，不仅充满原生的野趣，且满含着朴实与诗意。

当我赞美"草山"这个名字的朴实与诗意时，我也并不非议"万洋山"这个名字。登上万洋山的一刹那，你也会感觉它有一种豪气干云，气势磅礴，夺人心魄的力量。

中国"草山"多矣，如曲靖会泽大海草山，台湾台北草山，泉州洛江草山等。桂东将草山改为万洋山，不仅避免了重复因袭的困惑，而且非常贴合万洋山壮阔的气象。

万洋山之巅，天风阵阵，令人有无限的遐想。当我的思绪再次回到万洋山，俯瞰随山势蜿蜒而上之路时，见游客如蚁，游车如流，欢声如潮，光影如虹。万洋山经暴雨洗礼后，一经放晴，一切变得生机勃勃，天蓝地阔，山风呼呼，草甸青青，溪流潺潺。深藏于罗霄山脉中的万洋山，尽管海拔有 1800 多米，但我们从桂东县城驱车而至，并没有感觉山路陡峭，待缓缓而到峰顶时，更觉地势平缓，丘壑连绵，青草漫野，水洼浸润，为典型的高山台地。我在观景台，抬眼远眺，见青山逶迤，云天可鉴，禁不住思绪蹁跹，神游万仞，联想湘楚的另三大高山台地，感慨万千！

邵阳城步的南山，水草丰茂，绿草无际。红军长征路过此地时，王震将军勒马四顾，豪情满怀地说，待革命胜利后，我们要在这里建一个牧场。一言成真，今日的南山牧场，牛羊成群，草香四溢，由草而奶，源源不断地提供优质奶源，妥妥地成为湖南的"奶库"。

湘西龙山的八面山，壁立万仞，险峻陡峭，当年曾是土匪盘踞的万夫莫开之地，今日一变而为旅游打卡的胜地。我曾三次登临，每次登临，都能在奇险中感受精神的刺激，驱车从里耶攀登，一路盘旋，一路惊叹，一路尖叫，给人一种奋发向上的动力。

而郴州北湖的仰天湖，则恰似南国的一腔柔情，它草浪与波光相映，湖光与山色相拥，它不独拥有高山台地的层层青草翻滚的绿浪，更像是镶嵌在高天流云中，大地母亲怀中的一颗明珠。仰天湖，阔大的高山湖泊，它用水的柔情滋润着这片绿草的台地，温润而祥和，它闪闪烁烁的银光，散发出天母晶莹泪水的慈祥。仰天一湖，胜却无数琼瑶！

思绪勒住缰绳，再次回到草香与天风相融的万洋山，天助游目，驰骋于千山万岭之远，那些重重叠叠的山包，仿佛是千军万马设营扎寨于这万山丛中。登顶向东南望去，那是江西的遂川，如黛山峦，那是罗霄山脉的深处，当年鏖战的厮杀声，仿佛就在耳边。我极目远望的那一刹，胸中仿佛升腾起一股豪壮之气，这不是登泰山而小天下的气概，也不是黄山归来不看岳的气度，而是感受了万洋山红色岁月爬升的高度。这个高度，并不虚妄，万洋山这片高山远水的土地，是中国红色政权早期的星星之火，是井冈山斗争的铁血之炉，在这个火炉中，熔炼出"三大纪律六项注意"，后增加为"三大纪律八项注意"。这支工农的武装由此而锤炼成革命的武装。军规的伟力，从此将这支队伍锻造成所向披靡、坚不可摧的铁军。

登草山而壮怀，观万峰而激烈。

风，掀开万洋山的一页又一页，从古至今，雨雪冰电，雾剑霜刀，风摧雷劈，沧海桑田，但万洋山并未显出老态，它抵御抗击大自然的恒力，反而历久弥坚，将一座青春勃发、朝气盎然的青山呈现给世人。

这要感谢我们的祖先，他们惜草如金，才使这草山永远年轻，这是留给子孙万代的财富。

照实说，桂东是革命的老区，是偏僻的山乡，是相对落后的僻壤，但在新中国成立后的数十年中，尤其是新时期以来，一代一代的桂东人，坚韧不拔，脱贫攻坚，安居乐业，已成常态。

今日的万洋山，已充满了现代的气息。这是风的力量，风电使这座山变得更年轻了，它的不老神话，在风叶的旋转下，集天地之能量，创造财富，将光明送到人间。

万洋山一日，风给我送来了青春的力量，风给我送来了欢乐的笑声，风给人民送来了光明和财富。它青春勃发的力量，会赢得越来越多年轻人的喜欢！

桂东，也会由此呈现新的风尚。它不仅是避暑康养的福地，而且也会因为万洋山、青娥山、齐云山、八面山、龙溪瀑布等一众山水展示的四季迥异的风光，成为年轻人释放活力，丰富情趣的打卡胜地！

风水龙归坪

古桥，驿道，青藤，竹篁，流水，泉井，乌梅，白鹭……

立于古桥上，举目西望，连绵春山，极目处，山与天浑然一体。水，更有特色，滚滚波涛，一路东去，临武的五条溪流在这里汇合，汇集成武水，让临武的母亲河一变而丰沛充盈。这一刻，流水不再低吟浅唱，而是雄浑粗犷，奏出别有风味的乐曲。这是交响的水乐，载欣载奔，唱醒了山野间的一切，村庄变得格外生动而灵活。

12年前，乌梅正盛的时候，我第一次来龙归坪，立于古桥上，眺远山，看武水，心潮逐浪，思绪蹁跹。龙归坪，这个偏于一隅的山村，一下子就走进了我的心里。

山与水，物与人，相依相谐，几成圣手丹青。记得当时村支书让我题词，我不假思索，书"美村"二字，这是平生第一次对一个村庄有这样的赞赏。

流年似水，12年过去，也是春山望尽的时刻，我又一次踏访临武。这个湘粤相连的小小县城，再一次让我心灵震动。

"锂天下"正朝打造千亿元产业迈进，为新质生产力开山辟路，是临武经济的未来之光。

"鸭天下"，老品牌，新举措，科技引领，持续前行，不仅让企业永葆青春，而且带动5000户乃至更多农户脱贫致富，一花怒放万花盛。

"玉天下"则一鸣惊人，为中国玉石文化的后继者。它在通天山沉睡亿万年之后，横空出世，堪称"中国新玉"，前途不可限量。

虽然有种种的振奋，但我心心念念的还是龙归坪，那个"朱姓"族居的美村，那个曾经让我梦回《诗经》中的"乐土"，那个曾经让多少人神往的"桃花源"。

12年来对这个村庄念念不忘，是因为其间一粒"子弹"，命中了我的"靶心"。尽管陪同的村支书说时轻描淡写，尽管时间的流水冲淡了一切，但这一句话仿佛刀刻一般，刻骨铭心。

"几十年来这个六百多人的村庄，无一例刑事案件。"

龙归坪并非一个与世隔绝的村庄，村民亦非老死不相往来的寡民。漫步其间，白墙瓦屋，阡陌交通，稚童嬉戏，老孺闲适，古风古貌，但这并不妨碍外面世界现代的风吹拂了这个古老的村庄。今天，早已是柏油路纵横其间，运动设施，赫然在目，拥有标准的展馆、现代化的礼堂。但它仍延续着优良的俗规民风，不能不令人啧啧称奇！

记得当年，好客的龙归坪人，为欢迎作家来村，杀猪作食，在村中礼堂大开筵席，以自酿米酒待客，一时杯盏交错，气氛热闹，但照实说，礼堂很大，却是"灰头土脸"，与今日沙发坐椅，阶梯布局，形同天壤。

也是这一天，在村支书的引领下，我穿行于村中小巷，百年古村，仍烟火正旺。那些岁月磨蚀的飞檐墙壁，散发着古老而安详的气息。有人说，是天赐龙归坪这种如诗如画的风景，但我不完全这样认为。造物主赏赐给我们的一山一水，一景一观，如果我们不珍之惜之，同样会灰飞烟灭，成残山剩水。

我们徜徉于龙归坪，山水给我们的启迪向历史的深处走去。

在龙归坪的村后，我就驻足久久不忍离开。那一片参天古木，伸屈盘虬，或挺拔，或多姿，藤萝摇曳，竹篁掩映，流水飞泉，山花烂漫，让人进入如梦如幻的美景。

村支书见我入神，禁不住感叹地说，这可是祖宗留给我们的一笔财富。

数百年历史沧桑，龙归坪一代一代人，恪守祖宗遗训，珍爱一草一木，才有了今天古木如云，绿荫似盖的生态佳景。

我当时对村支书说，不出数年，你们祖先留给你们的财富，一定会荫及子孙，龙归坪一定会被更多人认识，旅游将成为这个和美村庄的支柱产业。

甲辰春夏之交，山花正盛的时候，我再次踏上这片土地，一半是追寻旧日的足迹，一半是急切想知道12年来它的变化。

老桥、泉井、古木、码头，一切如旧，这是历史的遗存，祖先的记忆，如果这一切消失了，那就捏断了文明，斩断了流水。历史不仅让我们知道过往，更重要的是它照亮我们的未来。

特别是一村一族的历史，它是血脉连绵的赓续，它是集体意志的合成。有人说，那些原始的、底层的、粗俗的文化，往往更具有奠基性、稳定性。

我极赞同这个观点，我在龙归坪，就有了切肤之感。

今天的龙归坪，建起了村博物馆，入门处，一个群雕，形神具备。"六个支书一台戏"，讲的是这个村的六位村支书。无论世界如何变化，他们始终在保持与国家同频共振的基础上，坚守信念，保持风格，一张蓝图绘到底。

龙归坪一直保持刑事案件的零发生率。这足见民风的一以贯之。

经济上他们与时俱进，流转了全村的土地，不仅保留了传统的经济作物，而且新增了不少受市场欢迎的品种。壮大了集体经济，共同致富，让村民获得了更大的幸福感。

一个村，在硬实力与软实力上齐头并进，让人刮目相看，而我更赞赏的是，它在村风和民风上似乎是一尘不染，并且不是短期的，而是长期保持。

我第二次来龙归坪，苦苦寻觅的便是这种民风延续的原由。

在村博物馆，我发现了一种独特的文化现象：龙归坪的一代代人，延绵不断地建立一种家训文化，将村规民约形成稳固的村民自治，于无形中形成一种村民集体意识，以一种民间的俗文化密布村庄，铸造成一种恒久的村风民风。

我在与村民的交谈中得知，他们都自认是朱熹的后代。

哦，这就对了，我终于寻觅到某种因果，《朱熹家训》后继有人。只不过龙归坪人在恪守祖训的基础上，与时俱进，以传统文化精华为新时代、新征程赋能。

水滴石穿，贵在坚持。历史的深处，原来可以打捞出这么宝贵的财富！

挥手告别，我再次环视这个美村，仿佛看到一种氤氲之气。而生发这种气氛的根源，是龙归坪特有的文化现象。

车渐行渐远，如诗如画的龙归坪还定格在我的脑海中。二度踏访，在寻寻觅觅中，我悟出了一个道理：自然的风水固然重要，但更重要的是一种人文的风水。有了这人文的风水，才可以人人相亲，山水相依，自然相谐，幸福相伴。

投向汝城的三束目光

耒山，这是我向汝城投去的第一束目光。

在逶迤的五岭山脉中，它真是小不点，但我仍然给它以崇敬和膜拜。

有朋友指着汝城县城的南方，说，看！那就是耒山！青山如黛，峰峦似影，岁月老去，但记忆不老。

这座小山，承载着汝城一次伟大文明的开始。

我一直坚信神农氏曾真实地存在，他的足迹遍布湘东湘南，在这起伏的山畴之间，发明了耒耜，教化先民，开始了前所未有的农耕文明。

这是筚路蓝缕的开始，从此，那个叫乌龙白骑山的山名渐渐退去。耒山的称谓出现了。这座以一件生产工具命名的山，牢牢扎根于中国的版图上，固化于湖湘民众的心中。再由此派生了耒水，这条纵贯湘南，流经桂东、资兴、苏仙、永兴、耒阳、衡阳的湘江最大的支流。它向北流去，汇入湘江、洞庭、长江，直至大海。

这条河流的发端，是一种文明的始肇，虽然只是改变了先民们的生产方式，但它与生存密切相关，因而那些古老的波涛，都会激起我们无限的神往。

耜在今天看来是十分简陋而拙笨的，但在远古时代，它无疑是石破天惊的创举。由此观，文明最初的创举，往往可能是数千万年的积累，当智慧凝结到最高光的时候，方可脱颖而出，一鸣惊人。耜的发明，也使炎帝由此成为中华民族最早封神的人物之一。

遥望耒山，逸兴遄飞，风云际会之处，神农巍巍身影已经远去，但在中华民族的心中，总挥之不去。

我穿行于汝城大地，虽然它四面高山起伏，连绵跌宕，但上苍却给它的腹地一片沃野，平畴给农耕提供先天的优势。眼下正值夏至时分，稻田郁郁葱葱，四野瓜蔬飘香，山岭花团锦簇，溪河潺潺淙淙。这一切景象，自然是当年神农的华夏田园之梦！

我相信这是华夏大地最早的一片农耕之地。它得天独厚的优势，为先民在大地觅食提供了条件，只有这种耕耘劳作的量的积累，才可能产生神农造耜的质的飞跃。

慎终追远，我想，耒山远不只是一座山，它是一种意象的化身，农耕文明由于耜的发明，从此走上了一条生产工具的伟大变革之途。当我们端起饭碗的时候，不能不向耒山投去景仰的目光。

濂溪书院，是我向这片土地投去的第二束目光。

这座有一千多年历史的书院，几经变迁。日月星辰流转，青山流水远去，但它所散发的理学的光芒，笼罩着这片天地，让这座偏远的山城，总展现出一种温敦恭俭的气象。

周敦颐在汝城做县令四年，这是他人生经世致用的四年。

他初来汝城，这里是仅有三千余户的小县，经济、教育、治安等非常落后。迤一上任，他便筹建县学，亲自开堂讲学，使汝城兴学之风一时盛起。他劝农桑，兴水利，并亲自扶犁躬耕，跋山涉水勘察地形，筑山塘，修水渠，一举扭转农田水利设施堪忧的局面，使山野乡村出现欣欣向荣的景象。他在《牧童》一诗中，以欣喜之情，描写了这欢乐的情景："东风放牧出长坡，谁识阿童乐趣多。归路转鞭牛背上，笛声吹老太平歌。"一幅生趣盎然、乡村平和的画面跃然纸上。

尤其有创意的是：广植莲，修己身，纯民风，以文化人，以莲正人，在治域内收到良好的效果。据《汝城县志·建置志》载："爱莲池，周敦颐为邑令时所凿，遗址在典史署北，县堂之东。"周敦颐凿池植莲，以莲之高洁，喻君子之节操，彰显君子之品行，广布君子之风貌。

《爱莲说》一文，是周敦颐在汝城感时动情之作，全文虽只有 119 字，但在中国文学史上，却胜却无数鸿篇巨制。他所塑造的君子，成为了经历千年，历久弥新的形象。

今天，人们更推重的是他理学的成就。当我拾级而上，在两棵古木前不胜低回时，首先想到的是岳麓书院中那副慨古慷今的对联。"吾道南来，原是濂溪一脉；大江东去，无非湘水余波。"

从周子到程颢、程颐，从二程到朱熹、张栻，从濂溪书院到岳麓书院，经由这些大儒的重振，儒学再度光大。"续夫千载不传之绪，道统才得以重建，从而构成了一个上继孔孟之道，下延二程的传承谱系。"周敦颐博采儒道佛各家之长，创《太极图说》，从哲学和宗教的高度，阐发人与自然的关系，天地之间的关系，为日后日渐成熟的理学做了有力的理论和思想准备。从这个意义上看，《太极图说》对理学有发轫之力，故南宋胡宏将周敦颐推为"道学宗主"。

在肃穆中敬仰，在敬仰中沉思，伫立在周子的塑像前，自然想起汝城宗祠的规模、品位、数量、形制，堪称湘省之最。而这些宗祠，均始于宋，这让人不能不联想它与周敦颐的关系。这是一种文化现象，它广泛地存在，形成一种集体的意识，在皇权、王法无法完全控制的地方，成为一种有效的补充，构成底层宗族的自治的特色。

封建宗法制度，的确存在种种罪恶和丑陋。但不容置疑，它在维系社会稳定、阻止道德沦陷、处理邻里纠纷、凝聚族人团结诸方面，有不可忽视的作用。

由此看来，周敦颐之理学不愧是宗祠文化的总纲。在"存天理"的旗帜下，高扬"忠孝廉义"，面对一个"礼崩乐坏"的社会，重拾人心，挽救颓势，不能不说是一剂济世良方！

但凡事都有两个方面，在继承传统的时候，不能放弃批判的武器。我不由得想起明代思想家李贽，他是最坚定的反理学者，在"存天理、灭人欲"的程朱理学一统天下时，他愤世嫉俗，大胆发出时代不同的声音，那是多么的难能可贵的声音。如果我们将历史联系起来，这个振聋发聩的声音，在当时万马齐暗的世相中，几乎是一声惊雷。如果放开眼光，将历史勾连起来，李贽反理学的呼喊，甚或不啻是新文化运动和五四运动反封建礼教的先声。

沙洲村，是我向这片土地投去的第三束目光。

我已是第二次来到这个村庄。但每踏上这片土地，便觉得是一次心灵启迪之旅。

"半条被子"的故事已传遍神州，这个故事极其感人，而其内涵也当然极其丰富。

80多年前一个深秋的黄昏，借宿在徐解秀家的3位红军女战士，临行之前撕下了半条被子送给徐解秀，并说：等到革命胜利了，我们再来看你，给你送一条新被子来。

倾情一诺，不能忘怀。若干年后，当《经济日报》记者罗开富在汝城采访获知这段往事后，马上在报纸上披露这感人的故事，并9次来看望徐解秀老人。邓颖超、康克清同志获知这个故事后，立即兑现当年女红军战士的诺言，给徐解秀送来一床崭新的被子。

"'半条被子'的故事，代表了我们党的初心，体现了党的为民本色。""共产党人始终坚持为民服务，承诺了就要兑现。"

2020年9月16日，习近平总书记站在沙洲村的前坪，动情地对乡亲们说。

也是这一天，当习近平总书记参观完陈列馆、村服务中心、村卫生室、现代农业示范基地、乡第一片小学后，又专程来到徐解秀的孙子朱小红家中看望，并高兴地说："看到你们过上好日子，我十分欣慰。3名红军女战士也可以含笑九泉了。"

也是在这一年，中国实现农村贫困人口全部脱贫。这是中国历史上前所未有的壮举。这是何等的情怀，何等的气魄？试问，全世界有哪个国家能有这样的举动？正是因为有"半条被子"这种党与人民的鱼水关系，人民军队才战无不胜，最终取得革命的胜利。只有不忘初心，才可能执政为民，将千千万万条被子送到广大农村，惠及万民，这是中国共产党的大情怀，大手笔。

在沙洲村，我从村民的脸上，读到了中国的表情。

朱滢是徐解秀老人的重孙女，她脸上始终洋溢着自豪感和幸福感。她为我们讲解沙洲村这些年来的巨大变化，蹦出来的语言，几乎每一个字都抹了蜜。她青春秀丽，活泼可爱，她对这个偏僻山村的爱溢于言表。

在村庄的旧巷里，到处摆满了瓜果时鲜、土货摆件。每一张笑脸，都有掩饰不住的幸福感。

仓廪实而知礼节。在沙洲村，我看到的是谦谦之状，听到的是琅琅之声。

我又一次跨进徐解秀的老屋。她的小儿子仍端坐四方桌前。我第一次见到这位83岁的老人时，他对我说的第一句话是："我妈妈是善良的人！"短短一言，震撼我心。我望着他慈善而平静的脸庞，说："良善之人，必有良善之报。"

他端详我良久，眼中泪光闪闪，默然颔首。

我再一次见到他时，他已记不起我了。当我复述"我妈妈是善良的人"时，他想起了我们的一面之缘，并主动起身，和我及同伴们合影。

今天的沙洲村，已变得熙熙攘攘，但在这人头攒动的人流中，我还是见到不少的本村的年轻人，他们的"返流"，是今日乡村振兴的证明，更是乡村未来的希望。

我深情投去的这三束目光，恰好在时间的节点上，构成历史的线条（远古—中古—当代）。表面看，它们好似并无联系。但循着这条线索，我们可以看到这片土地生生不息的奋进，看到这片土地突飞猛进的变化，看到这片土地到处弥漫的良善的文化。

藏在深山的那片绿

微雨，山溪水声訇然，沿曲曲折折山径，便到了妙音寺。

在山下时，云雾飘飘荡荡，把山峦涂抹得隐隐约约，就有些亦仙亦凡的景象。

20多年前，新邵友人曾陪我来白云岩，沿溪攀行，蜿蜒曲折后突见一平旷之地，一庙宇突现眼前，墙垣斑驳浸渍，苔痕点点，显现其年深月久。山寺虽小，却梵音袅袅，香火旺盛，僧人告知，南宋年间宝鉴和尚云游至此，见山有奇景，便披荆斩棘，穷数年之功修建此寺，宝鉴和尚后坐化于此。据此推断，庙宇已有近800年历史。

那日大暑，我们走得大汗淋漓，寺中僧人，甚为热情，端上各种素果山珍招待，又捧上清茶一壶，以碗盏斟上，未饮便觉一股清香袭人，引颈饮下一碗便觉腹内燥退，而后细啜慢品，更觉甘冽如泉，香远益清。禁不住叫了一声，好茶！

僧人告知，此茶为山中野生，每年春芽时，僧人便于深山中采撷。他们只采可供一年享用的便停止，然后自制，收藏，供年内自享与招待客人。此茶叶阔，形似桂花树叶，自然发出丁香之芳香，故名之桂丁，是湘茶上品，明万历年因其妙华而被列入贡茶。民国后停止岁贡，桂丁一度隐形江湖，只有山寺中，仍年复一年，以古法自制，未有间断。

岁月不居，人事皆非，20多年过去，记忆已经非常模糊，就连桂丁茶也有些让我淡忘了。当20多年后这个春天，我冒着斜风微雨重上白云岩，在记忆的天幕中寻觅旧时的星星点点时，才知道新邵县有一对夫妇，正在默默地寻找历史记忆，续接中断近百年的宝庆桂丁的历史。

微雨斜风中，我们驻足于白云岩山腰，周志梅、杜邵龙夫妇指着远处的山峦说，野生桂丁就藏匿于这片深山之中。因为野生，它散落于沟壑崖坡之中，采摘极为困难，最精壮的劳力，一天也不能采摘绿叶一斤。白云岩、白水洞一带，山秀林深，溪流纵横，朝露晚霭，云腾雾绕，为天然氧吧，林木吸纳天地之精华，繁盛荣华，给桂丁提供了优良的生长环境。又因山深林密，人迹罕至，人为干扰极少，自然天成，野趣横生，健硕而美丽。但它藏于深山，隐姓埋名百年，要将它请出崇山峻岭，重现昔日光彩，谈何容易？夫妇二人均未侍弄过茶叶，但一次与桂丁茶的邂逅，让他们义无反顾投身其中。在与他们的交谈中，我感受到这对夫妇对宝庆桂丁的前世今生有深入了解，尤其谈及产业化，谈及产业扶贫脱贫，谈及振兴乡村时，他们都有明晰的构想。

农村脱贫，尤其是山区脱贫，是一项长期而艰巨的工作。即使脱贫了，如果缺乏稳定的产业支撑，也同样可能返贫。正因为有家乡情结，周志梅决心找到一项既有广泛市场前景，又可帮助乡亲们脱贫、止贫的产业。仅两年多时间，在著名茶学专家刘仲华教授的帮助指导下，他们让桂丁茶重见天日，大获业界赞誉，被列入新邵县五大产业之一。

风歇雨停，山雾散去，白云岩起伏奔涌的山峦浓绿流动，寂静的山林怀抱散落的桂丁。那一枝一叶，曾经终老山林；那溢远的清香，曾经洒落林泉；如今，它将物尽其用，正逢其时。

（本文发布于 2019 年 5 月 30 日）

歌声飘过雪峰山

声浪一浪高过一浪，青春的歌声，坚定而自豪，它排山倒海般穿过操坪，直入我的耳鼓。

"雪峰巍巍，平溪汤汤，回龙洲岸腾细浪，文昌古塔话沧桑，今天学步，追梦路上，明天翱翔，展翼辉煌……"

这是朋友石光明为雪峰博雅职业学校创作的校歌。

今天，数千学子，在雪峰山下，用嘹亮而青春的歌声，欢迎著名老作家谭谈作报告。

谭谈自然是不普通的人，顽固地不讲普通话，永远操一口纯正的涟源腔，永远大门大嗓地面对听众。

他的成长故事，他的激情，一次又一次点燃数千学子的掌声。

他毫不羞涩地叙说幼时的贫困、艰难、挫折、打击……

在当今注水文凭汹涌澎湃之世风下，他毫无愧色地在学历栏目中填写"高小"。

这让我想起陶行知先生"宁为真白丁，不做假秀才"的君子情怀。

我耳畔又响起一首诗，"人生两大宝，双手和大脑。用脑不用手，快要被打倒。用手不用脑，饭也吃不饱。手脑都会用，才算是开天辟地的好大佬"。

这首80多年前，陶行知先生亲自谱写的儿童诗，仿佛穿越时空，回荡在操坪的上空，这些手脑并用的雪峰博雅的学生，正在谭谈一个又一个充满人生变奏的故事中，敲响心灵的音符，汲取向上的力量！

秋色横空，正是雪峰蜜橘飘香的季节，但在雪峰博雅的操坪上，涌动的却是无边春色，青春之花，满场开放。

我注视着身旁的付爱华女士，这位雪峰博雅的董事长，她每会心一笑，总充满慈爱和深情。

她在最困难的时候，在这所学校举债度日，四面楚歌，面临关闭的情况下，挽大厦于将倾，毅然决然地接手学校。

一个从未接触过教育的人，居然有勇气接手这样一个烂摊子，她将自己多年打拼积攒的资金倾囊而出，献于这个前途未卜的学校。

六年的苦撑苦熬，从未举债的付爱华也伸出了求援之手，终于将困难碾压于雪峰山下。苦涩之味，只有自己吞咽，艰难困苦，难与人言。终于拨云见日，雪峰博雅走上了坦途。

我曾半开玩笑半当真对她说，如今，你已成教育家了！每当这时，她总莞尔一笑，连连摇头，说，我哪配这个称号。

教育，说到底是一场人格与知识的培育和修炼。因此，学校并非教育的唯一场所。何处不是修炼地，何事不是知识点？优秀的家长难道就不是出色的教育家？从这个意义看，人人都可以成为教育家。

年轻的校董邓芹告诉我，董事长身上体现的是"爱、善、执"。她爱这些山里的孩子,她同情这些贫困的孩子,她坚守执着于学校的发展。

扶贫重要的一环是扶智,治贫先得治愚。而这,才是真正不再返贫的关键。

雪峰博雅仅仅是一所职业中专,但它集中了一大批优秀的教师,付爱华以诚心、礼遇让有识之士共同来创造雪峰博雅的辉煌。

教育改变人的命运,教育挖掘人的潜能,教育激发人的创造力,教育点燃人的理想。在雪峰博雅,我看到了这些生动的画面:当学子们成群结队走进比亚迪车间,当学子们跨进为蓝天白云服务的大军,当学子们着霓裳羽衣漫步 T 台,当学子们煮茶品茗论道茶禅,当学子们丹青挥毫点染江山……这些生活大厦的四梁八柱,不正是这些未来的大国工匠一砖一瓦、一砌一垒所成就的吗?

当然,我们不能由此而低估尖端人才的价值。象牙、高曲、阳春,这是国家民族的所需,社会、时代的珠峰。照亮一个民族的前行之途,是需要一批高擎火炬者。天不生仲尼,万古如长夜。

由此,我想起孔子的"有教无类"伟大教育思想,教育的平等,是先贤追求的社会最需要的公平。数千年来,有多少寒门子弟,被阻隔在知识的门外。只有新中国成立之后,这种现象才得以从本质上改观。

每言及这个话题,付爱华总有无限的感慨,她说,一生的遗憾,就是读书太少!

也许，这一人生的痛点，反而触发她奋发向上、励志不辍的有为拼搏精神。她将自己的痛点，转化为对贫寒学子的关切、同情，她的善良之心，总让她对交不起学费的贫困子弟予以免费。

这让我想起我在郴州汝城县沙洲村，第一次见到"半条被子"的主人公徐解秀的第三个儿子时，他已八十三岁，当言及他母亲时，他眼噙泪花，说的第一句话是："我妈妈是善良的人！"

是呀，善良之花，必然结出幸福之果！

这是因果的循环，辩证法的胜利！积善之家，必有余庆，千年古训，决非妄言。

天道酬勤，天道更是酬善。当资本依附善良之心时，它会发出温暖的光芒，照亮更多的未来之途。

翌日，当我们冒着浓雾，向雪峰山的最高峰苏宝顶攀登时，感受到山路的艰险，秋雾的弥漫。莽莽苍苍的雪峰山，完全隐入山雾之中，盘旋曲折的山路，将天地融为一体，汽车左冲右突，如同在汹涌的大海波涛中行进。好些人已经被折腾得呕吐不止。但付爱华仍谈笑风生，在颠簸中神色自若。同车的谭谈已是八十高龄，却稳如泰山，如同不老之松。看着他们的背影，我自然想起谭谈自传《弯弯人生路》一书。书中记载的既是不堪回首的人生，也是百折不挠精彩纷呈的人生。"将军百战死，壮士十年归"，女中豪杰付爱华，在人生历练上，与谭谈也有某种相似。她的人生之途，恰如登临苏宝顶一样，在弯弯曲折的人生之途中，咬定目标，不懈追求，抓铁有痕，披荆斩棘，才可能登峰造极，揽收无限风光。

有心人天不负。老天赏脸，当我们登上海拔 1934 米的苏宝顶主峰时，居然云开雾散，千嶂叠翠、万壑奔流的雪峰山倚天而卧，英雄的气度，壮士的情怀，不屈的精神，抗争的本色，在这里表现得淋漓尽致。

那一刻，凝视远方，在这英雄之山，我仿佛见到再造共和的蔡锷将军的身姿，听到落日之山的怒吼。一个旧的时代过去了，昔日的铁血之山，今日，它的儿女们，正以各种方式，挖掉穷根，将之变成金山银山。

我仿佛又听到那支歌从山巅飘来，那是未来的建设者们青春绽放、豪情奔放的歌声！

雪峰博雅，雪峰山的儿子。"莫道平溪浅，汇资水出洞庭下长江，渊博东海；且听回龙吟，鸣双清题三楚登五岳，风雅雪峰。"词家石光明撰联，书家鄢福初挥毫的联，正道出其风鹏正举，前程远大！

雪晴集的雅

满室生香。

雪晴集书画室，高古质朴，有兰亭雅集意境。茶香、墨香、檀香熏陶之下，仿佛自己也高雅起来。

我立于一幅足有十多米的长卷前，凝神端详凤凰县当地一位书画家的书法作品。

作家范诚介绍，书画家刘鸿洲已年逾八十，质朴端方，内敛热情，因为出身草根，声名暂未能远扬。

长卷所书内容是刘鸿洲先生自己的文章，三千多字，以楷书书之。整幅作品，金钩银划，气息平稳，内力深厚，布局严谨，让人不能不膺服刘翁书功的扎实。

因了沈从文，"凤凰"这只"雏鸟"才越长越大，越飞越高，越飞越远。而最近几十年，画坛怪才黄永玉让凤凰更加风生水起。一江沱水，满城文化。两位巨子，光焰千丈！

沈黄叔侄的光焰照亮着凤凰，但有时也不免遮蔽了其他人的光彩。

刘鸿洲书画雅致俊朗，曲致有性，无论山水花鸟，古神今韵，自成风格。且为黄永玉嫡传弟子，但在书画界，并不声名响亮。

朋友介绍，黄永玉当年落难时回到凤凰，时人避之唯恐不及，但身为知青的刘鸿洲，却从下乡的知青点跑来探望落魄的黄永玉，并说，老师不要愁，我们就是砍柴也要养活您！

世危见真情。"顽童"黄永玉被感动得泪眼婆娑。这个乐天乐地一辈子的老头，记住了这个憨实敦厚的湘西汉子。

我再一次侧望身旁的鸿洲先生，他仍然是一派谦和、淡定、憨厚，既有君子之雅，又有田园之气，让我想起被称为"田园宰相"的王憨山先生，我们第一次相见，其情状、气味何其相似？

我又一次转身凝望沈从文的半身塑像。慈祥，温文尔雅。

他本人历经坎坷，但脸上不见沧桑。此前，我在凤凰的文昌阁小学参观时，在一棵百年楠木前驻足良久，怎么也想不到，一代文豪，当年被老师罚跪在这里时，竟是一个顽劣少年！如果说黄永玉小时候上屋揭瓦，倒是让人不觉费解。但沈从文举手投足，谦谦君子，慈眉善目，一派忠厚。这样一位敦厚的长者，实在看不出有顽劣的基因。

我思我索，恍惚间忽听有人招呼，大家一起来合个影吧！

这是雪晴集庄主李文彦的声音。当年他和父亲李顺民，就是追随沈从文的脚步，由海南而来凤凰。他们当然看到此处的商机，看到此处未来的发展，但内在的，也许更重要的是，的确是有一种文学的情结，是对文学大家的仰慕。

李文彦不仅是一位儒商，更是一位文学的赤子。那种从骨子里透出的文人味道，那种对文学近乎执拗的眷恋，那种行事的风格，那种充满理想色彩的追求，那种新奇又不失古风的创意，注重情感、情趣、情调，莫不铺满了文学的底色。这不由得让我想起我的另一位朋友叶文智。

生活中，我们常见那种口若悬河、信马由缰的人，起初还让你刮目相看，久处方知是夸夸其谈而一事不成的论家。文智是言行合一，总能将他的奇思妙想付诸实践的"行动领袖"。他的每一创举，都搞出很大的动静；他的每一动静，都取得很大的成功。湘西，是他文旅布局谋篇，运筹帷幄的首创地。无论是飞越天门，还是棋行天下，尤其是插上当今媒体的翅膀，总能让万众瞩目，举世皆惊！事件虽已远去，但都已成为这片山水厚重的文化积淀。

文化便是如此的深远，它如一根长长的丝线，牵绊你的灵魂，触发你情感的多种音符，弹拨出心中最美的乐曲。

雪晴集，就被这种音乐缠绕，它沉浸在沈从文的文学中，一楼一阁，一亭一廊，一石一水，一草一木，都被文化深深地浸染，演化成一个"湘行散记"的园林，与其说是民宿，倒不如说是"文宿"。即便是一位对沈从文并不太熟悉的人，在此逗留半日，也会被他深深感染，知道了从文之于凤凰，有一种血肉不能分离，水乳天然交融的情愫。他是这座古城的文脉，是这片山水的灵魂。

我漫步于雪晴集亭阁廊桥、山道石栈，心想，这不就是对沈从文散文的沉浸式体验？几乎无一处不弥漫沈从文的气息，几乎无一处不是沈从文的符号。但唯一遗憾的是，整个雪晴集，缺了一点沈从文的真迹，哪怕是只字片纸的文稿，也可以让我们触摸到大师的体温。

这让我想起十几年前的一件旧事，当时我们一行文人来凤凰采风，住在一个较为简陋的酒店。叶文智闻讯后，执意要将我们换到他麾下的万寿宫。他在电话中言辞恳切地说，立马换过来，你来我的万寿宫，绝对会有不一样的感受！

连夜搬迁，果然让我们一惊，万寿宫堪为当时凤凰住宿翘楚。它的精致舒适的确令人惊叹。然而这还不是不一样感受的全部。

第二天晨起，漫步庭院，忽逢一微掩大门，好奇心促使，推门而入，晨曦中只见扎染布悬挂于高耸的梁柱之上，高低错落，大开大合，一派旧时染房的气派。朋友中湘西人氏凌宇介绍说，这是凤凰的扎染，不输贵州蜡染。闻言，大家便对那染布投去别样的眼光，禁不住赞叹一番，称道万寿宫布局，有艺术的眼光，采撷了凤凰民间艺术的瑰宝，其营造的意境，与众不同，别开奇境！

当大家正沉浸于扎染的欣赏中，忽听有人大声叫道，快来快来，这里还有好东西！待大家走过去一看，不由得暗暗叫好，玻璃柜中，居然展示着黄永玉的数十幅真迹，虽多为小品，但其间洋溢着黄氏独有的诙谐、幽默、智慧、变形、夸张、鲜明的特色，让这些小品大放异彩，叫人捧腹大笑，回味无穷。

仅此一举，便让这小院熠熠生辉，流光溢彩。

大雅大俗。凤凰的这个早晨，给我留下极其深刻的印象。

有朋友认为，文化和旅游，两者是无法相提并论的东西，前者是民族的灵魂与集体的意志，它自觉和不自觉渗透于一个群体每一个人的血脉中，影响你的行为规范，左右你的精神认同，形成强大的内生动力。

好在文旅的融合，已成趋势，业界一批优秀的领跑者，已经深刻认识到文化之于旅游，将是长久生命力的关键。人们知道，一篇《岳阳楼记》，让这座千年名楼，尽管屡毁屡建，已为不朽，这便是文化的力量，经典的胜利。

雪晴集逗留两日，竟让我弄不清这是凤凰的高档民宿，还是沈从文纪念馆？它的文化含量，已经让凤凰郊外这座山野民宿雅趣横生。

湘西！湘西！

湘西！湘西！

有一种力量对你呼唤，神奇而遥远，这种呼唤越来越大，数十年在耳畔回响，如同中了情蛊，让你深陷这十万大山的秘境，永远有一种冲动。

癸卯初夏，又一次踏进这片土地，心底里一遍一遍地呼唤：湘西！湘西！

长大了的凤凰

凤凰一次又一次地飞起，无论是清风朗日，还是斜风细雨，她总是以很美的姿势，翱翔于蓝天白云，飞进人们的心中。

文人总希望这只凤凰不要长大，永远是那么小巧而精致。

我曾经也腹诽过她一天天长大，变成巨鸟振翅，打破了这片天地的宁静，惊扰了安卧于沱江边上沈从文先生的长眠之梦。

这个初夏的夜晚，华灯初上，这只飞翔的凤凰流光溢彩，汩汩流淌的沱江幻影幻梦，网红们拥簇于江边桥头，在欢声笑语中尽情释放，我想，面对此情此景，寂寞的沈先生未免会责怪少男少女们的放肆。

此时，我耳边又一次响起同行的凌宇先生的感叹，湘西的风景，只能留在沈从文的书里！

我感同身受，但在时间的变迁中，我心中也会响起另一种声音：这片青山绿水，也不能永远与贫困为伍！

每一时代，都有自己的审美，每一审美，都有留存的价值。

凤凰，是祖先留给我们的财富！只有保护了，才能让这只长大的凤凰，永续青春！

电商军团的笑脸

起起伏伏的柚子林、猕猴桃架，将果园伸展到山脚、天边。这是现代田园的一种壮观景象。累累的果实，在阳光的照射下，像千万张笑脸，将菖蒲塘村装点得分外妖娆。

十年过去，习近平总书记曾经来过的菖蒲塘村，满眼繁花，一派生机。

我一直关注乡村振兴中青年的流向。这是重要的风向。在菖蒲塘村，有一种朝气勃勃的气象，所到之处，年轻人忙碌的身影，奋斗者青春的气息，创新者坚定的步伐，弄潮者现代科技的驻扎，已经将这个村庄武装成充满青春气息的乡村。

它的电商军团，一律的年轻人，凭借现代的科技，已经打通了走向世界的通道。小小山庄，仅电商一项，年营收额已近千万元。

白鹭飞过窗前

一只，两只，三只……白鹭虽不成行，但它们悠闲地从窗前飞过，越过廊桥，直指天的尽头，这是一幅闲适的写意图画。

我站在王村民宿"白河人家"吊脚楼上，注视那一只只翻飞的白鹭。脚下是涛声四起的白河，在瀑布的簇拥下，飞花溅玉。

王村，尽管它已改名为"芙蓉镇"，但我仍习惯旧称。当年，沿着逼逼仄仄的青石板路，观赏那些错落有序的吊脚楼时，我就无限感叹，永远的王村！千年风霜，不改朱颜！

十五年未见，王村巨变！人口与屋舍成倍的增量，水绕山环，瀑布成群，街肆纵横，商贾繁荣，现代元素的点染，旧时风貌的依存，王村已由过去的威严，转而成宜居宜商宜乐能留住乡愁的古镇。

"两个黄鹂鸣翠柳，一行白鹭上青天。"在王村"白河人家"的吊脚楼廊上，我看到和感受到的，诗意仍写在这个古镇，夏风万里芙蓉镇，白鹭翻飞在窗前！

流水青山，白墙瓦屋，好一个王村！白鹭恋旧，仍翩然守住这片蓝天！

山与水的交响

湘西的山，是雄浑的音乐，粗犷豪放，永远是汉子的狮吼。

水，则是野性的歌呼，放荡不羁，这是变奏的音符，回荡于崇山峻岭。

再一次登临龙山县八面山，它的巍峨险峭，它的雄伟壮阔，一仍如旧。但高山平台，在莽莽的野性中，现代的元素星星点点。云中小墅，错落有致，星空帐篷，次第展开，山间别墅，星罗棋布，野性与时髦共存，夏花与青鸟齐飞。据知，最多的一天，竟有上万人在这高山平台露营。当年的"穷山"一变而为聚富的高地。

湘西的大山，真是为时代放歌的高手，矮寨一亮歌喉，便震惊世界。横挂在两山之间的矮寨大桥，不仅让天堑变通途，而且改变了人类想象的空间。大桥通天，如果你在云中漫步，自然会想到，脚下是通往天庭的路途。

湘西也有小巧别致的山的景观。位于古丈县境内的红石林，是大山中的盆景，它是云南石林的变异，在万绿丛中，撒落这红色的岩石，如同高亢音乐中的降调，舒缓，悠长，深情。可惜现今游客并不太多。我以为，红石林的迷乱，曲径，变幻……是青年人野餐，迷藏，露营的好去处，如若创意策划一个好的活动，放大影响，是可以成为网红的打卡点。

穿行于湘西的大山中，面对连绵起伏的群山，有时我又忍不住哑然失笑。湘西十万大山，居然还有人造子虚乌有的山，且所造之山一举成名天下知。造山者，为好友水运宪，当年一部《乌龙山剿匪记》热播三十年，乌龙山从此深入人心。而今乌龙山大峡谷坐实龙山火岩，已成旅游热线。

山无水，则缺少了灵性。一条酉水，将湘西的山滋润得葱翠如膏，让山水的交响雄浑高亢。

　　逐水而居，里耶、王村、浦市、茶峒，四大古镇无不是水滋生的集镇。

　　里耶自不待言，秦简的重见天日，不仅让这个古镇蜚声中外，而且以不可辩驳的事实，将洞庭郡写进了中国的历史，为秦制又添新史。

　　即便是并不为人熟知的保靖沙湾村，在酉水的三面环绕下，从高处俯瞰，小村如豆，灵秀生动，仿佛漂浮在水中的村庄。而倚靠的山脉，左如青龙，右似白虎，整体看去，就像一只大鹏，展翅高飞。

　　而酉水中另一群山起伏的山村，已经展翅高飞，奏出一支穷则思变的美妙乐章。

　　十八洞最大的变化，和菖蒲塘村一样，青年人返流已成趋势。他们的自豪和幸福写在脸上。这与山水一样，青山常在，绿水长流，有了青年，村庄就如朝霞般灿烂，这是希望所在。乡村的振兴，如果是没有未来主人的振兴，将是多么的空洞与无奈？当我在巾帼茶室和煮茶的姑娘交谈时，从她们自豪的神色和对家乡依恋的眼神中，读到了湘西的未来！

茶与树的协奏

　　一片枫林，一片茶香。碗米坡镇白云山村的岩脚，与其说是一场雅集，不如说是一场野聚。

　　合抱枫树，直指云霄，围炉煮茶，香漫四野。保靖黄金茶，正举办一场山野的聚会。我并不以雅集名之，是因为四乡的村民，趋之如堵，观之如潮，而我们每人一袭白袍，有了几分仙气，瓜果时蔬，在村姑的烧烤间，发出阵阵香味，黄金茶绵长悠久甘甜的清香，弥漫于林间。琴声四起，诵读抑扬，有高山流水之韵味，有山乡农宴之野趣。

靠摆地摊掘的第一桶金，精明实干的向总，如今返乡创业，在白云山岩脚搞起旅游开发。当我们开玩笑置疑时，他毫不犹豫地说，家乡这么优美的山水，有周边成熟的景点带动，岩脚的旅游一定大有前途！

确实。有谁想过，保靖凭一叶而走遍天下，保靖黄金茶，在短短的时间内，已成茶界的新贵，极具黄金的品质。而向总的这种不屈的品格，正是保靖人奋斗血脉的延续。

山雾涌起，枫林摇曳，朋友们纷纷举起手机，拍下这亦仙亦凡的枫景。此前，一阵突来的夏雨，将山林洗得容光焕发，当大家都避雨时，唯有黄青松默然安坐，陶醉于雨中古琴流水弦歌，此情此景，让人心生敬意，从而触发我冒出一联：风送雅集集更雅，雨洗青松松愈青。

在岩脚的枫林之间，虽不能放浪形骸，但可畅叙友情，感叹时代的变化，人民的幸福。我虽已近古稀之年，也应该迈开双腿，走进生活，触摸时代的脉搏，聆听这巨变生活的乐章。

山与水的交响，树与茶的协奏，是这个伟大的时代，湘西人民用勤奋、智慧、坚韧谱写的乐章。这种见证，也会激起我们年老的兴奋！

莽山松

从泽子坪水库远远望去，鬼子寨那一片五针松林，披了一身朝霞，掩遮不住的蓝色的光焰，仿佛千万张笑脸，把千山万壑装点得分外妖娆。

风起了，山摇动起来，松林便有了排山倒海的气势。松涛壮怀，让我想起三十年前在黄山听到的松涛，但那是夜晚，在万籁俱寂中，松林发出呼呼撕裂的声音，几分壮怀，几分恐惧。那一晚，因黄山上住宿吃紧，与作家刘庆邦抵足而眠，自然谈起了古今名人对黄山奇松的描写，所谓"黄山之美始于松"，涛声大作，而我们谈兴更浓。一夜奇遇，也促成了我的一篇小文，《黄山听松》。

也是三十年前，我第一次走进莽山，宿莽山林场招待所，一夜遇雨，品茗夜话。只记得时为盛暑，而我们却拥衾而卧，次日晨起，推窗而望，禁不住由衷赞叹：莽山，好一个清凉的世界！

梅开二度，再次踏进莽山，虽近古稀之年，老天却给了一个好日子，初夏的暖阳，不仅驱走了莽山的寒意，更是让你把莽山看得真真切切。

莽山的美，在一个莽字，莽莽苍苍，山天相缠，云海处峰峦绰绰，绝壁处孤松倚倚。极目处，无际无涯，仙风道骨，此境哪得人间有？

五指峰，堪称莽山风景的绝胜之处，当年无法领略的仙境，在缆车的助力下，云栈已铺峰顶，可闲庭胜步，云海徜徉，天堑一变通途。抬眼望，巍巍莽山，不输黄山。

鬼子寨，今日已更名将军寨，但我更喜旧名。30年前，当我沿着羊肠小道攀上它的峰顶，面对这一片千奇百怪的峰林时，心中一惊，这莫不就是神鬼出没的地方？斧削之峰，乱松倚天，峰峦之巅，虬枝盘旋，山涧之流，喧哗訇然，四时野花，缤纷灿烂。如果说五指峰是仙风道骨的仙境，鬼子寨则是鬼斧神工的胜界。天上人间，会于一山，莽山，你升仙封神，不愧为华夏一胜！

莽山之大，不同于张家界、黄山与五岳，它横亘湘粤两省，成为岭南岭北气候的分界线。在北纬24度，天公抖擞，挥刀截流，将雪花永远阻断在莽山之北。但老天仿佛也垂青宜章，将莽山最绝美的风景，斩落于宜章，让旧时贫穷的瑶族人民，获得这一块苍山宝玉。

莽山之贵，在于它丰富的动植物基因宝库。仅陈远辉先生发现的莽山烙铁头蛇，真可谓一物而胜天下，天下不可小莽山。烙铁头堪称蛇界之王，莽山之宝，它被称为"蛇中熊猫"，极为珍贵。20世纪80年代，一位林场职工被毒蛇咬伤，求医于当地著名蛇医陈远辉。陈远辉在治疗过程中，感觉此蛇毒异常，毒性极强，后终于发现这种身形巨大，头部呈三角形，貌似烙铁头的毒蛇，为宜章莽山独有，且濒临灭绝，故命名为"莽山烙铁头"。因为稀有，有人开价百万购买此物，但陈远辉不为重金所动。当时不少人认为，陈远辉如果坚持捕蛇，早已是千万富翁。对于这种俗人之见，我的评价是"尔曹身与名俱灭，不废江河万古流"。无论贵贱，一个人只要成就一件举世无双之业，便可把个人历史写出辉煌，而那些财富大亨，即使黄金铺路，也走不到历史的远方。

莽山之奇，除了莽山烙铁头外，另一种植物，也让人啧啧称奇，这座动植物的丰富宝库中，拥有中国最大的五针松林。因为这片五针松林，这片原始的山坡，当严寒来临的冬天，其海拔每升高几米，温度便升高一度，从而形成谜一样的小气候现象。五针松林，由此变成神秘的奥区。

莽山管理局的李永辉兄告知，五针松虽不是莽山独有，但在全国七大五针松林中，它雄居首位，树龄在 450 年以上者，为数众多。放眼望去，松林郁郁葱葱，顶如华盖，若是有阳光辉映，松林如海，树冠泛靛，真如一片蓝色海洋。

我的思绪又一次回到生养自己的土地，曾经相逢的松们，一一从脑海闪过。

黄山松，奇！泰山松，险！衡山松，巍！华山松，绝！古往今来，我的文学先辈们，你们吟咏了多少松树，但你们欠了我家乡莽山五针松林一篇诗文，但不才愿用笨拙之笔，为其勾勒一二。我久久凝视莽山鬼子寨那片五针松林，它莽莽苍苍，似乎构成一幅天下奇观，我斗胆大叫一声，莽山松，壮！

湄江水

既别莽山，又逢湄江。

如果说莽山有男性的伟岸，湄江则有女性的温柔。莽山能让你惊心动魄，湄江则让你婉转浅吟。从楚南边陲到湘中腹地，半日的时光，我领略了风景迥异的山水。

湄江不同于漓江。湄江是在岩溶地貌中蓄存水流，这种地貌，尽管岩层裂隙发育完全，岩溶地质作用充分，但蓄水难度，远胜漓江。

然而，湄江风景区居然是水的世界，有了水，一切变得灵秀而生动。水的点染，方可将奇洞巧石、岩门绿洲、飞瀑峡谷、帝陵庙宇润泽得有声有色。飞瀑的喧哗，涌泉的沸腾，绿洲的氤氲，峡谷的灵动，在今日修建的玻璃索桥和揽月栈道上，远眺如练溪水，让人在脑海中构成一幅秀美的图景。

湄江不同于漓江，更不同于武夷九曲溪，她款款而来，婉曲有致，其风韵正好暗合《诗经·秦风》的《蒹葭》，"蒹葭苍苍，白露为霜。所谓伊人，在水一方。"从三道岩门开始，溯流而上，一道道岩门次第打开，随水蜿蜒，万种风情，这柔美一个"秀"字怎能涵盖？

山水游历的最高境界是情由景生。所谓触景生情，情随景去，则可以使风景直抵人心。这种共鸣，不仅仅是一饱眼福，更是在对视觉的冲击中，抓心走心，这才是真正的陶冶性情，砥砺情操，把风景和美好扎根心中。

湄江有山水相依的风景，其山较之如泰山小天下之巍，则有如盆景般陡峭而巧致。斑斓的溶岩和青葱的绿冠，相生成趣，大自然圣手作画，在溶岩上任意挥洒，让你有充分的想象空间，或飞禽走兽，或人间万物。但我以为，尽管湄江的山天然机巧，但与水相比较，水更胜一筹。

湄江为涟水的支流，其流量和流域面积非常有限，但在湄江风景区中，她却是九曲回旋，风情万种。她集温婉、秀美、恬静于一身，楚楚流淌，挥手投足之间，将山野的情趣，自然的芬芳，浸润在这缓缓漂漂的江水中。

当我在塞海湖畔，应主人所邀，写下"曲水有致"时，远远望去，见那天开的第一道岩门，就心随水去，纷纷扰扰的世事，密密匝匝的烦恼，顿时消散。

漂流，已为当下最时髦流行的旅游项目。湘省中声名鹊起的资兴东江湖浙水漂流，湘西永顺的猛洞河漂流，永州的金洞漂流，平江沱龙峡漂流，我都有过亲身的体验，它的确可以带给你无限的惊恐和刺激。这种刺激，往往是对城市平静生活的一种反叛，从某种意义说，它寻求的更多是精神的追求，精神的枯竭乏味，需要某种激活。

湄江，温婉而雅致，没有那种凶猛、激烈、奔放的雄性特色。但她在平静和婉致中有一种力量，同样可以解决人们精神的困惑，消解生活中许许多多的压力，熨平心灵中种种创伤，孕育种种甜蜜的情愫。漂流固然很好，不啻为医治城市病的一剂良方。但那毕竟是年轻人的专利。湄江何不反其道而行之，来一场水上的"温情游"，让老年人在与山水的亲近中获得一种青春的激发和滋润。山水之美，可以濯心，当你见到"莲花涌泉"时，你的心情一定会大发光明。

"温情游"，也不一定只是老年人的专利。试想，一对情侣与"温情游"，真是绝佳的标配。天地之间，山水之间，才是人世间最好的情场，流水汩汩，情语依依，放情山水，寄情山水，一对情侣，才是真正的山水相依。

由此放大开去，湄江水不再暗自空流。"亲子游""孝顺游""全家游""友情游"……温情与慢生活的节奏，自然风景的陪伴，无论是释放压力、排遣孤独，还是重温旧谊、舒缓苦闷，亲情、友情，都和这妩媚之水，有了不解之缘。

思绪再次回到岩门湖畔，我再次将目光投向天开岩门的第一道门，它如伸开双臂，将湄江水紧紧揽入怀中，《诗经·蒹葭》再次在耳畔响起，"蒹葭萋萋，白露未晞。所谓伊人，在水之湄"。我几乎要望文生义，直把此"湄"当湄江。"在水之湄"虽是秦风，但我更觉得它有楚韵。湄江由北向南，款款而流，楚楚动人，携风光山峦，深情流进人们的心中！

沩水东去

清晨，推窗南望，巷子口的官山群峦叠翠，绿浪翻滚，一场大雨后，云散雾褪，极目处水墨涂抹，让人慨叹，大自然才是真正的丹青高手。

张浚、张栻父子墓安卧官山的脚下。沩水静静流淌，蜿蜒东去，妩媚而动人，给初夏的早晨添了无数的生动。

重修之后的南轩书院就坐落于山与水之间，名副其实的依山傍水。

南轩书院是明嘉靖年间，明世宗为纪念张栻（字南轩）和他父亲张浚，下诏在官山创建的。此前，巷子口便有张栻父子墓，以纪念这两位大儒。《张栻传》记载，张栻曾任岳麓书院山长，有传世的"朱张会讲"。张浚则为抗金名将。父子墓旁建有纪念父子两人的二张祠，因有祠而有书院，书院也是因张栻字号南轩而得名。张栻曾为岳麓书院山长，故南轩书院也有"小岳麓书院"之称。

如果说岳麓书院是湖湘文化发祥地，南轩书院则可说是沩水文化的集散地。

沩水全长虽只有140多公里，却承载宁乡前世今生的厚重及壮美。它一路东去，没有咆哮奔腾，没有惊涛骇浪，但即便偶尔溅起的浪花，也足以令人震撼。

位于沩山之腰、毗卢峰下的密印寺，它的别具一格，不在于其悠久的历史，也不在于唐宣宗李忱御笔亲书"密印禅寺"的门额，而在于其万佛齐聚、神采各异的宏伟禅景。中国寺庙，多千寺一面，万庙同形，而密印寺，不仅是中国佛教南禅五大宗之一——沩仰宗的发源地，其构庙创意，堪称惊世之作。我以为，千年以降，佛教界对密印寺构建之奇，还缺乏足够的认识。一千多年前的建庙创新之举，打破了寺庙建筑的固有模式，显示出沩水流域文化的多样性、挑战性。

我随着思绪走进南轩书院，在张浚、张栻父子墓碑前凝视时，有一种声音在心中响起：密印寺和南轩书院有什么联系？佛学与理学难道有某种内在的联系？汩汩东去的沩水默不作声，但在这沉默中，我感觉到有一种力量将二者融合在一起。文化就在这相互的激荡中，产生一种神奇的交融、渗透、转化，于是新的文明产生。

的确，某些事物表面看去毫无关联，但当我顺流东下，来到黄材炭河里时，愈发确信我的一些联想并非空穴来风。

考古，无疑是今天我们对祖先生活最真实的探究，纸上得来终觉浅，当一件件实物摆在我们眼前时，历史才变得真实厚重。

一尊四羊方尊重见天日，举世皆惊。此后，在这片土地上，青铜器不断重现，人们开始用肃穆的神态，审视这片土地，从历史的回溯中感受祖先的智慧。从四羊方尊到密印禅寺、南轩书院一连串的文化符号，是不是沩水将它们串联起来，形成了一种特有的地域文化？

人类的文明应该是由水开始的。逐水而居，人类对水的追逐，由最初的生命需求，逐渐转变为重要的交通途径，从而产生重要的人类文明。震惊世界的两河流域文明，中华大地的黄河文明与长江文明，都说明河流对人类文明产生的重要性。

沩水的确是一条名不见经传的河流，但它之于宁乡，不仅带来沃野千里，而且汇集璀璨群星。它虽河道长度不长，流域面积不大，但它孕育了宁乡文明。

这种文明在我看来，不仅仅是勤劳勇敢吃苦耐劳，还有高远的眼界、开阔的胸襟、博大的格局。其实民间对它有很朴素的概括：会读书，会养猪。话糙理不糙，它将劳心和劳力二者最好地结合起来，经世致用之才，一时涌现，蔚为壮观。

我在黄材炭河里青铜博物馆，就见到一尊青铜猪，它体型不大，圆滚可爱，摆放在一处并不显眼的地方。但我久久凝视，自然想起宁乡人"会养猪"的历史传统。

甚至后来在宁乡经开区，面对目之所及的系列立于世界同行业高山之巅的企业时，我也联想到沩水文明对它们的滋养。一切文明现象的产生，即便是横空出世，也不会是无源之水、无本之木。

沩水东去，汇入湘江，汇入洞庭，汇入长江，在长江文明的大水之中，我看到你跃起的波涛与浪花。

惹巴拉之秋

车过苗儿滩，山势向上，路如飘带，紧紧缠着山腰。村寨一一掠过，满眼是那种砖瓦的小洋楼，虽然不免有些单调，但我知道，这也是一种变化，一种见证。

车厢安静下来，只有微微鼻息，以及各种打盹的憨态。从洛塔出发后，车厢里便人声喧哗，沸反盈天，大家止不住感叹，尤其是洛塔的今昔变化，让人振奋。

我小睡一会儿，便被洗车河哗哗流水惊醒。山扑面而来，湿漉漉青葱欲滴，捉摸不定的雾，时散时聚，山在虚无缥缈中迷迷茫茫。

惹巴拉，是此次龙山行的第六站。二十多年前，因为湘西的百所希望小学，我曾在龙山的里耶、长潭、召市、苗儿滩、惹巴拉、洗车河、火岩等地采访。同窗田雄甲陪我走遍大半个龙山，在颠颠簸簸中见识了龙山道路的崎岖险峻。

路的变化是一个时代的变化。如今山路虽然弯弯，但拓宽后铺上柏油，行车如磐，平稳中油然升起一种时代感觉。

惹巴拉，在土家语里，意思是"美丽的地方"。我喜欢这个名字，我相信它有远古的色彩，它神秘而富有韵味。

1997 年，我采访途中来到惹巴拉的人字桥上，它是我所见到的最美丽的风雨桥，它勾连惹巴拉三个村庄，我当时简直惊呆了，这山野处，竟有这巧夺天工的尤物。我忘记了我的采访任务，我在桥上足足坐了一个中午。洗车河，靛房河，两水交集、糅合，溅起层层浪花，流水变成很奇妙的音乐，四野只有蝉喧，夏花在河沿静静开放，偶尔有水撞击岩石的声音，变成了一种大自然的节拍。

我就斜倚桥亭，怔怔地看清澈无尘的水，听悠长而宛如天籁的声音，惬意而享受。

这么美丽的地方，这么神奇的景区，这么精巧壮观的构筑，从田野考察中我们知道，它是商周的古城址，它是王逗留过的地方。我无限地感慨，惹巴拉，即使没有人文的支撑，仅凭那一座风雨桥和四野美景，它也可以撷住人心，让你的两眼放出光芒。那个中午，我思绪万千，情不自已，只能用俗语赞它了。它是遗落于山野中的一颗明珠，它是未能撷开头纱的新娘。我想，这应该是旅游的秘境，有一天，它会惊艳世间。

洗车河水流了万万年，它悄无声息，泱泱而去，当今天我们一众人在人字桥上谈笑风生，三分感叹、七分醉意时，无不翘首以赞，惹巴拉，惹巴拉！

惹巴拉没有秋意。

惹巴拉的山没有秋意。清晨，你推窗四顾，山郁郁葱葱，绿在流动，一山连着一山，茂茂盛盛，哪里有一点秋的苍黄。树叶迎风招摇，一片片稳稳地挂在树上，秋风也吹不走它的青春，若有雨水的滋润，简直是黄花少年。

惹巴拉的水没有秋意。虽然流了千年万年，它仍然是孩童般的笑声，哗哗流过去，天真而明澈，像少年藏不住心思，一眼望到底。它有野性，嬉闹打斗，总溅起一片欢愉，这只有夏天，才可见到，山里的孩子，赤条条扑向溪水。

惹巴拉的人更没有秋意。这个微雨的日子，我们在惹巴拉寻访，村村寨寨，人人洋溢幸福的笑容。当然，你可以警觉那些安排的节目中的笑脸，但偶遇中的人的笑脸，一瞥就可以感到幸福的气息。在茨岩塘、太平山、茶园坪、洛塔、比耳以及后来的里耶、八面山、白岩洞等处，脱贫后的乡民，眼睛中都泛着笑意，他们一挥手，一投足，都有一种满足感，自豪感。20多年前，我在湘西的寻访，感受除了贫困外，还是贫困。尤其是孩子们怅惘、渴求的眼神，总让你读出一种艰难。

今日的惹巴拉，满脸春风。我们投住的民宿，是两夫妇前年投资上百万元的客栈，旧宅地上的大投入，是看好惹巴拉的旅游前景。

"这里山水好，人好，政府这么大的投入，我们有信心啊。"

老板娘笑呵呵。我们恭喜她发财。

"莫讲发财，总算有个家，免得到外面去打工。"

说完又是一阵响铃般的笑声。

这种笑声我在惹巴妹外贸工厂听到过，一个敢作敢为的土家妹，把残疾姐妹组织起来，用勾针编织惹巴拉美丽充满智慧的图景，小小织锦，走遍五湖四海。

惹巴拉矿泉水，龙山腹地之泉，汩汩流进人的心田，泉水的笑声是如此甜美。

比耳村的甜橙，满山满坡，我们询问，这么好的脐橙，为什么长沙见不到？

比耳的脐橙远销欧亚，外贸可卖得起价，可卖 5 欧元一个，我们看到的虽然尚未开摘，但已预售往海外，早就名花有主了。

挂满枝的果，是一张张满面春风的笑脸，在绿叶的包裹中，笑意盈盈。

……

惹巴拉让春风吹拂大地，驱赶这个有些寒意的落寞秋天。

我驻足在惹巴拉宫的中心广场，在这片山环水抱难得的旷野中，惹巴拉宫堪称雄伟建筑，这是土家族灵魂的栖息地，黛青而泛出古意，庄重而威严。但这个秋天，那些载歌载舞的土家少女的摆手舞，打败了浓浓的秋意，把春天般的欢腾奉献给大地，只有挖断穷根的人们，才可能这样欢欣鼓舞。

这种见证，在往后的日子愈发显见。

一个小小的村庄，喜气洋洋，它要举行揭牌仪式。天也格外佑人，这是我们龙山行的唯一一个晴天。

作家水运宪，一部《乌龙山剿匪记》赢得天下名，他要为自己亲书的"乌龙村"和"乌龙山大峡谷"揭牌。这可是乌龙山村的名誉村主任第一次履职。当谭谈动情地说，我们今天是来送亲的，把水哥嫁到乌龙山……水运宪眼中闪出泪光。

一个作家把作品写在大地，一个作家把虚构变成真实，一个作家能够用作品参与向贫困宣战，这是幸运。

作品为老百姓口口相传，幸莫大焉。只有如此，作品才不会秋寒向晚，才能不断焕发生命活力，永葆青春年少。

龙山行，到处所见是春意勃发，惹巴拉深秋一日，我居然感受不到秋和落叶的迫近，这个惹巴拉之秋，老迈、落寞、寂寥，都未能在我心中驻留。

仙庾造梦

夜早早地沉入了谷底，惊蛰之雷本已将沉睡的生灵唤醒，然星星点点的春雨夹着寒意，逼退了本该活跃的虫豸，它们消隐于大自然中，安静地倾耳聆听滴滴答答的春雨。

我们在仙庾的耕食书院围炉夜话。所谓炉，是一盆红彤彤的木炭火，炭火上身，是旧时的味道，围炉就有了几分诗意。一众人天南海北，人生况味，社会世相，文坛逸事，煮茶夜话，好不快意。有三五好友，雅兴沛然，更因挥毫泼墨之际，引得一阵阵喝彩叫好，直叫人欲罢不能。

夜深沉，各人便归了精舍小墅。

我居"山居"小墅，复式，叠加，小巧精致，松杉原木包裹，轻奢风格，给山野大自然平添了人间暖意。

一夜有话。

初无睡意，辗转反侧，听山风松涛，淅沥春雨之声，渐渐便有了睡意，遂坠于梦境。

仙庾岭的山谷，飘飘忽忽进入脑海，它有如大佛禅定打坐，在两腿之间留下仄仄的山谷。耕食书院便坐落于这山谷间，它与山势勾搭，古木相伴，迤逦延伸，错落有致，在青黛中点染白墙青瓦。它是混搭的，既有旧时人家味道，又有现代元素的嵌入，既吸收徽派建筑的韵致，又融入湘派民居的气色。它有吊脚楼的气势，但改用了钢筋铁骨的支撑。它是翘角飞檐的古典范式，但却内敛含蓄表现了现代的守拙。它是传统文化的赓续者，又是当代网红打卡点的弄潮儿。

它将与时俱进扎扎实实固化在仙庾岭山谷间。

我一直坚信，创新并非从无到有，它往往是许多元件的排列组合，正如我们弄文字者，莫不是将这几千汉字不断变化排列组合，从而孕育出一个新的生命。

耕食书院与耕读书院。一字之差，我以为前者颇具新意。"耕读"为士大夫情怀，"耕食"者则可泛指天下苍生。

耕食书院神游，这是一个多么美妙的夜晚。有梦之境，有梦之夜，我已经翩翩欲仙了！

荷塘区仙庾的造梦之境，远不止于此。这片处于株洲市的绿心之地，已成工业的禁区，你踏上这片土地，但见满目青山，四野花卉，这是仙庾对当下的贡献，更是留给子孙后代的财富。

与耕食书院一山之隔的"香荷庄园"，最先撞入我耳鼓的，竟是琅琅书声。这让我有些惊异，这山野之间，竟有如此声音？寻声暗问，方知是颇为创新的亲子教育，山野、农桑、俗务、诗词、文章，融于大自然中。

教材按春夏秋冬时序，选取名家名篇，诵读中再对应大自然的场景，去领会诗意、诗境、诗情。这对于从小生活在城市中的孩子，无疑具有巨大的魅力。山川、河流、田野、菜圃、树木、花草、昆虫、飞禽等等，在厮混中自然会建立起一种淳淳的亲情。

我不知道从什么时候开始，孩子们已经有了一种对土地的隔膜，他们在多媒体的虚幻世界中，产生一种缺少血肉的对世界的认识。

但在这里，我从孩子们的欢歌笑语中，感受到他们在山野间撒欢的童趣。那种本源的人性释放，清澈而纯净，从山野的小溪，一直流向远方。这不得不让人觉得，这真是一件非同小可的事，当知行合一时，才可以打通人与自然、人与传统、人与未来、人与认知的互通。这应该是教育重要的目的之一，身心的健康，才可能创造未来的健康的天地。

这同样是个梦，这对年过半百的夫妇，倾财，倾力，倾情，企望营造一个绿色的乡村之梦——香荷庄园，实现新乡村改造的理想。

我们沿着透透迤迤的山脊，随女主人在弯弯曲曲的山道上行走时，从脚步中感觉到她的坚韧、沉着、踏实。

登高远望，香荷庄园承包流转的两千亩山林土地已初具规模，尽管前行中遇到许多困难，但一片片果树正郁郁葱葱，一畦畦菜蔬正油油发亮，一幢幢木屋正拔地而起……

梦想正在一点一滴变成现实。

我忽地想起浙西现象，它所出现的新乡村运动，给我们有益的启示。近年来，中央吹响振兴乡村的号角，大量的上海人涌入浙西山区，不仅给山区带来了新的面貌，而且也带来了大量的财富，对推动乡村振兴、改变乡村面貌产生很大的推动力。

这种由城市向乡村的返流现象，正告诉我们，振兴乡村绝非仅限于一种模式，群众的首创精神应该肯定。只要有益于乡村的振兴、青山绿水的永续，就应该给予政策的支持。据悉，浙江正因势利导，调整充实相关政策，以引导一种好的现象趋于完善，踏上坦途。

从耕食书院到香荷庄园，春梦如岚。非常有意思的是，我们来时，春雨绵绵，寒风呼呼，不意第二天竟阳光灿烂，春风和煦。也许是某种预示，天道酬勤（晴），那些怀揣梦想、理想之人，已经在仙庚大地一笔一画，描绘绿色的蓝图，把这片山河装点一新，春风得意马蹄疾，一路坦途好前程。仙庚，好一颗绿心，未来可期！你所营造的梦境，是人民幸福的美景。

万楼之万

一楼独耸，风云会聚，四百年历史，湘潭沧桑萦绕其间。

万楼，虽不能与岳阳楼、黄鹤楼、滕王阁比肩，江南三大名楼因名文名诗而声播遐迩，蜚声中外，但在湘潭人的心目中，万楼是挥之不去的记忆，摧之不倒的偶像。

有当地民间学者告诉我，从 1615 年至今的四百多年间，万楼遭遇过多次兵火，但屡毁屡建，不曾湮灭，至今已是第六次重建。这是在湘潭的历史中独有的现象，可见其历史地位。

遥想当年，北去湘江，滚滚向前，波涌浪迭，水势汹涌，而到了一名叫石嘴垴的地方，则波平浪息。且此处舞榭塔亭，庙寺廊桥，四时风光，人文景观，一派壮观。而其下游，田畴平旷，阡陌纵横，山川起伏平缓，林泉隐约明瞑，其时县令不知是否一时兴起，在此堙沙截波，筑石为台，建楼设坛，名为杰灵台。最初台高只 10 米，楼为木质结构，其高为 13 米，两者相加共 23 米，这在当时，已经是蔚为壮观，高耸入云了！

因缘总是不期而遇，故事总是机缘巧合。正当其时，遭贬官回乡的明朝官员李腾芳，闻有此举，欣然前往，驻足观楼，赞赏有加。但他觉得"杰灵台"太俗，于是更名为"万楼"，所谓万，为数之大者，言楼为极尊，城邑也由此而扩大。

李腾芳仿效《岳阳楼记》，写有《万楼记》。可惜全文少了"先天下之忧而忧，后天下之乐而乐"那样的情怀，故难以传之广远。但展读该文，状物抒怀，寓情于景也堪为高手，我们不妨来读一段妙手神来的文字："至日，予与侯登台而周观之，地之隆者益出，沙之伏者益偃，山之迎者益近，江之转者益洄。少焉，蹑级而上，身纵于楼之端。千里之风，拂槛而来，万袅之烟，缕波而起，林瞑江动，水出石激，山川之精，呈巧献工，气象变怪，宜其如此。"

千里之风，拂槛而来。何等气势，何等惬意！舒展之情，尽含其间。万袅之烟，缕波而起。人间烟火，万家民状，年丰人安，何其幸也？

这是李腾芳当年登临万楼，凭槛远望的一幅千里民情图。

历史的烟云已经远去，"万楼兴，湘潭兴"。万楼数百年的演变，见证了湘潭的兴衰枯荣。此楼亦为文人雅士、迁客骚人荟萃之地，他们唱和酬答，挥洒才情，将文化的种子播撒于这片土地。

文化往往是一种悄无声息的积淀，表面与社稷民生了然无涉，其实经年积累，百代传承，则可以焕发出一种巨大的力量，如地火运行后的迸发，如光华北斗横空照亮天空。由此观，我们就不难理解湘潭在近代人才辈出的原因。这也许是万楼屡毁屡建深层次的原因。

第六次重建之前，我就接触过许多湘潭的有识之士，他们对万楼的毁坏痛心疾首，他们认为这是湘潭文脉的断裂，为此，他们奔走呼号，争取社会方方面面的力量的支持。2009年，政府、社会、企业终达成共识，万楼的重建始方开工。这是历史文脉续接的开始，这是万楼又一次浴火重生的开始。

湘潭雨湖的朋友，让我有了一次直面万楼的机会。

这是一个清寒薄雾渺渺的早晨，在雨湖区小东门外宋家桥，举目东望，迷迷茫茫中见不出万楼的巍峨，只见它翘角飞檐的轮廓。

我们从宋家桥驱车数百米，驻足宽阔的万楼台基，抬眼仰望，方觉出其建筑的巍峨和体量的巨大。在我的印象中，滕王阁其高不足60米，黄鹤楼也只刚刚超过50米，而岳阳楼则只有20多米。问及雨湖的朋友，方知万楼总高为63.48米，其高为江南楼阁之首。

楼不在高，有魂则名。万楼有魂否？当我拾级而上，登楼尽览，虽觉其文物的收罗布置不免零乱不当，但仍然感觉其文化的深厚。毛泽东这一政治、军事、文化的巨擘，真可以让万楼有千钧之力，仅一人便可小天下。由他引领的文化巨匠齐白石一干人等，云蒸霞蔚，为湘潭之文化大观，为万楼蓄灵魂。

如果你登万楼，只看到文化的一面，不免挂一漏万。我们乘电梯直上楼顶，得知万楼外五层，内九层，意为九五之尊，不免腹诽，中国几千年历史中，九五之尊所指为何，众所周知。但湘潭人毛泽东，第一次喊出了"人民万岁！"如果说万楼所指的九五之尊是人民，这是有悖几千年旧文化的先进文化，幸莫大焉！

吾思吾索，环楼四顾，江水自流，凭栏远眺，虽不见昔日江帆点点，百舸争流，也不见商埠酒肆，人声嘈杂，物聚物散，货通天下。但可见通江达海带来的繁荣，这才是真正的民生，致用的文化，表面上看它是原始、低级的人类生存所需，但它是最稳固，最基本的东西。从这个角度看，我以为这才是万楼存在最有价值的所在。

而今天，万楼联合湖南芒果 TV 所建立的文化产业园，并由此设立的青年码头，都是从经济的角度，注入万楼的新活力，这是万楼民生文化的赓续。

悠悠万事，民生为大。万楼经济与文化并举，惠民与育民相生，必将成为万民的乐土！

追春

湖南是四季分明的省份。谷雨过后，春便徐徐谢幕，夏将蓬蓬勃勃向我们走来。一年之中，过去这种交接是分明的，但这些年，天意弄人，旧时的"谷雨过后再无寒，人间芳菲四月天"，几乎并不固态。生活变得精彩纷呈，天气也变得变幻莫测。

我们来舜皇山，是追赶春天的脚步，听从那一片春光的召唤而来。

但这次追春，却遇上了凌寒。同行者来时还薄裤短衫，此时却拥衾厚装，在瑟瑟中领略冬意了。

登临复登临，舜皇山我已三次登临了。三次都是踏着春天的节拍，在浓浓的春意中，用匍匐之状，用崇敬之情来膜拜的。

第一次登临，正是一个阳光灿烂的日子，"帆得樵风送，春逢谷雨晴"。那是追随远古的脚步，领略舜帝仁慈宽厚的胸怀，德懿天下的垂范。难怪乎，那位睥视千古帝王的伟人，赞美之情溢于言表："九嶷山上白云飞，帝子乘风下翠微""春风杨柳万千条，六亿神州尽舜尧"。

再次登临舜皇山时，是清明之后的谷雨，"明朝知谷雨，无策禁花风"，我们只能披着雨衣，在细雨斜风中登临舜皇山了。在唐爱民君的引领下，我们来到刚刚竖立的老山界碑前，碑还被红绸覆盖着。当中国作协副主席谭谈为其揭幕后，朱和平将军题写的"老山界"三个大字，鲜红夺目，一种肃穆感油然而生。这是中国工农红军长征途中翻越的第一座高山。

历史已经远去，我们沿着湘桂古道，追随红军长征的脚步，逶迤而行，耳畔仿佛还有当年湘江战役惨烈的厮杀声，眼前总浮现尸横湘江、血流漂杵的场景。红军由8万来人锐减到3万人，越城岭下，可谓是红军的生死之地。湘江战役之后，所剩的红军将士钻入舜皇山腹地，这里山高林密，让红军在危局中获得暂时的喘息。翻越老山界后，红军摆脱了追兵，直入贵州，攻克遵义，召开政治局扩大会议，确立了以毛泽东为代表的新的党中央的正确领导，开始了红军长征的崭新篇章。

硝烟散尽，曾经血染的古道，已是一片春色，漫山的野茶，在微雨的浸润下，绿光点点。环视左右，溪流潺潺，古道流韵，春笋绰绰。我们一路走一路想，将红军英雄壮举和今天舜皇山人脱贫后的欢笑联结起来，怎能不体会到先烈的牺牲和今天平安生活的因果关系？

今年舜皇山的登临，是第三次了，本以为是"诗写梅翁月，茶煎谷雨春"，不意风裹寒气，雾锁峰峦，好一派凌寒傲霜的气势。如今的舜皇山，不独是旅游，它融文旅、茶旅于一体，帝子灵芽的开发，推动了舜皇山野茶的研制，它的野性、灵性、原生态，无疑是先天优势，这种与生俱来的品质，与驯生茶树有天壤之别。正是野生茶这种先天优势，使邵阳市委、新宁县委看到了商机，他们启动的保护开发十万亩野生茶地，将野生茶请出深山，造福生民。

旧地重游，总容易勾起对往事的追忆。曾记得 3 年前与唐爱民君的一席对话。

何以要在成功之后，回乡创业？

我苦孩子出身，回报乡梓，是我夙愿！

为什么对野生茶开发情有独钟？

这是舜皇山天赐给老百姓的福茶，将它作一番事业来做，是我人生一个目标。

怎么样造福老百姓呢？

简单说就是提供就业岗位，每年摘茶、修复等等，就可以给老百姓提供不少的收入，让他们真正脱贫，而且长久巩固脱贫成果。

今天，他们开发的帝子灵芽，声誉日隆，已走向湖南，走向全国。想想 3 年前的对话，我心释然，突地冒出一联：千家欢乐方为乐，万叶皆春才是春。

四海同春，这是最美的春天，在舜皇山，虽然遭遇春天的寒潮，但在我心中，仍有万点春光，那些在寒雨中闪闪发光的灵芽，将会酿造出一片更美的春天，追春的人，也会成为舜皇山最美的人。

杜甫想住的地方

历史的脚步停留在某一时刻，你总会逸兴遄飞，思接千载。

江堤如砥，逶逶迤迤连接天际，株洲航电枢纽，一坝横卧，湘江水一变而静若处子，一水如黛。这是初夏，这种静美，有一种致远的力量。

我驻足于株洲渌口王家洲的江岸，极目远眺，当天风送来无限的快感时，思绪纷飞，在历史的深处和现实的图景中，变幻交错。

久久凝视，久久默想，千年的画面，飞入眼前。

一代诗圣，停舟坐爱，居然四次携眷登岸，在空灵岸徘徊流连。这是公元768年，杜甫在上溯湘江时的记载。尽管他有过"夜醉长沙酒，晓行湘水春。岸花飞送客，樯燕语留人"的感叹，也有过"正是江南好风景，落花时节又逢君"的惊喜，更见到"树蜜早蜂乱，江泥轻燕斜"的古镇美景，即便是登岳阳楼，谒屈子庙，拜太傅祠，在不胜低回之中，诗人对心生敬意的地方，都只有一次的拜谒，而唯独空灵岸，他四次探访，竟然产生想在此地"可使营吾居，终焉托长啸"的想法，造屋居住，以享天年。由此遥想，可见当年渌口湘江段，风物宜人，江山如画的景象。而诗圣杜甫的眼光，绝对的高格与准确。

宜居，永远是人类追求的平生目标。在我看来，山林并非理想之地，虽然有言"自古名山僧占多"，似乎有几分让人羡慕。其实，山高林密，虽有优质的空气，洁净的山泉，但高山最大的不足，除了道路的艰险，便是春夏的潮湿袭人，冬天的严寒难耐。所以高山寺庙，真可谓"清苦之地"。

今年初夏，寻得一个机会，再度重游渌口。从伏波岭一路走来，山丘连绵、竹篁摇曳、林草丰茂，至渌江与湘江交汇处，水流映带，润滋万物。它是那种没有锋芒、内敛、含蓄的曲致之美，一股平和之气弥漫于这片天地之间，营造一种祥和安静的气氛。

水，滋养万物，包括人类。逐水而居，成为铁律。当我在新疆吐鲁番，沿着坎儿井参观时，一面赞叹吐鲁番人民面对艰苦环境不屈不挠抗争的伟力，一面也感叹吐鲁番人民生存环境的艰难。想想这里年降水量平均只有 100 多毫米时，怎能不感慨湖湘大地在水资源上，是多么的富裕？

湘江永不停息地奔流，将两岸滋润得一片丰饶。在渌口村，数千亩的玉米，迎风飞绿，青纱帐里，几乎可听到拔节的声音，一群稚声稚气的孩子，正席地作画，喜悦、幸福、欢乐，都在他们一笔一画中流淌。这是多么快乐的周日，田园风光的美好，映衬着一张张欢笑的脸庞。道路两旁的鲜花，娇艳怒放，活活泼泼地开满一路。渌口的田园是最美好的大自然课堂，在这里，心灵的熏陶，情操的培育，审美的提升，品德的铸造，会在无声的滋润下，给孩子们一片阳光的天空，而孩子们的欢笑声，更是闪烁一片未来的希望。和我们一道而来的 80 多岁的画家萧沛苍，站在这些未来之星中间，脸上洋溢着青春的笑容。

此后，湘江陪我们一路北去，她的温柔平静，更是催生出一幅幅美好的画面。

那日中午的骄阳，并没有阻挡大家奔赴蟠桃林的热情。鹅黄、猩红、青翠，那些并不规则、个头很小的蟠桃，却有极好的口感，甜丝丝，脆生生，竟成杨梅村蜚声国内外的特色产品，小小的杨梅村因一业而致富。

王家洲，更是山水的佳构，最美的乡村。从这里无须远望，便可见当年杜甫想住的地方。湘江的这一段，不是奇山异水，摄人心魄的那种美，而是"腹有诗书气自华"，平静中显出高贵，苍水中露出雅意。在缓缓的流淌中，显示出从容、闲适、舒畅，真是现代生活难得寻求的境界。

王家洲的静谧，又绝不是桃花源式的隐逸，它虽无车马的喧嚣，但却有电商的通达。它虽无农耕时代的古意，却有世道人心的善念。当我得知村里多年几乎无刑事案件时，不由得更生敬意。

毋庸置疑，田园审美，已经在许多人的脑海中渐行渐远。当都市的繁华、陆离、新奇、异质已经成为许多人的审美新宠时，的确需要一种呼唤，像王家洲这样的村居，它所集合的元素，把悠久的历史和现代农耕有机融合，其幸福指数，将会成为人居环境的高地，成为一种新的幸福宜居的指向。当我获悉王家洲在近期将建设"乡村美术馆"时，我禁不住拍案叫好，这个美好的创意付诸实践时，它将会辐射湖湘大地甚至更远，成为千万学子一个重要写生基地。我当然希望由此产生许许多多优秀的画家，但我更看重的是，它能给时代注入一种新的美学观念，引领时代新的风尚。

光阴百代，湘水不废。我又一次想起杜甫，他在湘江上的逆流而上，是在安史之乱已经平定五年之后，因北方仍然军阀混战，诗人想北归的愿望不得实现，只好溯湘水而上，投靠亲友。在这无奈的选择中，我想此时，离乱之人对和平，更是有一种超乎想象的渴望。尽管其时的渌口也处于战后创伤未愈的状况，但我相信杜甫一定看到这片土地内蕴的平和祥瑞之气，他的选择，已经为今天这些沿江村庄的事实所证实。我们只能感叹，诗圣如果能活到今天，则一定会系舟登岸，安居在这风物宜人、物丰水美的渌口。

大熊山上两棵树

那一晚，宿大熊山金龙溪院。

一夜无话，但枕涛而卧，大自然给了催眠良方，耳畔始有潺潺水声，渐如轻音乐，舒缓而起伏不定，终归于无，把你推入温柔梦乡。

我对寻山访水，总有些不以为意。如探洞，就往往兴趣不大，从最早下桂林芦笛岩始，到造访张家界黄龙洞后，就以为天下洞穴，野无遗贤了。虽然其间也感受过一些洞穴的奇伟壮观，神奇莫测，但终归是山之洞穴耳！

再如寺庙。即便是藏于名山之中，规模宏大，但寺庙者，多是规于一范。虽规模不一，但都形同一出。即便在表现形式上，无论是求佛问道，还是驱凶避邪，都无外是木鱼声声，香火袅袅。这次至大熊山西泉寺，尽管其体量宏伟，依山傍势，勾连衔接，互为映衬，但仍然没有震撼之感。

如果说真正让我有震惊之感，有深刻印象的，记忆中有张家界倒长的山，九寨沟童话般的水，龙门石窟精湛的石刻，新疆吐鲁番的坎儿井，苏州精致别巧的园，昆明大观园洋洋洒洒的联，太行山中挂在云上的渠，凤凰城中那一片石垒的坟，韶山冲中那间简陋的屋……

在大熊山西泉寺东侧，真正让我心头一震眼前一亮的，是一棵挂满红绸带的银杏，看来许愿的人不少，人人心中都驻着一份美好。我想起多年前过黄山鲫鱼背，两边万丈悬崖便挂满了锁，这可是青年男女的定情之物，他们希望锁住一生，把爱情进行到底。

肺腑之言，只有见到最可靠的人时，才可以一吐衷肠。那些晨风中飘拂的红绸带，飘荡着多少美好和希望，而这位长者，静静地，慈祥地倾听每一位怀揣希望的信徒的倾诉。千年银杏是最可靠的倾听者，它们用千年的智慧，把希望带给人们。

已是深秋了，古老的银杏树叶仍微黄泛青，这不禁让我想起白居易的两句诗：人间四月芳菲尽，山寺桃花始盛开。山高推迟了季节，树老却仍葆青春。树旁立有一牌，告诉我们此树有四千多岁了。有友人说，前些年来时，牌上还只标明一千六百多年树龄，只是几年时间，陡增了三千年。众人闻之大笑，又有友人正色道，这可是后来林业部门正式勘定的，言之凿凿，我们又缺少科学证据反驳。我见那树，巍巍如盖，挺挺于云，枝壮叶繁，老而弥壮，四五人方可合抱，瞬间让我肃然起敬。山间老者如人间寿者，风霜雨雪，酸甜苦辣，阅尽人间沧桑，饱览世事风云，真大贤大智者。古语曰，仁者寿。我立于远处，细细端详这位饱经沧桑的长者，仿佛有一股仙气，有一种仁者的气象环绕周边。如果古树真有四千多年的高寿，真可直追华夏五千多年的文明历史，见证先民筚路蓝缕的点点滴滴。我禁不住要直呼了，大熊山，你不愧为高寿之山！

一代伟人毛泽东，晚年见枯树老枝横虬，不禁大发感慨。即使是千古英雄，也会感叹人生。但我在大熊山见到这郁郁葱葱的千年银杏后，对江山无限，生命永续有了新的认识。英雄的历史，会被时间之刀，一点点镌刻在古之树上，和青山一起永存。

大熊山上两棵树。读者诸君也许会问，还有一棵树呢？

这棵树有点寂寞，它孤零零立于金龙溪院宿主陈明亮的老屋后面。但我见到它时，仍然有一种想顶礼膜拜的冲动，我远远地注视它，无论树形、体量，都与西泉寺旁的那棵千年银杏如出一辙，因隔了一个山脊，只能翘首相望。学生介绍道，眼前这棵是雄树，西泉寺那棵为雌树，据说两棵树树根已紧紧相扣，延伸到春姬峡了。更有甚者，说两树之根已经伸至新化县城。虽是传说，但大家听说后，仍一副很羡慕的样子，那眼神中，都显出神往了。

旧有比翼鸟、连理枝之说。在大熊山，两棵千年银杏根相连，枝相望，这真是一段隔山连理的美好传说。而这一切美好的传说，都发生在这美好山水之间。

大熊山两日，目之所及，到处有古木森森，那些和时间较劲，和风雨搏斗的古树，显示出奋斗的力量。而这一片树之历史，又都是大熊山人民敬天地爱万物精神的写照。我于万木葱茏之中，在这有趣的地方，和一群有趣的朋友，见到这两棵有趣的古树。我们默念，感谢祖先，把这巨大的财富留给我们，我们更应把它传给子孙。

洞穴之光

藏在心中的风景，才是永恒的风景。

游历了许许多多名山胜景，甚或欧亚大陆、北美风情。数十年后，真正在记忆中能清晰还原的风景并不多，只有那些像烙铁画一样，烙入胸中的风景，才会与生命一道永存。

这种风景，并不一定是名山大川，人文胜景，有时区区一地，也让你铭心刻骨，欲忘不能。

我的家乡的狮子坦，就是这样的地方！以弹丸之地称它，好像也不恰当。撮土之垒，洞穴之村，在绵延起伏的丹霞群山中，它就是小不点，默默存在数万年，甚至更久的时间。它在还原先民早期的生活，周而复始地完成生命的延续，和大自然完全融为一体，在日出日落，四季轮换，耕种劳作，恒定作息中繁衍赓续，成就一种小国寡民的生活。

谁也想不到，当社会已一日千里，当文明之光已经照遍世界的时候，在我的家乡，中国银都——湖南永兴县便江河畔，居然还遗落一块原始的陨石，隐于荒野，悄无声息。

20 世纪 90 年代初期，我结伴二三好友同游便江。我记得是一个炎炎夏日，好友们兴致颇高，遣兴于山水，流连于风景。我们游览的这一段，从程江口到便江大坝，是便江上胜却无数著名景点的佳构。

美不美，家乡水。这是民谚对故乡的赞美。其实认真想想，民谚也未必全对。这并非客观美的结果，从某种意义看，它只是一种主观审美的结果，这种带有感情色彩的审美，也许并非实际的情况。我一直奉行审美是主客观相统一的观点。我一直警惕对家乡风景的偏好，故时常喜欢将风景作对比。

我曾经将便江与漓江相比，漓江秀美，便江则不同，发育充分的丹霞地貌，风蚀雨侵，造物主极尽鬼斧神工，仿佛天遂人意，把这片岩石打造得形态各异。有巨兽状，有飞鸟状，如虎，如狮，如龟，如兔，如鹰，只要你认真观察，调整角度，十二生肖，均可入目。两岸又多洞穴，或深或浅，或大或小。那些临水而居的人家，屋舍参差，人们悠闲。码头船坞，绿树成荫，山峦婉致，古木参天。村中四野，田亩阡陌，菜畦成行，春华秋实，稻菽飘香。又可见渔翁樵夫，更添嬉戏儿童，捣衣村妇，晨光夕照，尤以渔人摇橹撒网，成就一幅幅水景剪影。

程江口一带，水渚鸟飞，多竹篁，若是大树，则藤蔓缠绕，千姿百态，风情万种，来风时，惊鸟倏忽箭驰，绿叶摇曳生姿。这人间的气息，漓江似乎少了些。

这一对比，便江的美，也便有了不输漓江的地方。

便江还有韩愈避雨留下的遗迹——侍郎坦，徐霞客游历便江之后感叹道："重岩若剖，夹立江之两涯，俱纯石盘亘，倏左倏右，色间赫黑。"尤其对程江口的风景，不惜用"寸土绝丽"的高誉赞美它，给便江打了个高分。

我和朋友们便在这寸土绝丽的风光中，游兴浓烈，尽管汗流浃背，仍不觉困乏。中午时分，阳光正盛，停船于一个"楠木山庄"处。山庄只是一户农家，但这地方好生了得，合抱粗的楠木，参天蔽日。十几棵，把山庄一大片地坪，遮得严严实实。山野之风，徐徐缓送，楠木清香，丝丝入心，永日消暑，大快朵颐，自然引来大批游客。

我们就在树下午餐，凉风习习，兼有楠木清香，不是一个爽字能够说完。

餐后，县里的同志说，离楠木山庄五六里地，有一独特洞穴，号狮子坦，十几户人家，自成一村，与世隔绝，民风淳朴，作家们是否去看看？

于是，我们十几号人，沿弯弯曲曲的田埂路，一路西行，去踏访这神秘的世外桃源。

狮子坦隐于荒草之中，洞前有芭蕉数棵，伞状，遮蔽洞口，杂花点点，荆莽丛丛，忽闻鸡鸣狗吠，方知已到洞前。有孩童立于坦穴高壁处，眼神讶异。待我们一行人沿岩梯登上坦中半腰中，始见有老者从屋舍中迎出，操当地方言，稀客稀客。

坦中屋舍两排，中有一道，形如街肆，房均无顶，有锁扣，但都无锁。门窗洗刷如白，临洞穴最北的屋，悬空飞架，独木支撑，有翩翩欲飞之势，令人赞叹民间能工巧匠的智慧！

洞顶一水飞泻，皎洁如练，落入坦壁砌好的水池，如玉珠坠盘，飞花散玉。大家每人掬一捧喝，只觉得甜沁沁、清凉凉，直呼，真山中琼浆！

此中人端了茶水食品，言，少见有外人来访，更没见过有长沙客人来过。交谈之中，方知祖先避乱隐于此地，已有数百年，世上风云变幻，兵荒马乱，但都与他们无涉。他们逍遥自在，天不管地不管，好快活哉！

这是世外的桃源，洞中的神仙。

我不是发现者，但我是第一个向外传播者。这次踏访不久，我写有散文《狮子坦》，发表于《湖南日报》，虽未惊世骇俗，但此后寻访者日见增多。有摄影家盘桓此地，以《洞穴人家》为名，用光影组图，全面向世人展示了它的真容。几年后，当我和胞弟再次造访狮子坦时，它已经开辟了旅游公路的毛坯。遗憾的是，人去楼空，不闻鸣吠，已经是废弃的洞穴村落，村中人皆去县城居住。

我们有些失落、怅惘，如果只有洞穴而无人家，那就只是遗址，而非现状。狮子坦的奇异，在于其连接古今，固守本原，它保留着先民天道合一，崇尚自然，和谐共生，命运与共的优良传统。

它是一面镜子，睹物思今，思载天下，可以照见当今世界一日千里、日新月异的变化。也可以让你感叹竞争真是一把双刃剑，一方面推进了社会的繁荣，另一方面也由此派生了一系列没有未来的忧患。

此后，我再也未去过狮子坦。去年冬日一个偶然的机会，刷抖音时无意看到一个博主，驾车千里，寻访狮子坦，见此处有村民回归。回归者多为老者，淡定而从容，有一种遗世独立之风，我好生喜欢，在物欲横流之时，居然有逆行者！

我的复返，自然也是一种精神的复返，从最初的猎奇，到今日的复返，的确需要一种思想的反省。纸醉金迷，奢华无度，五光十色，光怪陆离，金钱的战车已经驾驭许多异化的生命，一双无形的手已经将我们推上异化的舞台。在这种思想的指引下，我们甚至不知道，我们前面的幸福是什么？一间屋，一箪食，一壶酒，一件衣，一辆车，现在已经引不起我们的兴趣。幸福，其实只能在对比中才有强烈感受。一位农夫，在炎炎夏日中，气喘吁吁挑一担重物，一旦能遇上一棵能蔽日成荫的大树，卸担乘凉，这是何等的幸福？一位饥肠辘辘的路人，在四野无店无村，无人无食的情况下，忽遇一树果实，能不欣喜若狂，感到福从天降？当今天我们已经不识俭朴为何物时，人类对富足的体会难道会深刻吗？事物的一切都是辩证的，有长则有短，有动则有静，有深则有浅，有祸则有福。这种时候，当狮子坦这样一种精神村落驻扎于我们心中时，我想，你会慢慢向它靠拢，体会到人类崇尚一种俭朴的生活，好生对待自然，是多么的美好。这种有序地向自然索取，自然的回馈就会延绵不断，永不枯竭，人类就必然会有未来。

据说，腰椎间盘突出，倒着走是非常好的办法，我有朋友就以此法根治了严重的腰椎间盘突出。面对未来，面对狮子坦，我想，我们需要一种倒退式生活，以根治人类精神上的腰椎间盘突出。今天我们采取一系列的行动，不正是这种改变人类命运的倒退式的生活吗？退耕还林，退田还湖，退牧还草，人类需要让自己退回原路，需要有一种修复式退回，但这并不意味我们再回到茹毛饮血的时代，人类照样前进，那是有节制的前进，可持续的前进，我们多么需要一种与自然相谐，与人和谐，与己和谐的生活，返璞归真。这可能便是构建人类命运共同体的必经之路。

古道记

辛丑春，客结伴七八好友，访新宁舜皇山，从湘桂古道入，沿溪行，山石错列，野径幽曲，水声訇然，白浪迭起，竟忘路之远近。忽逢野茶林，新芽点点，春色浓浓，古道曲曲，山雾飘飘，又有新笋出土，列阵迎客。客中有号谭谈者，年近八旬，见笋起意，竟撒欢野茶林，如少年顽童，手扳脚蹬，新笋立现。那笋肉如脂如凝，鲜嫩无比，客中一片惊呼赞叹，更有好事者新文，顷刻成像，发入友圈，名之为"笋友在"，一时点赞无数。谭君自诩，老夫聊发少年狂。

即时，山峦叠翠，云去雾散，众立于嘉木旁，撷茵咀嚼，初滞涩，后觉清新，有山间泥土芬芳。野茶本色，吸天地之灵气，甘辛苦涩混杂。愚以为，此为自然万物自卫也，若无苦味，必遭侵蚀。

客中有唐君爱民，幼于舜皇山中长成，苦乐年华，悲欢记忆，山中磨砺，几成人生财富。后负笈西洋，拼搏于美之旧金山，于华人中声名日隆，遂推为商会会长。商海搏击，愈思亲恋祖，爱国怀乡。经年，归乡，闻舜皇山中野茶遍壑，却终老于深山老林，念及乡亲们守贫无奈，便心头一热，决计开发舜皇野茶。

舜皇山，新宁县、东安县各半。旧时只知舜皇山位于东安，殊不知新宁有半壁江山。新宁有崀山闻名遐迩，竟将舜皇名声遮蔽。史载，舜帝南巡，幸五云山，喜山川丽景，遂驻跸此山，初遇崀山，便言：山之良也。可见崀山也为舜帝赐名。舜帝崩于苍梧之后，五云山遂改为舜皇山。

新宁舜皇山，有十八山溪，山泉奔跑，沟壑纵深，沿溪数十百里，嘉木蔚然，野茶成林，达近万五千亩。有茶专家数人，实地勘验，禁不住断言，这是国内野生茶最大群落。其实，守着金碗银碗，却去讨饭要米者，不为个例。舜皇山之野茶，千年酣睡，无人唤醒，初醒的山林，最重要的不是大水漫灌，而是精准点滴，把最好的品质呈现给世人。不禁想起一则趣闻。当年，毛泽东送尼克松大红袍茶二百克，尼克松嫌少。周公恩来闻之笑曰，大红袍每年产量不足一斤，主席可是送了你半壁江山。

余以为，不争舜皇野茶为第一，只争此茶独门器。后闻，五年研磨，舜帝野茶以兰香独树一帜。余于舜帝茶庄浅啜慢饮之时，便觉野茶兰香阵阵袭来，雅意绵绵，幽兰入心。凝视中遐想万端，便胡诌一联赠唐君：古道溪涧多嘉木，舜帝野茶独兰香。茶品质需独创也，人无我有，另辟蹊径。然事业则需惠及众也，独乐乐不如众乐乐。

于古道的行进中，余感奋而赞叹，振兴乡村，巩固脱贫，是多么需要有更多有识之士，投身其间。产业的振兴，方可舞动龙头，带动龙身，持续发力，恒业久固。欣闻，舜皇山里人，在舜帝茶业的带动下，不仅有稳固的采茶收入，而且民宿、旅游业的渐起，也给振兴乡村，巩固脱贫成果带来新的希望。余赞赏唐君的古道热肠，凡事预则立，茶业初创之时，既忧其民，这是何等情怀？

余于古道，思绪万千，余对资本，心存警惕。余思忖，但凡我们于资本追逐利润最大化时，还保留那一份古道热肠，就会给情怀让出一条道路。你所创造的利润有温度、有大爱。这条古道，就会变得越来越宽广。

水映昭陵

微风斜雨，秋色横江，这种时候，漫步昭陵老街，思绪自然会伸向远方，脑海中翩然而至的是街肆、酒旗、檐楣、码头、红灯、绿幡，以及破空的吆喝、嘈杂的人声，这画面纷至沓来，稍纵即逝。当你回到现实，这一切虚幻都不复存在，据说是当年吴三桂为照亮行军之路，而将昭陵古镇一炬成灰。

传闻真伪，难以分辨，但据古籍记载，昭陵从宋明以来，因水路航运的便利，一时鼎盛繁华。昭陵古镇，因水而荣，也因水而衰，不由得让人感叹世事的变迁、自然规律的不可抗拒、人事偶然的不可预测。

秋雨秋风中，当下眼中的昭陵，实在只是一条老街。篾片木构的最老的建筑，也没有百年的历史，自然与"古"相去甚远。我们见到的电影院、邮政局等最老的建筑，也是新中国成立后的产物。即便是这些建筑，也些许露出岁月涤荡的沧桑。日新月异的时代变化，真真切切把昭陵推向了晚景。

昭陵的确老了。我们随意走进一户人家，一位老者热情迎上，搬椅端茶，淳朴仁厚。一问，方知老者独居，儿女耐不了老街的落寞，都搬到城里生活。再问，方知昭陵老街，多为老人，他们守土恋栈，似乎有一种精神的寄托。

我打量这低矮陈旧的陋室，发现屋中有几处水位标志，水位最高处，标注有"94年"字样。那年洪水，其水位已升至2楼。老人说，湘江修了株洲航电枢纽后，老街水位自然提高了，当年的老码头，也多在水下。

眼前的湘江波平浪静，据知这是湘江在株洲段的最宽处，水阔江瀚，流水回旋，排浪避风，是绝佳的停泊港湾。昭陵古镇临水而起，傍水而生，风生水起，尽得先机。

西望，青山如黛，万山叠绿。而在秋雨的点染下，群山迷迷蒙蒙，葱翠涌动，层峦叠嶂，峰壑变幻。天地为江岸泼墨，自然替流水造境。

南眺，水天一色，微澜缓来。点点江帆，翩翩沙鸥，将湘江勃勃的生机和吐纳的从容尽收眼底。

我和马笑泉，凝思聚神，在一户居民屋檐下，静坐远观，才发现，昭陵的大美，全在这一江碧水、数点青峰中。昭陵老街不愧是最佳观景平台，从这里西望南窥，一幅幅山水画面奔涌而来。春夏秋冬，朝昏晨夕，大自然画笔不愧为涂抹大师，造境巨匠，难怪乎北京的一位史先生，几年前在此购得一所老旧民房，几经改造为"观自在"，成为昭陵老街外来第一人。

笑泉已深深爱上这个地方，以至后来他向主政者直言，昭陵未来可期，如果有意引进文艺家，他愿意第一个响应，如果有一批志同道合的文艺家在此筑舍，则昭陵肯定会大放其光。

我对渌口，已有多年涉足、多次探访。尤其是沿湘江两岸，每有笔会，必来踏访。这里不仅风物宜人，而且山水显出从容的气度，一练蜿蜒，飘然而去，没有大山大水的险峻，是江南风和日丽、平稳闲适的居家胜地。难怪乎一千多年前的诗圣杜甫，经临此地时，曾流连忘返，很想在空灵岸结庐居家，他四次系舟登岸，"可使营吾居，终焉托长啸"，企望在此终老一生。这是一千多年前的"前浪"，诗人从洞庭湖沿湘江一路上溯，凭吊前贤，饱览风光，虽是离乱之人，但也不是得过且过，以其高标的眼光，独爱空灵岸，他的"被需求"，恰恰被渌口的山水激活，被这里的风光挽留。

由此我想到昭陵，这个已渐老而近于破败的街肆，如欲让其焕发青春、重现昔日的风光，无疑需要方方面面的支持。但真正能激活这座古镇生命的，实在是人才的引入。那些自带光芒的文艺人才的涌进，才可能与这段风光旖旎的山水，相融相拥。只有将自然的水变成艺术的水，才可能使昭陵古镇之水，重获一种生命的能量。大江流日夜，是一种水的生命状态；大江静止而凝固于纸上的那一瞬间，它也获得了永恒。此时，我突然想起白石老人初到北京城时，困于生计，用一张自己画的白菜去向一位菜农换一兜白菜，居然被菜农拒绝。试想，当时如果换了，这位菜农此后可能便改变了命运！

水流是昭陵的灵魂，人才是昭陵的希望。

第二辑

回澜

这音符中，
有时代气息，有奋斗者之声，

有人民群众的柴米油盐，
有文化的传承，有为政者的担当。

永生之柳

整个中华民族，都应该擂鼓三通，为这次伟大的出征壮行。

但实际并非如此。风萧萧黄河寒，没有威武雄壮，有的是几分悲壮。一位拖着病躯的老者，歃血为盟，以死赴难，悲愤祭旗，抬棺西征，剑指天山南北、大漠戈壁的入侵者。他就是中华千古奇人左宗棠。

中华诗史中，曾经有一派诗歌，如银瓶乍破，铁骑突出，格外引人注目，它就是唐诗中的奇葩——边塞诗。但在诵读之余，我们发现，另一类人物，他们以大地作笺，金戈作笔，一腔热血，满怀忠义，把诗歌写在万里疆域。左宗棠，便是这人中之龙，百鸟之凤。在新疆的大地上，他赴汤蹈火，纵横驰骋，以铁血之笔，成就伟大的诗篇。他，不愧是我中华最杰出豪迈的边塞诗人，他用一种特殊的方式，一路西进，一路挥笔，壮写三千里诗行。这些特殊的诗，既让我们眼见金戈铁马、风卷残云，也让我们耳闻羌笛箫声、胡琴琵琶。他用铁血巨笔所写的"还我河山"的诗章，即便是全部边塞诗歌加在一起，也未免黯然失色，轻轻飘飘。

历史的烟云已经散去，这些诗行的解读可以有千种百种，但我们愈往后读，愈发感受到这些写在天山南北的诗行的深邃大意。

天地光阴，万物之逆旅，百代之过客。弹指一挥间，210

年过去，湖南岳阳湘阴樟树港柳庄，镜头再次将这个僻静的小庄和一位伟大的人物推到人们面前。

两棵百年老柳，将从甘肃肃州移栽入柳庄。三千里路云和月，这种从西北向东南的迁移，一下子便拉近了历史，打开了人们的心路。

朋友叶文智，我名之为民间的"行动领袖"。他既非坐而论道的书生，也非固执蛮干的勇夫，一件事情，在他手中，总要捣鼓出很大的声音。

2022 年如火的八月，我因出奇的酷热困在南岳，收到他从甘肃发来的一条微信："新栽杨柳三千里，引得春风度玉关。这张照片是我在敦煌月牙泉左公柳前。今年是左宗棠诞辰 210 周年，经我创意、策划和游说，酒泉市拟从敦煌市辖区域内挑选两棵左公柳移往左宗棠故居——湘阴县樟树港镇柳庄，以表达后人对先贤的敬仰和缅怀之情，纪念这位晚清重臣收复新疆的丰功伟绩，致敬这位个性鲜明的湖湘之子的家国情怀。从有三处世界文化遗产的敦煌移回的已经不是两棵百年老树，而是一种不屈不挠的湖湘精神。"

百年老柳的迁移，绝非易事，但我对文智的每一策划，都心存固念，只要他想做的事情，绝不落空。他可是天上地下、江河海湖、域内域外、山川险要都玩了个遍，个中经典"飞越天门""棋行天下"等，举世皆知，名满天下。

文旅融合，一虚一实，但文智善于将虚化实，善于将文化注入旅游之中，并使之具体而凝固，给人以极大的视觉冲击和心理震撼，从而达到一种雅俗共赏、文白共生的境界。

尤其是近年来，他对文化的理解，已经向更深的层次跃进，这种深层次的思考和创意，已经不是单纯的热热闹闹、震惊天下的文旅创意，而是追寻民族的血脉、家国的情怀、中华的文脉，以小见大，杯水生波。在境界上拓展人们的思维，在视野中扩宽人们的眼界。

百年老柳入庄，不愧为一次文化的盛宴。两棵百年左公柳，迁移柳庄。新栽地不足百平方米，但它以小博大，尺幅千里。

那一刻，我久久凝视那去冠除枝的百年老柳，老泪纵横，漫溢眼眶。

树高千尺不忘本。故土才是它的本源，这是左公柳生命的回归，灵魂的皈依。数千公里风雪漫漫的回乡路，瞬间便将远去的历史续接起来。两棵百年老柳也在那一刻幻化成左公高大伟岸的形象。

且行且远，我回头再一次向移栽的左公柳行注目礼。剪枝去冠，它被绿色的纱布包扎，可以想见伤痕累累，老迈躯干的情状。但在难得的冬日暖阳的辉映下，它仍然不屈傲立，雄魂犹在。

魂归故里，左公柳永生！

从柳庄到跳马

"汉业唐规西陲永固，秦川陇道塞柳长青。"我久久凝视石柱上镌刻的这副名联，竟一时忘了听左公墓第四代守墓人的讲解。

长沙市雨花区跳马镇白竹村，左宗棠墓就静卧在这山村间的小山包上。拾级而上，清寂肃穆中，苍松之间，左公墓赫然可见，墓碑书"皇清太傅大学士恪靖侯左文襄公之墓"。这是左宗棠 1885 年归葬后百年之际，在王震将军的支持下，于 1985 年重修后的规模，颇像长沙地区旧时大户人家的坟茔。若论左宗棠显赫的身份，自然就显得逼仄、低调，甚至寒酸了。

但观中国历史，凡规模宏伟，规制森严的墓葬，全为帝王陵寝，而大丈夫则多青山埋骨，草草裹尸。在左公墓前，我思接历史烟云，自然想起抗清名将史可法，身后尸首无法寻觅，只能于梅花岭上，垒一衣冠冢凭吊先烈。

由此想，我心平复，自以为，左公地下有知，也会翘上大拇指，赞曰，深得吾心，深得吾心！

英雄，在书写历史的过程中，自然会完成一种对民族精神的指归和续接。"身无半亩，心忧天下"，左宗棠的"天下"，既有朝廷国家的成分，更有民族苍生的要义。为岌岌可危的清廷计时，他历史的局限性自不待言；为民族苍生计时，他历史的功绩堪比云天。我很赞同一句对左宗棠最朴素的表达：他是对民族和祖国有大功的人！

当我在左宗棠墓前，燃一炷心香时，我自然想起半年前在湘阴县柳庄参加移栽百年老柳的仪式。

这是一种精神的续接，我名之为"永生之柳"。有人问我，百年老柳，能移栽活吗？我回答，那是移栽专家的事情！但我以为，它在精神上是复活了，故名之为"永生之柳"。

非常有趣的是，那也是一个阳光明媚的早晨，当移柳策划者叶文智在台上深情诉说时，与当下墓前第四代守墓人激情讲解时，居然都有一束阳光照在他们脸上，有人开玩笑说，这是老天的灵验。

我默想，从柳庄到跳马，居然也完成了一次续接，这是从生到死的续接，飞跃而直至不朽。

柳庄，并不是左宗棠的出生地。但现名之为故居，是有来历的。左宗棠祖父和父亲虽均为"秀才"，但却是穷秀才，营生乡塾，家境并不宽裕。左宗棠二十岁即参加乡试，一试中举，可谓旗开得胜，但此后的会试却屡试不第，沉舟折戟，在科举的路上铩羽而归。尤其让他觉得没面子的是，居然"入赘"湘潭周家。那个时代，这可是让男人颜面尽失的事情。虽然岳父家对他不薄，尤其是夫人周诒端，对他更是体贴入微，相夫教子，被后世誉为"闺中圣人"。但左宗棠总觉得做上门女婿，似有寄人篱下之嫌，总觉得凡事都须忍气吞声。于是当经济状况稍有好转时，他便用教书积攒的银两，于1843年，亲自营建了一座依山傍水的庄园。左宗棠平生爱柳，酷爱柳树坚韧不折的品格，故起名为"柳庄"。

柳庄虽不是其出生地，但却可以说对他的一生，具有极为重要的意义。他在柳庄共住了14年。在此期间，因科场的失意，左宗棠已完全无意科举，他一门心思在柳庄研习农事，钻研农桑，并广泛研究天文、历史、军事，关注时事，所谓"读破万卷，神交古人"，柳庄成为他广泛涉猎，实践自己学以致用主张的磨剑之地。正是这14年厚学深耕的积累，为左宗棠一生建功立业、名垂青史打下了深厚的基础。

古往今来，凡成大事者，必为奇人，皆有奇遇。如果仅有柳庄的读破万卷的研学，而没有仕途上贵人的相助，也可能学富五车，老死深山。

左宗棠出山之前，有一人对其至为重要。

1837年春，回乡省亲的两江总督陶澍途经醴陵，夜宿渌江书院，无意中见到一副对联："春殿语从容，廿载家山印心石在；大江流日夜，八州子弟翘首公归。"此联是醴陵县令为迎接陶澍，专请渌江书院山长左宗棠撰写，贴于渌江书院大门。左宗棠当时正在渌江书院执教，只不过是一小小"校长"。不意，陶澍见联后心中大悦，立即约见左宗棠，一见倾心，纵论家国大事，治国方略，左均有奇见。一席长谈，给陶澍留下深刻印象。

正是这次偶遇，为左宗棠日后的仕途，提供了绝好的机会。

人生有转折，天意怜俊才。左宗棠去南京会试名落孙山，落魄之际，想起陶澍，便登门拜访。陶澍不以落第士子视之，而是以礼相待，即便左宗棠境遇如此不堪，陶澍仍以独子与其女相姻，足见陶澍对他的赏识有加。此后经陶澍力荐，左宗棠平步青云，一路飙升。

陶澍为晚清名重一时的权臣，识才爱才用才，尤其注意团结经世致用的人才，林则徐、魏源、胡林翼、梁章钜、贺长龄、贺熙龄等，都经他发掘而为政治新星。

英雄与英雄，总是惺惺相惜，砥砺前行。1851年，林则徐主动邀请左宗棠，在湘江上围炉夜话，英雄相见恨晚，他们纵论国是，抒发怀抱。林则徐赠左宗棠"苟利国家生死以，岂因祸福避趋之"联。左宗棠赠林则徐"是能养天地正气，实乃法古今完人"联，高誉林则徐高风亮节。

左宗棠正是有与陶澍的莫逆之交，有与林则徐的英雄之交，才有了力排众议、抬棺西征，收复占中国国土面积六分之一的新疆的奇功伟业。

左宗棠一生功勋卓著，他在抵御外来侵略、政治改革、整饬吏治、除弊兴利、力倡新疆建省、台湾改制、兴办洋务诸方面均有建树。但仅凭收复新疆一役，就足以名垂青史，光耀中华。

在长沙雨花跳马白竹村，站在左宗棠墓旁，我思绪万端而不能平复。向东，举目望去，圭塘河向北蜿蜒而去，再溯流而上，就到了这条河的源头石燕湖。春山绿水平湖，好一片都市的绿心绿肺！

风景这边独好，但我仍有疑惑。左宗棠终因劳累过度，积劳成疾而病逝于福州。归葬，是旧时的礼制。但左宗棠既未葬于出生地湘阴左家塅，也未葬于亲手营建、居住14年之久的柳庄，而是葬于这孤寂清冷之地，让人颇费思量。

左宗棠墓第四代守墓人告知：当年，左公征伐路过此地，见青山绿地，风景宜人，便说道，百年之后，能葬到这里有多好。左公逝后归葬在这里，原来是他生前的遗愿！

跳马，其得名颇有来由，据说当年关羽在此纵马越涧，故而取名"跳马"，此马想是赤兔马。关云长在中国人心目中的英雄地位，无可撼动。想左公经此，平生的英雄情怀油然而生，能葬于英雄驰骋的土地上，岂不快哉！

念头闪过，我心释然！相信左公也会释然，您的子孙，会好好守护这片土地。从柳庄到跳马，从怀揣抱负到英雄归来，生命并非戛然而止，你安卧青山绿水的怀抱之中，青山常在，英雄不死！

通天山中一书院

数年前，朋友送我一块未琢之玉。号通天玉，说是鸿蒙之际，女娲补天遗落之石。我顺势也附会说，此石后经数亿年演化，颇通灵性，因产自郴州临武通天山，故称之为"通灵宝玉"，有好事者曹氏雪芹，一把辛酸泪，将这荒唐之事，繁衍成旷世奇书《石头记》，又名《红楼梦》。朋友闻之抚掌大笑，妙哉，奇哉！

辛丑桂月，友人晓达及硕男，邀我上通天山，不为寻玉，而是在半山腰中，观瞻一座暂不为世人所知的梧桐书院。

我喜书院，尤其喜爱参观那些名重一时，偏于一隅，人才辈出的书院。21 世纪初，我去梅州参加全国文学院长会议。会议间隙，我便邀上二三好友，专门踏访梅州的东山书院，书院虽偏于客家人居住的梅州，但近现代许多如雷贯耳的名家赫然入目。黄遵宪、丘逢甲、叶剑英、肖向荣、曾宪梓等，都曾沐浴过这座小小书院的阳光雨露。我久久盘桓书院，虽无奇景异物，但耳边犹闻书声琅琅，尤其是那些已被摩挲得斑驳陆离的课桌，让我想起莘莘学子晨曦暮霭的课读与诵咏。

这次来寻访的通天山中的梧桐书院，原以为是掩映于一片梧桐树中。当我们沿着弯弯山道，越过山门之后，豁然开朗，平旷之地，一座白墙青瓦的湘南民居建筑，立现眼中。书院的后山，不见梧桐，而全是密密匝匝的红枫，只是今年秋来得迟，酷阳之下的枫叶，只有点点黄红闪烁。

梧桐书院就包裹在这枫叶初红之中，让通天山有了岳麓山的意味。照壁横陈，正书"梧桐书院"，反书"崇学厚文，见贤思齐"。而五个单体的慈贤堂、乡贤堂、聚贤堂、晋贤堂、礼贤堂相互勾连，浑然一体，极具传统建筑特色。

夕阳西下，当天地苍茫一色时，山风飘飘，在这个时候，你面对梧桐书院，就会涌起一种肃穆的感觉。照实说，在经济有了一定的发展后，郴州及临武的一帮有识之士，在政府的支持下，在早已荒废的遗址上，赓续历史的文脉，让传统与现代无缝衔接。短短几年的时间，让占地 36 亩，建筑面积 7000 平方米的梧桐书院拔地而起。

我曾经在岳麓山爱晚亭的一次集会中说过，如果说有过蔡黄之葬的岳麓山为湖湘革命的血脉，则岳麓书院堪为湖湘的文脉。岳麓书院始建于宋代，积蓄几百年的力量，到近现代出现井喷式人才集群迸发！思想的形成，文化的积淀，人才的出现，中国古代书院无不展现出这种共同的文化现象。

暮色四合，通天山把寂静留给梧桐书院。在这寂寥之际，更使你思接千里，不能自已。

梧桐书院始建于汉代，初盛于唐宋，明清鼎盛，而近现代弦歌不绝，直至 20 世纪 70 年代废弃。但翻开临武史册，但凡才俊志士，莫不与此交集。以明代曾朝节为代表的临武贤者，让梧桐书院声名鹊起。这就不能不让人感慨，旧时的书院，的确是人才的集散地，犹以硕儒名师传教一处，堪为一方学子的福祉。梧桐书院的乡贤堂，就为学子、明朝礼部尚书、廉官曾朝节塑像，而整座堂宇，有近百尊石塑半身像，均为临武史载的历代乡贤，凭吊先贤，追慕先贤，俨然成为梧桐书院庄严的课件。他们高扬国学的旗帜，化无形为有形，一砖一石，都饱含历史的记忆，一碑一壁，都穿越历史的风云。在书院，构建者的精心设计，处处都呈现国学的印记。楼宇壮阔，是厚重历史的承载；学堂生机，是深厚文化的支撑。

一夜无话。当第二天红日跃上通天山顶，和临武的一群校长共同探讨中华文化的伟力时，我不能不动情地说，首先我们有必要读懂身处的梧桐书院。由近及远，由今到古，我们就更能体会，何谓文化自信。

逸迩阁之秋

新中国成立 70 周年大庆的前夕，我和谭谈、水运宪驱车数百里，到常德石门，去参观一座私家藏书楼，并捐书以表达我们的敬意。

中国私家藏书，从春秋秦汉至今，历经数千年，薪火相传，是中华文明得以延续绵泽的重要管道。

车行大地，秋阳仍烈，我对即将见面的逸迩阁书院作种种的揣想。

伫立于逸迩阁书院的门前，凝目由石门当地词家张天夫撰文，桃源书家张锡良书就的《逸迩阁赋》，不禁心旌摇动，从心底里发出一声赞叹。壮哉斯楼！

我不由得想起多年前在沅陵拜谒二酉山藏书洞的情景。为了一个最神圣、最崇高、最美丽的传说，不惜冒着酷暑，沿着那天梯般的台阶，崎岖艰险的山道奋力攀爬，只为一睹那弥漫历史烟云的小小的山洞。年逾古稀的李元洛夫妇也力排众劝，顽强登顶。在书有"古藏书处"大字的洞口，我们双手合十，燃一炷心香，膜拜这中华文明神圣之地。藏书洞已空旷如谷，那些藏之名山的经书已烟消云散，只留下后人盘桓于此的诗文墨迹。无论是传说中藏经于此的武陵人善卷，还是为避秦时"焚书"之祸而车载舟济，辗转数千里得以保全典籍的儒生，虽无信史可证，但我仍愿意相信他们是我们民族精神的化身。

我正是在思接千载的联想中跨进逸迩阁书院的大门。当我们沿着台阶，一层一层参观完七层藏书楼时，我们不约而同地惊呼，震撼！

不惟楼宇之壮阔，不惟书架之名贵，不惟管理之现代。而惊乎其藏书之巨，逾45万册，在当下中国民间藏书家中，无有出其右者。且在藏书中，包括经史典籍、传世藏品、孤本善本、谱牒线装，满楼宝藏。在当下中国民间藏书中，也堪称一时无双。

在一楼的阅览室，任何读者都可以免费借阅书籍，并开设了盲人阅读室、心理诊疗室，一切皆为公益，这是一片多么纯洁的天地。

在藏书楼顶，我凭轩远望，不远处便是石门县城。这个位于湘西北的山城，在澧水的环绕下，美丽而恬静。逸迩阁书院就位于离县城6公里的易家渡镇高坪村。

这座藏书楼的传奇，是因了一段美好的姻缘。楼主与易姓妻子青梅竹马，从小学到初中、高中、大学同窗十余载，终成眷属，从此高、易两家就走上一条夸父追日般的收藏书籍之路。改革开放40年，见证了这两个家族艰辛、奉献、不懈的不能与人言说的收藏历程。高、易两家，有殷实家境，有不错的企业，尤其是有开明的心境，两个家族倾其所有，倾其所能，共同去完成楼主一心追求的梦想。这不由得让人想起鲁迅先生所说的：我们从古以来，就有埋头苦干的人，有拼命硬干的人，有为民请命的人，有舍身求法的人……这就是中国的脊梁。

一种情怀、一种担当、一种奉献、一种追求，在经济大潮汹涌澎湃的今天，多么弥足珍贵，我耳畔又响起习近平总书记的话，我们要有文化自信。书，文化的载体，中华民族正是因为有许许多多著书、藏书、教书、读书、爱书的人，才可能使我们的文化历经风霜雪雨、惊涛骇浪、雷电烈炙、山崩地裂而不毁。

欣逢中华人民共和国成立70周年，身处在逸迩阁浩瀚的书海之中，我深切感到，它用一种民间的伟力，从另一角度见证了祖国日益强盛的历史，盛世藏书，盛世气象，它不仅仅是财力的表现，它反映出来的是一种胸襟，昭示着我们这个民族的远见，民族的希望，民族的前景。

秋，是果熟的季节，石门的蜜橘正飘着浓浓的果香，但我在这浓浓的香味中，却分明感受到另一种特别的香味，它从逸迩阁书院飘来，弥久不衰，直入心腔。在这最美好的时刻，我愿意把这最美好的香味，献给伟大祖国的 70 华诞，愿她繁荣富强。

（本文发布于 2019 年 9 月 30 日）

劳动的桃花源

"开船啦……"上千人的吼声，在水中溅起了一片片浪花，天幕下，人影幢幢，波光粼粼。船头上，一袭麻衣的渔夫，头顶斗笠，腰缠鱼篓，将船引入了秦溪。船缓缓地滑动，裹着花草清香的夏风徐徐而来，燥闷之气瞬间消失，满船的人安静下来，听那个立在船头、操着半生不熟的桃源普通话的渔夫，解说《桃花源记》。

立在我们这条船的渔夫，是位村姑，健康而俊秀，手脚麻利，动作敏捷，解缆、取板、起航，娴熟而充满力量。看她一招一式，立马就想起那位以捕鱼为业的武陵渔夫，只是心里禁不住一笑，武陵渔夫何时变性为女子？

夜更暗了，船头犁开水面，竟生出一些神秘的感觉，只有那盏在船头用竹竿挑起的灯，在船的晃动和风的作用下，闪闪烁烁，告诉我们在向秘境桃花源挺进。

我在秦溪古镇候船时，对今晚这场山水实景演出就作过种种揣想，诗意、秀美、高雅，隐逸之美、田园之美、气节之美。陶潜魏晋名士的风度，会给我们新的惊艳吧！

七月既望，清风徐来，只可惜没有月出东山。秦溪水面上起了薄薄江雾，轻纱般曼妙飘浮，潜入你的肌肤，竟有了凉凉的寒意，几位自觉水性很好的乘客，开始不愿穿救生衣，这时也不声不响紧裹了这御寒之物。那渔夫不失时机地调侃道，这是救生衣，可不是棉衣啊！在一群人的哄笑之中，桃花源开始次第展开了它充满魅力的画卷。

最先与眼帘相遇的是一座石拱桥，桥上人头攒动，船从桥下经过时，桥上突然发出热烈的欢迎声，船上的游客瞬间呼应，河面上呈现出一片主客互答、此乐何极的景象。

溪水缓缓流淌，船无声地漂动，它不像桨声灯影的秦淮河，也不像奇山异景的漓江水；它不像变幻莫测的九曲溪，更不像凶险刺激的猛洞河。它是人与自然最和谐的世界，它是天与地最平静的家园。

灯光在一刹那亮起来，缥缈的迷雾中，渔猎的场景捉住了你的眼球。往来游弋，躬身撒网，飞掷鱼叉，徒手抓鱼……

船就这样载动你的欢喜与情趣，走向桃花源的深处。每一处都是劳动的场景与生活的场景，无论是桃林中村姑的笑声，还是阡陌间农夫的嬉闹，无论是谈笑桑麻的喜悦，还是丰收载歌载舞的欢庆，无论是《天沐饮露啜英》一幕的唯美，还是婚嫁欢天喜地的迎娶，都将劳动所创造的美、生活所酿造的蜜一股脑搬上舞台。

你看，秦溪两岸，占据舞台的是劳动者，牛马猪羊鸡鸭，活生生走上舞台，耕稼渔猎，原汁原味地展示。而我们敬爱的陶渊明先生，却退居后台，仅仅是多次被桃花源中人亲切称为"小陶"，这是不是有些大不敬呢？最初听到村中人用桃源方言叫喊着"小陶来哒"时觉得有些刺耳，心中颇有些不悦，竟敢拿陶先生开涮？渐渐地，随着人们在村中奔走相告，喜悦亲切地传递情状，便觉得有一股暖流涌入胸间。渊明有幸，村民的接纳，就是对你最大的奖赏。

魏晋名士，中国历史上知识分子最放浪形骸，最无拘无束，最自恃清高，最放逐林泉的一群。而不为五斗米折腰，挂印辞官，归隐田园的陶潜，堪称在名节与气度上的典范。他与屈原不一样，他是自我放逐、自我回归，他载欣载奔回归田园，他觉得那是一种内心的召唤，是一种从樊笼挣脱获得解放的行动。这种解放，让他产生巨大的精神力量，并由此写下了许多传世久远的诗文。后世许许多多遭遇挫折、困顿人生的文人，都从他那里获取精神养料，得到人生的力量。

桃花源，陶渊明心中的理想国，一千多年来，有多少文人骚客，有多少名人雅士，为之倾倒？我从1975年第一次踏入这片土地，已经记不清有多少次叩访过它。一篇《桃花源记》让我进入他的精神世界。按图索骥，让我感觉是随陶渊明走进他躬耕的田垄、采菊的园圃、荷锄的山径、恬适的山居。随着年岁的增长，对陶渊明有了更深入的了解，我常常寻思，千年以降，对陶渊明的解读，总遗漏些东西，他的精神宝库中，还有哪些重要的元素未能很好地发掘呢？

　　船就在我漫无边际的思索中驶至终点。此时，水面开阔，灯光大亮，河岸上拥满了谢幕的演员，他们脸上都洋溢着幸福的喜悦，一问，方知大多是景区内的农民，白天打理家业，晚上演出，演出的内容就是他们日常的生活场景。而且，收入增加，日子就更是如同桃花源了。弃船登岸，复上中巴汽车。夜深沉，偶尔闻到几声犬吠，林木掩映的幢幢民宿，仿佛能听到均匀的鼻息声。景区内民房都改造成民宿，既方便了深度游览的游客，又避免了大拆大建引发矛盾，破坏生态。

　　车行林间，突然身边朋友问我，你觉得这场演出怎样？我不假思索地说，好哇！好哇！他的眼光中有几分疑惑、无语。我知道他的疑惑，他的无语。他的眼神分明告诉我，俗。这的确是一场俗的演出，还原先民农耕渔猎、婚姻嫁娶的日常生活，用桃源方言演绎出生活的情趣、山野的风味。如果说，旅游就是一场与美的邂逅，《桃花源记》的实景演出，将俗推向极致，全部围绕劳动展示一幅幅生动的画面，劳动创造的美，是如此富于温度，富于生命力。劳动，其实是人类最富有形体美的舞蹈，尤其是田园的劳动，它将人与自然融为一体，生命的智慧和力度得以最充分地展示。在一闪念中，一个信号撞进我的脑海。我找到了陶渊明精神宝库中极为珍贵的东西——劳动。陶渊明堪称中国历史上文人热爱劳动的第一人。不稼不穑，是中国文人的通病，但陶渊明辞官归田后，真正是晨兴荷锄，戴月而归，在躬耕中寻求快乐。在《归田园居》诗中，他由衷赞美劳动获得幸福感。如果我们比较此前此后的许多归隐文人，不难看到，这些隐者都无疑是寄情山水，消极遁世，他们多沉湎于诗酒之中，甚至鄙视劳作。陶渊明的伟大之处，正是投身于劳动之中，并且由衷赞美劳动。我的思绪又回到上午的秦谷游历。这条新辟的游道，沿山谷缓缓铺成，它虽无惊人之笔，但沿途展示的桃源风物，全是劳动者智慧与劳动的结晶，染布、刺绣、摘茶、豆腐、山珍，不一而足，而且表演者与游客互动，让人更深地铭记那些历史的符号。

桃花源一日，消除了我的担心，尽管对某些细节的处理我还有腹诽，但它整体的构成是合理且成功的。文人雅士，你可以寻访老址，穿过桃花林，观赏古石碑，抚摸方竹群，谈笑遇仙桥，钻过渔人洞，驻足秦人田，登顶而凭吊先生，向这位不念官、不折腰的伟大诗人致敬。而大众游客则大可不必像高士那般，对隐逸作顶礼状，也不必追究历史深处的那些细节。你只需知道陶先生是位有气节、有理想、热爱劳动、接近农民的诗人。你可以按照现代人生活的方式，在新辟的景区中笑笑呵呵，动手动脚，体会一点劳动的艰辛与喜悦，感受劳动创造的美好与幸福。

我不知道，景区打造者是否有意识围绕劳动创造美来设计，但我感受并发觉，桃花源处处充满劳动之美。如果说它的巨变仅仅是景区面积剧增，那将是历史的误会，只有当他找到景区之魂，才可能贯通历史与今天，才可能不愧先贤，造福今天。

高桥起大风

我立于高桥中非经贸博览会常设馆，面对形态各异的木雕菩萨，怔怔地上下打量，直觉告诉我，它们绝不能用"精雕细刻""栩栩如生"来形容。在国内，看多了木雕，且不少为大师运斤，精雕细琢为常事，而不少的作品，称之为巧夺天工，也不为过。但在这些木雕菩萨面前，我感觉一股大风扑面而来，一种别样的风格，追魂夺魄，让你久久震惊，不能自已。

我不由得想起湖南画家王憨山。20世纪90年代初第一次在北京举行画展，自认是一介山野村夫的王憨山，怀着惶恐不安的心情，迎接首善之都画界的检验。但意想不到的是，观者如堵，好评如潮，首都画界不吝赞美之词，对王憨山作品给予高度评价。诗坛泰斗艾青、美学大师王朝闻抱病观展。王朝闻更是约请王憨山到家中面谈，寄予很高期望。诸多评论中，中央美院教授周健夫一句话格外振聋发聩，称王憨山的画展"好像一股大风来了，一个很大的声音来了"。

憨山先生虽为花鸟大师高希舜和潘天寿先生的弟子，科班出身。但数十年蛰伏湖南双峰家乡山野，在一般人的眼中，由于生活的磨难，他早已把画技丢到爪哇国了。然而，人生的得失往往祸福相依。乡野生活，不仅没有销蚀他艺术的激情，反而因活生生的花鸟虫鱼日夜相伴，让他得以细致入微地观察。而在画风上，他一扫画坛柔弱纤细之风。他的画，给足墨，给足色，以大气磅礴之势，粗犷凌厉，不阿流俗，如大风一般，搅得周天清澈。随着时间的风云流走，有人预测，憨山先生有可能如齐白石先生一样，开宗立派，影响中国一代画风。

联想打开了我的思路，高桥中非经贸博览会常设馆的一件件木雕，乍看有点粗糙，线条笨拙，颜色墨黑，人物造型显示原始本能，艺术处理自由奔放。本该圆润处，它却冲波逆折，这种显示笨拙的处理方法，反衬出不同流俗、不循旧法的审美追求。这样处理，人物的动态感反而增强，物件的山野味十足。在审美上，它给人的视觉冲击远远强于纤细柔美、四平八稳之作。

高桥大市场声名日隆，今天，它已是中南地区千亿级的商品集散航母，但人们谈到它时，仍认为到处充满商业气味，缺少艺术，失之流俗。这实则是一种偏见。商业的气味，未免就不是一种好的气味。这种气味与人们的生活息息相关，须臾不可分离。我在长沙生活数十年，就不知多少次光顾这里。而且它每次的改造升级，不仅仅是面貌一新，同时也让人感受到购物的便捷化、视觉的艺术化，使你享受到购物的快乐和精神的愉悦。

徜徉于中非经贸博览会常设馆，有人说它有国际范，是高桥大市场乃至湖南走向世界的一个窗口。也有人说，它是不忘老朋友、结交新朋友的典范。当然，也有人嘀嘀咕咕，对此举嗤之以鼻。但我以为，从任何角度看，中非经贸博览会常设馆的设立，皆为厚道之举，是"厚道长沙"的生动诠释。这，自然让我想起几十年前的事情。

1971 年，在新中国历史上发生了一件极为重要的大事，中国重返联合国，这无疑是新中国外交上成功的典范。第 26 届联合国大会第 2758 号决议显示，大会以 76 票赞成、35 票反对、17 票弃权的结果，揭开了新中国外交史的新篇章。历史风云变幻，但中国一直秉持不忘老朋友的古训。非洲落后贫穷，需要雪中送炭。历史事实反复证明，非洲每临危困，中国总是最早伸出援手的国家。

诚信天下，这既是中国的古训，也是今日营商之道。在高桥大市场的中非经贸博览会常设馆，我看到一种姿态，内陆市场拓宽思路，通江达海，既赓续传统的友谊，又开拓了海外的市场；既是经济的，也是文化的。尤其是在文化上，非洲所表现的真实、朴素、原始、抽象，都给了我们有益的启示，它像一股大风向我们刮来，清爽醒目，豁然开朗。当主人给我们递上一杯非洲最纯正的咖啡时，我们真切地感到，世界正在一天天融合，生活已经变得你中有我，我中有你……

龙凤的桥

那一晚，我们拥衾而卧。一壶苞谷烧，把谈兴烧得愈发浓烈，老同学快十年未见了，话闸一放开，便收不住。

这次因采写湘西百所希望小学来龙山，本可以在宾馆就宿，可老同学田雄甲却执意要与我同床共衾，两个大男人同床共眠，虽有些不习惯，但碍于同学的面子，我只好依了他。可他却振振有词道：凡同学来龙山，这可是最高的礼遇！听几个同学说过他作为一县之长的这种最高礼遇，今日一见，方知果非虚言。

除了这最高礼遇之外，雄甲还专门拨冗陪我跑了大半个县域。印象中有里耶、长潭、八面山、茨岩塘、召市、惹巴拉、火岩、隆头、洗车河等。当我即将结束龙山的采访时，他提议我到湖北的来凤县看看。跨省？我不免有几分吃惊。他见我有讶异之感，解释说：很近，只几里路。几里路？我更为惊奇。

全国跨省份的两个县城相隔最近的，莫过于湖南的龙山县与湖北的来凤县，且均为土家族、苗族等少数民族居住地。来龙山，必须要到来凤看看哦，这才叫龙凤呈祥！

老同学以无可争辩的口气挽留我多待一天。

事后方知，这的确是一个很好的提议，让我得以领略省域边境县城无缝的衔接。

其时的巴东边境小城来凤，城区起伏跌宕，逼仄的旧时街道，民族风情的装饰，随处可见的小背篓，路边摆放的各种山货，和我在龙山县城所见情景，并无二致。

本来就是一家人嘛，两县同根同种，同源同俗，尤其是新中国成立后，根治了匪患，县域边境摩擦大为减少，团结一家亲已成为主色调。特别是这些年，国家对少数民族地区的支持力度日益加大，湖南和湖北形成一种竞赛的势头，最近几年，长沙和武汉分别对应帮扶龙山和来凤。

我们立于连接龙山与来凤两个县城的"团结桥",听雄甲如数家珍地介绍。这是一座 1971 年修建的水泥桥,显出那个年代的特征,实用而简陋。桥的名字,已透出民族的心声。

桥下,酉水奔流东去,每一朵浪花,都见证了两县民族团结的历史,载去了多少兄弟般的情谊。

两县在亲如一家的同时,也在暗暗较劲。这种较劲是良性的,互相竞赛,互相促进。在两座县城,我就亲眼所见已初见雏形的"长沙大道"和"武汉大道",宽阔平坦,把一个时代的自豪写进了通向幸福的康庄大道。

风云流转,龙腾凤翔。2020 年秋,我又一次踏上龙山的土地,非常凑巧,这次所走的路线,与当年的采访路线几乎重合。这个湖南离省会最远的曾经的国家级贫困县,给了我最直观的感受,奋斗者用双手把山河整理得焕然一新。

里耶已俨然一座旅游小镇,秦简的出土,更给它插上翅膀,让它蜚声中外。

八面山山路已高入云端,高端民宿、云中客舍、驴友营地、燕子洞将成网红打卡地。

惹巴拉,已真正成为"美丽的地方",织锦、土家摆手舞、入夜熊熊的篝火、民宿、人字风雨桥,自然风光和民族风情浑然一体。

火岩乌龙山大峡谷,昔日的穷山老林落后闭塞的景象荡然无存,文化的注入,资金的投入,使这片偏僻山林声名鹊起,已俨然成为武陵源山区又一崛起的崭新景区。

洛塔，这一当年大江南北闻名的榜样，穷根已彻底挖断。我们见到一位残疾姑娘，她以瘦弱之躯，正在做电商直播，带动乡亲发家致富。变的是脱贫后乡亲们爽朗的笑声，不变的是洛塔人奋斗的精神。

茨岩塘，这块曾经是湘鄂川黔革命根据地的红色土地，如今，已是苍山青翠，田畴平整，座座大棚，蔬果累累。越是幸福的日子，越不能忘记打天下的先辈！看，修缮一新的几座当年红二、红六军团驻扎的大屋，不仅承载光荣的历史，也在宣示不忘初心、少数民族儿女永远跟党前行的决心。

最让人有深切感受的是比耳村的村庄巨变的故事。比耳村的经验告诉我们，科学扶贫，是精准扶贫中的题中应有之义。我们来村时，正是柑橘果实累累，即将开摘的前夕。省人大常委会副主任、州委书记叶红专听说作家们来到，专门从吉首赶来，他径直走向果园，从树上摘了几个让大家品尝，那柑橘果然了得，汁多味鲜，未吃便闻到一股浓郁的自然香味。

红专同志还讲了一个有趣的故事。比耳村过去是龙山有名的穷村，村里 90% 的土地为坡地。数年前，一位农学专家出身的省领导来检查工作，发现这里的土壤适宜种柑橘，便号召村民运土在怪石嶙峋的荒坡栽种柑橘，村里人都积极投入，唯独一位组长思想不通，不相信栽柑橘也能致富。不意几年之后，柑橘挂果，因其个大、味鲜、汁浓而走俏欧美市场，最好的时候，一个柑橘就卖到 5 欧元，且柑橘未熟，早就预售一空。家家户户由此致富，唯独组长家，一变而成了村里的"贫困户"。

我一路走，一路看，一路对比，禁不住击节赞赏，在脱贫攻坚的收官之年，龙山的巨变，堪称伟大祖国世纪承诺实现的缩影。

离开龙山之前，我又一次来到"团结桥"，酉水依旧，桥墩依旧，但桥身已旧貌换新颜。大理石砌面，柏油铺路，安全标志，交通提示，一种现代的气息扑面而来。

我立于桥头，看酉水东去，它激起的浪花，和来凤这"歌舞之乡"的欢快，龙山浑厚的男高音山歌之声，组合成最美的民族之乐，久久回荡。

让人最为感慨的是，这十多年来，龙山与来凤，已由原来的一座桥而变为了七座桥。这些桥的架设，不仅拉近了龙山与来凤两岸民众的距离，更重要的是把彼此的心拉近，让人没有省界和县界的概念。

如果你驾车从湘鄂情大桥驶过，你会感受到一种现代气息扑面而来，宽阔笔直的长沙大道与武汉大道无缝衔接，可以说是一种民族团结的精神象征。

更让你感受到龙山与来凤的巨变的，是恩吉高速公路跨酉水大桥和黔张常铁路特大桥。前者是湖北恩施到湖南吉首的高速公路，结束了来凤无高速公路的历史，打通了武陵山区腹地与外界快速联系的通道，而后者也开创了一个崭新的时代，火车的轰鸣声，唤醒了这片沉睡千年的土地，让这片土地再一次龙腾凤翔，从根本上消除绝对贫困。

可惜这次我未能全部看完酉水上的七座桥，但却给我留下一个念想，何日重去龙山来凤，我一定要将这七座桥踏遍！又一想，也许下次龙凤行，酉水上保不准又新添了连心桥！

刘家台子的沉思

我立于这刘家台子的屋场，久久凝视那"沩痴寄庐"牌匾。凝视让人沉思，沉思让你不自觉转身望去，那是滚滚北去的湘江，极目所及，橘子洲横亘于江中，巨大的青年毛泽东雕像稳稳落于洲上。

我喜欢这尊雕像，缘由是雕塑取毛泽东意气风发的年轻形象，他有别于全国各地肃穆庄严的领袖形象，是颇有艺术家气质的俊朗形象。他飘逸不羁的发丝，深邃光华的眼神，坚定沉着的面容，一往无前的气势，摄人心魄。雕塑虽是取半身成像，却以奔放的手法，充分展示了风华正茂、激扬文字、挥斥方遒、浪遏飞舟的青年毛泽东的全部精神风貌。

一百多年前，这位青年，就常常从河东的湖南省立第一师范，涉江经橘子洲头，泅渡到河西的刘家台子，与一帮热血青年，砥砺品行，研究学术，思考社会，纵论天下。

刘家台子，本来只是一处旧时举孝守墓者的寓所。1918年，一群青年的一个举动，让这座极普通的屋舍，在历史的天空光华夺目。毛泽东、蔡和森、向警予、张昆弟、郭亮、萧子升、何叔衡等一批充满新思想的人物，在这里成立了"新民学会"。由学术而及社会人生，由社会人生进一步升华，提出了学会的鲜明宗旨："改造中国与世界。"这是一个何等气魄、何等远大的目标？正是这一宏大的理想的指引，新民学会这个起初以学术切磋、人生探讨为宗旨的进步社团，迅速转为湖南社会主义青年团，这批人而后也成为中国共产党建党初期的重要成员。从时间的节点看，新民学会为湖南中国共产党的建立，做了思想和组织上的准备。1921年党的第一次全国代表大会后，新民学会旋即结束三年多的办会历史，迅即投身于中国共产党的伟大征程的滚滚洪流之中。

一百年后的今天，当我徜徉于新民学会旧址，在绵绵春雨中睹物思人时，不由得将思绪牵得更远。

从刘家台子往西，便是闻名遐迩的岳麓山。这座山之于长沙，乃至湖南，具有血脉一般的特质。在国之风雨飘摇，国之积贫积弱，国将不国的时代，为什么有这么一群青年学子，在那个时候，在这个地方，有如此的胸襟、气魄、格局，敢为人先，为苍生以天下为己任，这绝非历史的偶然。

我曾经有过几年在岳麓山下求学的经历。每到傍晚，学子们喜欢沿着那条弯弯曲曲的路，相约从爱晚亭拾级而上，在登临中纵论社会人生。同行中有人感叹，凡登临岳麓山，话题总宏大而深沉。而对于年轻的学子来说，尤其如此。

这绝非历史的附会，如果说岳麓书院是湖湘文化的文脉，那岳麓山则堪称湖湘革命的血脉。

从湖南第一师范，到橘子洲头，到刘家台子，到爱晚亭，到岳麓山，一路往西，几乎可以连成一线，从中找到某种内在的逻辑联系。

登临岳麓山，你的眼中，除了白云、石径、山溪、红枫、清泉、古寺、凉亭、嶙石外，便是四处可见的坟冢，无论是巨石砌垒，还是撮土掩藏，每一座坟茔，都不乏一段故事和传奇。有人说，岳麓山就是一处偌大的圣境。许多伟大的灵魂便安寝于此，黄兴与蔡锷、国民政府第四路军抗日阵亡将士、辛亥革命烈士的骨血，与这座山浑然相融。从海拔上说，岳麓山不过300余米，但它却在苍茫的历史之中，巍巍高兮。

我想，当年毛泽东和他的少年同学，在与这座山对话时，身所沐浴的是英雄之气，豪杰之光。那些曾经在推翻帝制中叱咤风云，敢为人先的先驱们的革命锐气，给了他们伟大的召唤和无畏的勇气。新民学会一群风华正茂、挥斥方遒的热血青年，之所以能够提出"改造中国与世界"的宗旨，与岳麓山蔡黄的革命精神，有血脉赓续的关系。这是思想的轨迹，历史的逻辑。

春雨把刘家台子的新绿洗得一尘不染，我立于屋场的中央，向西我看到一簇簇浓绿的岳麓山，向东我看到卧入江中，劈波斩浪的橘子洲。从风景的角度看，它们都可以独立构成；但从历史的角度看，当我在沉思中，把这些景点一一串联起来，就可以感受到，它们承先启后，血脉相连。

我在刘家台子伫立沉思，似乎想得更远。

茶亭的奇

天下异景，莫不奇也。

张家界有奇峰，洞庭湖有奇楼，矮寨有奇桥，东江有奇雾。人无我有，独领风骚，故趋之若鹜，蜂拥而至，全因了一个奇字。

那一日，友人相约，去望城茶亭看油菜花。茶亭的九峰油菜，有万亩之阔，号为"茶亭花海"。我们去日，虽不是花事最盛之时，但仍觉花海与天际相接，蔚为壮观。人在其间穿行，心中便有了欢喜。那花香，是大自然的本味，甜丝丝，生沁沁。那花容，是大自然的本色，金灿灿，黄澄澄。但花海并未让我生出特别的感觉。

三月，是江南花事繁盛的时节，类似茶亭这类油菜花海不在少数。茶亭之行的几天之后，我就在长沙县江背乌木湖，领教了闻香追花的盛景。那日放晴，且为周末，城里人倾巢出动，乡村交通，一时困难。江黄大道的两侧，上千台小车排成了长龙，尽管有交警疏通，仍车如浮饺，无法停靠，我们只能放弃。友人不无遗憾地说，真是人车大战啊。我说，一点不遗憾，他们看油菜花，我们看观花者奇景，不亦乐乎？何况几天前我便在茶亭观赏过这春之信者，难道天下油菜花，能有异乎？

茶亭的奇，确不在这壮阔的花海。当我们穿过花海，一路东进，道路洁净如洗，四野野花迷眼，山丘竹篁青葱，人家屋舍青青，池塘鱼跃鸭弋，小院香车宝马，户户楹联警语，既具新潮，又不失古意。

这仍不是茶亭的奇。

此后，驻足湖南省报告文学学会创作基地，逗留电商运营的民宿某谭小院，参观惜字文化馆，让我有了些惊奇，预感到某种新的东西正在乡村生长。它也许是某种培根铸魂的东西，恰如杜甫诗曰："好雨知时节，当春乃发生。随风潜入夜，润物细无声。"以文化人，以文化心，茶亭岂有不乡风淳正、人心近古之理？

望城地方文化学者邓建华告诉我，茶亭最奇的是其惜字塔。这座建于清代的古塔，于道光年间突被炸雷掀去塔顶，不料数年之后，塔顶突然长出一棵树，树根深深扎入塔腹之中，而且长势令人叫奇，几叫古塔有崩裂之势。近年来，其塔被列为省级文物保护单位，为保护其不被树根相扰，各方反复研究论证，终成一套完整的保护方案。

全国各地惜字塔不在少数，我在河南、山西诸省都见过类似的古迹，这是先人惜字敬文的物化表现。一字一纸，都不得亵渎冒犯，均以宗教的形式，祭奠焚化。这种将对文字的敬重爱惜，赋予一种图腾式的敬畏，充分体现了先民对文字和先贤的崇敬。

立于茶亭惜字塔前，我被这奇异景观紧紧抓住了眼球。树塔共生，显示出古塔的生机。四野春意正酣，微风吹拂之下，嫩叶缤纷，那四枝向外舒展，恰如二八儿郎，而根深扎入塔内，让塔浑身充满了生机。我在这塔前久久地瞻望，不能不浮想联翩。我关注它，倒不完全因为这奇异的景观，也不是因为它全国独有。我想探究的是，茶亭被誉为"雷锋窝子"，是否与这惜字塔有某种联系？惜字塔之奇，是否有某种精神的力量，受其熏陶和浸染，尤其是日积月累和多方面力量的作用下，从而形成一种向善向上的民风？而乡村振兴，除了物质上的丰富之外，精神上的丰富也不可或缺呀。茶亭所涌现的雷锋精神，我想，这堪称奇景。

城市的味道

在上海黄浦江的游轮上，曾有朋友问我，你觉得上海是怎样的味道？我竟一时语塞，不知作何回答，我还真没有想过这个问题。

此后用心去读这个城市，去嗅这个城市。从签合同前谈判的不厌其烦到合同签定后严格履行，我嗅到他们严守信用的契约精神；从锱铢必较到精于计算，我闻到他们不舍微尘的积累精神；从逼仄的空间的折腾和改造，我嗅到他们的精细不苟的顽强精神。上海，你让我闻到怎样的味道呢？抽丝剥茧，深入内里，我终于发现它的味道——精明。

上海人精明，而成都人却迥然不同，他们几乎悠闲而散漫，喜欢时光的凝固，巴蜀大地的慢生活已经闻名于世。十多年前，我在成都杜甫草堂，就听朋友纵论成都的味道，从人际到饮食，从文化到衣着，他当时说了很多。十多年后，我基本都忘记了，只是有一个观点，深深扎根于脑中，他认为，成都这座城市，曾经安顿过诗圣杜甫，使他在离乱中有过一段诗酒唱和的日子。安史之乱后，杜甫颠沛流离，辗转来到成都，在成都节度使、好朋友严武的帮助下，亲力亲为营建了草堂，并在此度过一段安逸巴适的生活。其间，杜甫在成都写诗一百多首，基本囊括成都民俗，遍及人间烟火。四川平原，沃野千里，山险水密，蜀道之难，难于上青天，这种优越的地理环境，营造了锦城慢节奏的生活，千百年来，养成了城市宽容的味道。

长沙，我一生中居住最久的城市，是看着它一点一点变化而自己变老的城市。如若外地人问我这座城市的味道，我也茫然不知。说是辛辣，那只是生活的气息，贵阳何尝不辣？成都重庆的辣还要加上麻。

的确，我们循味追随而去，虽不是全然扑空，却总是不得要领，抓不住这个城市味道的本质。

其实，城市的味道，也不是一成不变的，在一代一代人的积淀、传承、培育中，它会渐成风尚，形成大众的美学，凝固成一种品质性的东西。

最近，一个口号悄然兴起，那就是"厚道长沙"。说实话，我对于口号，总持三分的质疑，理想的丰满代替不了现实的骨感。

正是带着这样一种质疑，我从北城穿过南城，到雨花区实地解疑破惑，去一点点寻找"厚道"的味道。

我们很容易对生活的改变熟视无睹，因为我们对每天的变化已近审美疲劳，更由于我们对生活的观察往往停留在表面，并不知道它的前世今生，在浑然不知中漫不经心。

井巷，它的前世是23冶废弃的厂区，地段优越，足可以高楼林立，广厦万间，但今生却是茵茵绿地，花木摇曳，把一片绿意送进每一个市民的心中。

民生，真正摆在为政者的心中。同行的朋友问我，这是不是"厚道"？我用眼观察，用足丈量，用心体味。我知道在权衡的过程中，其实有民生与货币的厮杀，在最后朱笔将这片土地在公园上定格时，民生被置于最高的位置。

孤例不足为证，我第一次如此认真地对自己居住的城市深入了解。

圭塘河，浏阳河支流，我20多年前便涉足了这条城市的内河，飞鸟不栖，鱼鳖不居，臭味阵阵，荒草萋萋，一派不堪入目的景象，人称长沙"龙须沟"。而今，当我们斜倚于共享书店户外水榭时，在羽燕湖畔放眼望去，收于眼中的是，蓝天碧水，绿树繁花，这条把城市串连起来的内河，将灵性与诗意写进了市民的生活。

环境改变人。对环境的治理其实是对人的治理，在禹泰小学，在高桥大市场，在绿地空间，在雨花非遗馆，在比亚迪生产现场，它们所营造的环境，都体现现代人的生活理念。

我在一点点寻觅，我走一路，想一路。我们容易看到那些实实在在、可触可摸的生活现实，但却有可能忽略另一种环境。在雨花区，我在德思勤 24 小时书店和共享书店，看到这个城市的一束光亮。

24 小时书店有一句让人易记的口号：给城市点一盏不熄的灯。表面看，它只是一个时间的长度，但它的背后，却是一座城市的文化品质，一种坚守。同行的朋友说，书籍是最能慰藉人心的妙药。当你焦躁、不安、烦恼、苦闷时，书是最好的伴侣，它会抚慰你的心灵，让你安静下来。书籍更是你力量的源泉，它会让你向上、向善、向美。在德思勤书店，看到那么多拥书而坐的读者，尤其是年轻的读者，我有一种莫名的激动。德思勤已经坚守 5 年，每年服务读者 170 万人。我可以毫不夸张地说，这是一盏城市的智慧之灯、文明之灯、未来之灯。而另一个书店，更创造了人与书的交流，可以让人从书中感受人的体温。

"和天下共享有温度的阅读。"在这里，书，真正展现出自己最广阔的空间。这里的书，大多来自民间的捐助，捐书者可以写下一段读后记，受读者同样可以写下一段感受，流动的书完成一种跨越时空的沟通交心。书，成为无数人研讨人生的媒介。古往今来，多少读书人喜欢在书上批注，写下感悟，但多是秘不示人，而雨花共享书店的创意，打通了人与人之间的心灵之路，把共享提升到更高的层次。

我不知道，这是不是雨花的味道、长沙的味道，这算不算"厚道长沙"的诠释？我所理解的厚道，是结结实实干事，是点点滴滴积累，是默默无闻奉献，是民生为上的理念。写到此，我想起苏东坡 57 岁谪居广东惠州时，仅仅两年多的时间，他关心民生疾苦，抚平民瘼之痛，这些并不"伟大"的事情，使东坡赢得"一自坡公谪南海，天下不敢小惠州"的赞誉。

的确，无论是大手笔，还是小手笔，民生中琐碎、庸常、平凡的一点一滴，那些起眼的和不起眼的，都会浸融于市民之中，慢慢地转化为一种品质、一种格调、一种修养，都会汇聚成这座城市的民心、味道。

节奏，沐雨拾花

节奏，隐于生活的一切之中。

世间无穷的变化，其奥秘都在节奏，轻重缓急，旋转起落，都在一种规律的支配下运行。

但某些节奏却在长久的、悄无声息的运行中完成，像水滴石穿，像聚沙成塔。它细微归于无睹，它默然难以分辨，这对于制造者来说，日复一日，年复一年，具体到一颗钉、一瓢浆、一块板、一抔土，它几乎是千亿次地重复枯燥乏味的节奏，但正是这种节奏，一经合奏，它可以掀起你内心巨大的波涛，奏出最美的旋律。

庚子夏月，我和我的作家朋友们，集体去聆听这节奏的美妙。沐雨拾花，去体验长沙的厚道，雨花的温度，共同去完成一次大跨度的跳跃，每个人都从记忆中剪辑，截图过去的岁月，来与眼前的图景对接，去感受长沙的厚道，去追赶雨花的节奏。

一向以快著称的谭谈先生，他几乎是以高铁般的速度，连发三文。他用他一贯刚健、明快的笔调，饱蘸激情，尽管是从《山道弯弯》上走来，也率先跟上雨花的节奏，由衷赞美雨花巨大的变化。他的《回到都市看山水》《总在心头忘不了》《美梦成真——走进雨花非遗馆》，都在忆昔中感慨巨变。平凡的建设者们创造的一切，他都深情回望。共享书店的书、社区居民的笑、小学校中一条红领巾、高桥大市场的题字，雨花所创造的那一串串数字，总在心头忘不了。他对创造者、建设者的赞美，由衷而不吝笔墨。

水哥，这个在文学界颇为知名的名字，比叫水运宪更亲切。因《乌龙山剿匪记》无端染上"匪气"的他，居然苦居书斋，轻摇柔指，将一篇《幽幽雨花香》奉献诸君，未读始觉奇，别致而馨香。水哥笔下，五位平凡而奇异的女子，巾帼不让须眉，她们搅动雨花的天地，擦亮雨花的名片，在曼妙的舞姿中形成柔美节奏。这虽只是万千建设者的些微，但见微知著，让人感奋。昔住黄土岭，今游雨花区，四十年的变迁，一路漫步，一路花香。

巴金说，无技巧是最高技巧，此中的妙处难与人说。聂鑫森是种字高手，他用《诗鬼画神》的锐眼，用长沙厚道的底色，铺陈而徐徐地次第展开雨花画卷。《宏大精微说雨花》如长幅诗画，慢尝细品，才能从对比中形成视觉的落差，从宏大到精微感受变化的节奏。鑫森兄的文字的确善于在不动声色中捕获读者。它像一壶老酒，容人慢啜细饮。

从长沙卷烟厂锅炉工，到全国知名作家、出版家，当肖建国再度踏上雨花的土地时，他的激动无以言表，大手笔、大格局、大变化，他激赏长沙雨花。尤其是得知雨花区在新冠疫情中舍利取义的底色，感慨万千。他在《闻到书香》中倾情回忆五十年前的一点点、一幕幕。这位《左撇子球王》用钢笔一笔一画，洋洋洒洒四千言，作一次今昔大跳跃，而这种节奏的每一个音符满含真实和动情。他所闻到的书香，是弥漫这座城市的味道，他深情而由衷地赞美这座城市的厚道之源、智慧之源、文明之源、未来之源。

万宁的文章像她的名字一样，《择邻而居，看繁华倾城》，娓娓道来，从容不迫，在宁静中见出自己的节奏。她善于以小博大，她的《讲述》，从孩童时期、豆蔻年华直到眼下，总是以亲历作为原色，细腻而隽永，她希望选择雨花相邻的云龙安家。这些满身烟火气的文字，透出对繁华又厚道邻居的满心喜欢。择邻可谓人生重大抉择，万宁在貌似漫不经心中，传达出重要信息。

以写粟裕大将传记文学一举成名的张雄文，像《横戈跃马将军行》一样，游走于雨花的两极。在《雨花的快与慢》中，他用高亢奔放的节奏写"快"，以悠闲儒雅的节奏写"慢"。建设者们用高铁般的速度，让荒山野岭长出一片楼宇，而这一切最终的获得者、受益者是人民群众。这种幸福感、满足感，从慢生活中获得释放。他所捕捉到的公园、社区、街巷、商肆的每一条春的信息，都那么悠长而富有韵味。他要放慢它的节奏，让人多多流连与徜徉。而他的另一篇《大隐圭塘河》，就是继续徜徉的佳作，他沿水上溯千年，从河之前世今生，从河之汩汩淌流的节奏中，感知世事沧桑，触摸微澜巨波，从河之变看世之变，从民之口观天下情。

最能让我们驻足的是纪红建的《井巷音符》，《人民日报·海外版》几乎整版推出。文章的笔墨触及长沙雨花一个很小的单元，深入到居民日常、世俗生活之中，从些微小事的变化见居民精神的蝶变。他在《乡村国是》中以平实质朴的笔调，深入现场，人物栩栩如生，场景立体凸显，显示出强烈的代入感和现场感，让人如身临其境，在跨越中看井巷前后判若云泥的变化，在聆听中感受井巷美妙动人的音符。他打动人的地方是细节的真实，足到、眼到、心到、笔到，采撷区区一片叶，但观一叶知天下。

寻找精神的原乡，王跃文以游刃之笔，给我们奉献了这次作家雨花行的压卷之作。压卷之作，绝非廉价溢美之词。《回溯旧时光》，一如《漫水》般温情美好，收机藏锋，字里行间，浸透人生况味，言近而旨远。尤其是他语言的口语化，有汪曾祺语言的精髓，动态、活脱、干净，以口语化胜出。《回溯旧时光》，勾连起旧时光与新光景。一段往事，一个人物，美好、善良、温暖，如醇酒一般，醇香、甘冽、厚重，让人不忍卒饮，浅酌慢品，才能尝到其中的真味。王跃文不愧为剪裁高手，从雨花非遗馆到他的家乡，从非遗高手到他的亲人，纵横数十年，转换自如稳妥，剪辑干净利落。对民间艺人的赞叹，对精神遗存的激赏，都满含在细节之中，在不动声色中完成大美之赞。

如果你有兴趣读完这些作品，你会感到雨花的变化之巨大和快速，这种雨花的节奏，是建设者奋斗的旋律，是劳动者创造的最美节奏，是厚道长沙最好的诠释。

恩格斯说过，劳动创造美。鲁迅先生也曾说过，他是"杭育杭育派"，"杭育杭育"是劳动号子的节奏，他甚至认为这是艺术的起源。是否艺术的起源，姑且不论，但鲁迅先生对劳动的赞美，对劳动者的推崇，都洋溢在文字之中。

在雨花短短的时间中，目之所及、足之所履非常有限，但在这有限中，我们都感受到这种节奏，它是一切建设者用智慧和汗水谱写的音符。这音符中，有时代气息，有奋斗者之声，有人民群众的柴米油盐，有文化的传承，有为政者的担当。

永州摩崖惊天下

中国历史上两位伟大的诗人，几乎是在同一时期，毫不吝啬地将笔墨献给了两位书家，羡慕之情，溢于言表，赞赏之辞，无以复加。尤其是老杜，性格惆怅，诗风沉郁，即使是"漫卷诗书喜欲狂"，情绪也是有节制的，而不是汪洋恣肆，一泻千里。称奇的是，在对某一人物、某一艺术形式上，他却打破常规，以完全不同的面貌呈现，表现出刚健活泼，元气充沛的艺术气质。

杜甫在我的印象中，其标准的形象，神情忧郁，目光深邃，即便是昂首远望，也是一副"穷年忧黎元，叹息肠内热"的样子，很难想象，他对公孙大娘剑舞的描绘，却时时透露出青春少年的气息。

"爠如羿射九日落，矫如群帝骖龙翔。来如雷霆收震怒，罢如江海凝清光。"这是《观公孙大娘弟子舞剑器行》中的四句，仅这四句，便可称神来之笔，它上天入地，翻江倒海，以生花之笔，再现公孙大娘弟子剑舞技惊天下的绝妙瞬间。

据载：昔日张旭善草书，出见公孙大娘舞《剑器》《浑脱》，鼓吹既作，言能使孤蓬自振，惊沙坐飞；而旭归为之书，则非常矣。

张旭观剑而悟道，运笔含舞韵，泼墨吐剑气，烟云布纸上。特别是饮酒之后作书的状态，疯疯癫癫，狂放不羁，故杜甫将张旭归于"饮中八仙"之一，对其作书时饱蘸感情、物我两忘的境界大加赞崇："张旭三杯草圣传，脱帽露顶王公前，挥毫落纸如云烟。"

而诗仙李白推崇的则是一代草圣怀素。怀素者，永州人氏。少贫，出家为绿天庵沙弥，自幼喜书法，传闻以绿天庵芭蕉叶为纸，而成一代草圣。李白慧眼识珠，对这位和尚出身的书家，推崇备至。他在诗中借飞禽走兽之势，来歌吟他心中不朽的书者。

"少年上人号怀素，草书天下称独步。墨池飞出北溟鱼，笔锋杀尽中山兔……悦悦如闻神鬼惊，时时只见龙蛇走。"

舞者，人间的仙葩；草书，纸上的芭蕾。两位光焰万丈的大诗人，不吝笔墨赞颂，决非偶然。

李白所赞赏的书者，是湖南永州的怀素。

而永州呢？也不辜负书家，所到之处，山水之间，总能寻觅到大雅之景。那些点染其间的摩崖石刻，胜迹点点，岁月不老，把一段历史和风雅，留在了山水之间。

你行走在永州山水之间，不时便会有种种惊喜撞入眼帘。

笔会最后一天，行走到永州之野，在江华县的某一个小地方，沿一条窄窄的田埂，进一个低矮破旧的山门，迎面而来的是"阳华岩"三个大字。山势陡峭，寒泉奔喧，危石错落，苔痕斑驳，洞穴之中，摩崖石刻高低错落。有知情者告知，崖壁之中，有一"三体石刻"甚为珍贵，为唐代文学家元结撰文，于公元766年，由县大夫瞿令问书并刻于岩上。元结在《阳华岩铭并序》中曰："吾游处山林几三十年，所见泉石如阳华殊异而可家者未也。"阳华山水之胜，可见一斑。可惜摩刻处寒泉之上，溪水阻隔，我们无法近观。只能归后欣赏拓片，方知此摩崖用大篆、小篆、隶书三体同刻一碑，世所罕见。难怪乎这并不太大的摩崖石刻名列全国重点文物保护单位。

我立于危石之上，虽不得近观，但久久不舍离去。永州之野的摩崖石刻的画面，一一在眼前闪过。

江永上甘棠古村，周姓家族聚居地，悠悠千年建村史。最令我惊奇的是，依村傍水，在湘粤古道上，临洞穴处，居然有一摩崖石刻，此洞穴形状圆曲如月，洞穴虽不深，但却可避风遮雨，故名之为"月陂亭"，有摩崖27方，列布于岩壁之上，所刻内容，多为劝世训诫、耕读传家、崇德尚仁、乡规民约。

其中,《甘棠八景诗》诗刻及清乾隆名士王伟士摹刻文天祥"忠孝廉节"榜书,堪为精品。

此摩崖虽为乡贤所刻布,但年深月久,以石刻为标志的古村,浸透在一种浓浓的文化氛围中,整个古村,崇尚自然,耕读立村,睦邻和谐,人才辈出。

试想,位于深山老林的村落,在日出而作,日落而息,年复一年的轮回中,村夫野老们也能登大雅之堂,此中讯息,难道不十分耐人寻味吗?

正是这种江湖和庙堂共襄的奇观,使永州之野这种独特的文化大放异彩。

永州虽偏处湘西南一隅,但摩崖群落,堪称全国之最,仅摩崖一项,全国重点文物保护单位,便有浯溪、朝阳岩、阳华岩、淡岩、月岩、月陂亭、玉琯岩等7处之多。而在青山绿水间散落的摩崖石刻,竟达2000多方。

这种奇观,当首推浯溪碑林。它不仅为永州摩崖体量之首,且所集聚的文人品位之高,也世所罕见。从现存的数量来看,它荟萃了从唐以来的石刻多达500方以上,篆、隶、楷、行、草五体皆备,而诗文撰写者名家就多达400人以上,尤以元结撰文、颜真卿书写的《大唐中兴颂》,异峰突起,名重千古。其高3.1米,宽3.2米,气势磅礴。因元结文,真卿书,摩崖奇,世称"摩崖三绝",在中华摩崖石刻中也藐视群雄,堪为神品。历代名家评价甚高。东坡发出了内心的赞叹:"书至于颜鲁公……天下之能事毕矣"。欧阳修评价其"书字尤奇伟而文辞古雅"。明代王世贞在《弇州山人四部稿》中,更是推崇备至:"字画方正平稳，不露筋骨，当是鲁公法书第一。"康有为论其神韵："平原《中兴颂》有营平之苍雄。"清人杨守敬大加叹赏："《中兴颂》雄伟奇特，自足笼罩一代！"故后世赞曰："一铭两手笔，宇宙双杰作""慨此连城璧，炳兹昭代勋"。对元结和颜真卿的双剑合璧，由衷赞美。

我曾三次拜谒浯溪碑林，立于《大唐中兴颂》碑前时，肃穆庄严，民族自豪感油然而生。遥想当年，元结于榛莽之地，辟山筑庐，凿石刊文，以至延绵千年，使这一光大民族传统的文脉，荟萃精华，赓续千年。

元结，唐代诗人，唐古文运动冲锋陷阵的骁将。他两任道州刺史，其为政宽仁，政声颇好，而且在文化建设上多有建树，尤其在摩崖石刻上，倾力倾情，为永州山水，平添胜迹。

浯溪，他五次经过，寻访、勘验、设计、营庐凿石，每有亲为，必成精品。且不说《大唐中兴颂》，其他后来者，也不乏佳作极品。如黄庭坚《书摩崖碑后》，是继《大唐中兴颂》后，碑林中人书俱老的佳构。其后米芾的诗刻，何绍基《归舟十次经浯溪》，笔力风神，书艺精妙，让碑林大放异彩。

没有元结就没有浯溪碑林。

然而，元结的功劳远不止如此。永州之野摩崖国家文物保护单位共7处，他就创造了3处。另2处在体量上虽有逊于浯溪碑林，但各具特色。

元结任道州刺史时，途经永州，停舟朝阳岩下，见此处岩石嶙峋，水明山秀，是大自然造就的一处绝佳风景，于是撰《朝阳岩铭》，并作《朝阳岩》诗，镌刻于石壁之上，遂成永州一处人文与自然相谐的风景。

此后，来此游历的文人骚客不绝如缕，"唐宋八大家"之一黄庭坚、理学鼻祖周敦颐、大书法家何绍基，都留有诗文石刻，使朝阳岩一举而为我中华千年胜迹。

在众多名人雅士的推举中，其中一人，功勋卓著，他就是被贬谪永州的柳宗元。柳宗元初到永州，为排遣苦闷，喜欢放情山水，而朝阳岩的秀山丽水，正是舒缓愁情、改变心境的绝妙之处。柳宗元在这里写下了《游朝阳岩遂登西亭二十韵》，朝阳岩一时名声大噪，其绮丽风光，感染了无数人，游人纷至沓来，名人接踵而至，后形成的摩崖石刻也有 150 方之多。其间黄庭坚、周敦颐、何绍基的题刻，极为珍贵。

阳华岩是元结在永州成碑最少的处所，虽只有 41 方，因其有《三体石经》《道州江华县阳华岩图并序》，为国内罕见而成"国之瑰宝"。

元结虽不是永州摩崖开先风者，但他广植墨种，终成大观，承先启后，功莫大焉！

山高水长，仰慕前贤，我正是追慕斯人的脚步，在数十年间，将永州七大摩崖群踏遍，寻寻觅觅的田野勘访，才得到了一个总体印象，它像怀素草书一样，"独步天下"。这种独特文脉的传承，扎根于坚硬的石壁，不失为中华文明的一枝奇葩！

如果说浯溪碑林以其雄辞伟句、巨大体量蔑视群崖，我们徜徉其间，怎能不感叹，何其壮也！

而面对朝阳岩壁立千仞，气势崔嵬，山环水绕，万方来朝的气象时，会禁不住惊叹一声：险！

　　而在淡岩探视时，你会立于那方满载秦时风云的碑前，感受历史的烟云，如穿越时代和先贤对话，你会聆听到远古的声音！

　　而立于月岩之时，你会感受到自己融入太极之中，浑然一体，那些刀砍斧凿的线条，缠绕蹁跹，给你一种跨越时代的奇特感觉。

　　而玉琯岩于片石之上，苍茫中显出孤傲，它真正让你仰视，那一笔一画，仿佛都在空中舞蹈。倘有云雾时，它会让你产生种种联想，仿佛看到云雾中的霓裳列阵翩翩起舞，那摩崖间的奇石怪树，自然便有了仙气。若是拨云望去，"九嶷山"三个大字，赫然在目，字高1.8米，宽1.9米，笔力遒劲，为永州石刻榜书之最。

　　而位于甘棠古村的月陂亭的27方石刻，是乡野中独有的奇观。如前所述，它恰似上天锻造的文明陨石，不意间遗落乡野，使得大雅和大俗浑然一体。

　　几十年间，我一次次被震惊，总感觉永州似乎有些轻慢了这些国之瑰宝。

　　摩崖的欣赏，也许的确是小众的、大雅的。但有时想想，生活中许多东西并非一成不变，雅与俗，寡与众，高与低，并非永远相悖，雅俗的转换往往在于找到好的路径。

　　武夷山一台《大红袍》的晚会，将种茶、制茶、茶艺、茶道演绎得绘声绘色。由此让人感悟，文明、文化的推广、普及，向来就是深入浅出，通过一定的形式、仪式，走向大众。

　　当我思绪蹁跹，对这几十年穿行永州碑林的经历来一次回望时，便有了小小的心得。

浯溪碑林是一个"壮"字，它雄奇壮观。

朝阳摩崖是一个"险"字，它险峻峭拔。

淡岩摩崖是一个"古"字，它古意盎然。

月岩摩崖是一个"奇"字，它别有洞天。

玉琯摩崖是一个"傲"字，它傲视群雄。

月陂摩崖是一个"野"字，它野趣横生。

阳华摩崖是一个"珍"字，它珍稀罕见。

在壮险古奇傲野珍的面前，怎一个"惊"字了得！

但我在永州经年的踏访，不独独是满载而归，也留下莫大的遗憾。生于斯，长于斯的一代"草圣"怀素，在两千多方石刻中，居然没有他的墨迹，何况他还有李白的推崇！

历史的错过、历史的误会无处不有。这就是历史的考题，留给了后代！

绿天庵之舞

怀素家贫，无纸，出家高山寺，遂于寺庙方圆数里，遍栽芭蕉数万，以叶作纸，于其上尽情挥洒，退笔成冢，洗墨成池。天道酬勤，一个小沙弥，庙里长大的和尚，竟卓然一家，狂草名动四海，独步天下。

我于丁酉年初夏，涉足零陵，红日东升之时，临东山高山寺，寻访绿天庵，已废，不遇。遗址处，得传闻中笔冢墨池，睹物不再，只存念想。历史烟云，磨蚀岁月，消散风物，只留下多种传闻，许多附会。

眼前，清风微拂，便起了一阵阵绿波，蕉叶婆娑，发出袅袅梵音，脑中自然涌出想象中绿天庵的样子。穿越时空，思接千载，不由得把僧人怀素奋笔疾书的画面推到眼前。

我对附会，向来是取宽容和赞同的态度。即便是让人忍俊不禁的附会，也多从杜撰者善心好意角度去考量，只是把种种疑问存在自己的心中。

我对怀素以芭蕉叶为纸，涉笔习书，向来持怀疑态度。殊不知蕉叶光滑，难以书写，即便能够书写，又需多少蕉叶，才能让怀素尽情挥洒，退笔成冢？

但此附会，我持完全赞赏的态度。

一片波光，万棵蕉树，绿浪迭起，佛音袅袅。天地间，只见龙蛇翻卷，烟云密布，飞沙走石，狂风大作，小沙弥于万绿丛中，涉笔成趣，挥洒自如。

这是一幅多美的画面！绿天庵由此得名。禅宗的神秘，山野的生机，天地的静谧，书者的勤奋，在一片绿色的包裹中，别有情趣，气象万千。

我以为，这个附会传说，比历史的事实更动人，它使艺术之美与自然之美浑然一体，在天地之间，构成一幅神奇殊异的画卷。

怀素习书，家贫无纸，在《自叙帖》中已有定论，但细细琢磨，现实生活中，他是以寺为家，以大地作纸，以枯枝作笔，以星辰做伴，以名帖为师，将汗水挥洒于大地，将勤奋写在高山寺。

当是时，红日飞升，跃出天际。面对此景，自然想起李白对怀素无以复加的赞美："少年上人号怀素，草书天下称独步。墨池飞出北溟鱼，笔锋杀尽中山兔……飘风骤雨惊飒飒，落花飞雪何茫茫……悦悦如闻神鬼惊，时时只见龙蛇走。"不敢想象，时年58岁，"天子呼来不上船"的谪仙李白，居然称只有22岁的怀素为"我师"。

个中缘由，思忖多年，总不得要领，近年偶有一得，虽是一己之见，但却愿意不揣冒昧，以陋示人。窃以为，李白与怀素，至少有两点惊人相似。诗风与书风高度统一，上天入地，天马行空，放浪无羁，飘逸遄兴的浪漫风格；酒风和酒品相差无几，一个是"自称臣是酒中仙"，一个是醉僧无忌，狂放不羁。这种相似，不仅仅是外在表象的暗合，关键在其内在神似。

漫步绿天庵绿浪起伏的蕉林，思绪逐浪，神驱千年。我想起唐代另一位伟大诗人，为另一位杰出的舞者及书家的歌吟："昔有佳人公孙氏，一舞剑器动四方。观者如山色沮丧，天地为之久低昂。爧如羿射九日落，矫如群帝骖龙翔。来如雷霆收震怒，罢如江海凝清光。"这是诗圣杜甫《观公孙大娘弟子舞剑器行》中前几句。除了对剑舞者最高的礼赞外，写出公孙大娘及弟子剑舞时，天地动容、江海壮色的壮观画面，诗人由此还道出了一位"草圣"书艺大进与舞者的关联："昔者吴人张旭，善草书帖，数常于邺县见公孙大娘舞西河剑器，自此草书长进。"

不可思议，唐代乃至中华诗史上两位最伟大的诗人，几乎是同时为两位书家不吝笔墨，这不能不说是中国文化史上两朵奇葩。

"颠张狂素"，中国草书史上两座高峰。

"谪仙诗圣"，中国诗歌天空两颗巨星。

千年一赞，万古不灭！

我不知道，两位"草圣"不废江河，千古传诵，是否与李杜的推崇有很大的关系，但至少我驻足蕉林，注目遗存，脑海中就不断闪现出一幕幕惊天动地、山河壮色、龙飞凤翔、神鬼莫测的场景。我分明感到，怀素的狂草，虎虎生风，寒光凛凛，在游龙惊蛇中透出阵阵剑气，我禁不住要高呼了，这不就是纸上的剑舞吗？

诗、书、舞，不就是艺术的同源、线条的共生吗？诗行的腾挪跌宕，草书的逆折变化，舞蹈的跳跃洒脱，不都是线条的变形夸张吗？这一切的最终追求，都是人类审美的需求，只有美才可以将这些线条归纳起来，抵达审美的终极目标，完成心灵花朵的开放，以臻万紫千红的世界。

我把思绪渐渐收拢，集中在绿天庵，背景是一块巨大的岩壁，平整如盘，怀素狂草，赫然在目。它那冲决一切狂飙突起的状态，自由奔放特立独行的风貌，神鬼莫测变化万端的诡秘，生风挟雷翻江倒海的气势，如巨浪扑向岩壁。天幕渐渐拉开，摩崖《自叙帖》映入眼帘，满壁烟云。

摩崖之下，有唐公孙大娘《剑器浑脱舞》正在表演，寒光四射，风雷呼啸，与怀素飞动的狂草双剑合璧，如洪波喷射，如九流回环，如连山喷雪，如绝壁挂松。风声、剑声、笔声、舞声，融合成一曲绝美的乐章。

天地为舞台，公孙大娘独舞后，唐乐响起，又双人剑舞、八人剑舞、众人剑舞，在舞台蹁跹，观者如堵，四野沸腾！

游目骋怀，情不自已，突然想起，怀素以"醉僧"名世，在绿天庵修行多年，青灯黄卷，"济公"似的和尚，在"醉态"之下，挥毫如流星，运笔似挥戈。醉中有醒，醒中有醉，在赵赵趄趄中造一幅"醉僧"癫狂图。

风起蕉叶，绿浪连天，从东山望去，零陵古郡，文气升腾，万家烟火，一派安详！

绿天庵之绿，是永州大地的主色，今之善舞者，将会在主色中调入更多色彩，使民生的舞台更充沛饱满，使锦绣潇湘更生机勃勃。

浯溪之惑

大江走水，向北，成滔滔之势，江面渐渐平阔，波消浪息，只有那些暗礁处，方有水的翻滚。这时，你才感觉脚下这片水域，有无穷的变化，惊人的生动。潇水汇于湘水不久，在汩汩的流动中，载了许多欢欣和悲愁，把青山分割成排列的画屏。画屏中的村湾、田野、山林、竹篁，静静地沉睡和苏醒，虽然有许多的故事，但日夜奔流，都被这江水带走，消遁得了无痕迹。湘水流经此处，仿佛停下了脚步，它的右岸，山岛竦峙，壁立百丈，时间在这一刹那，定格在这片长不盈百米的崖壁上。

当年，唐代大文学家元结出任道州刺史，几番溯流而上，眼光停留在这片岩壁，虽不是一见钟情，却也是暗生情愫，注定要与这片山水结百年之好。于是便有了金玉良缘，千年佳话。

元结盯住这片山水，自有他的盘算，他命名蜿蜒曲致的山溪为浯溪，然后在临江处筑亭，依势取景，造临空欲飞之势。又于巨石处筑台，稳如磐石，寓永固之志。但这只是造就一种氛围，点缀几分情趣，他真正的目的，是辟石凿崖，为历史雕刻永久的展品，为历史凝固永恒的乐章。

历史的书写，往往便是在不经意中造就的。

稍通文墨之人，对书法史略知一二者，对浯溪碑林，莫不怀十二分的敬意，尤其立于《大唐中兴颂》碑前，肃立中注目凝视，不觉间便有了顶礼膜拜之情。

我曾三次造访浯溪碑林，其间每次相隔几乎都有十年。三十年间，岁月流转，世事沧桑，人生沉浮，时代巨变，我每次立于《大唐中兴颂》碑前，端详那一方巨石摩崖，除了崇敬之情外，随年岁的增长，阅历的添加，视野的开阔，钻研的深入，心中却不免有了些变化。这种变化，是在浯溪碑林的寻觅中，获得了一些新的发现后产生的，当然这种发现是遵循前贤开辟的路径，按照他们指示的方向探索所获得的。

我喜颜体，几胜于二王。王羲之《兰亭集序》，被誉为"天下第一行书"，已成定论。我人微言轻，是断不能置喙的，但在心中，却暗自也有个人的看法。以我之见，王羲之《兰亭集序》，不独是书法之隽秀，为天下书者奉为圭臬，而且就文章来说，也是汉魏名篇，大家手笔。全文如行云流水，放浪无拘，究生命之本真，感人生之要义，天地乾坤，宇宙无极，游目驰骋，感怀兴会，怎么读，也是天底下一等的好文章。又兼有唐太宗爱之入骨，连死也拥此而眠，《兰亭集序》的随葬，使这一稀世珍宝，成了唐太宗李世民独享，无法再见天日的骨灰级宝贝。这虽是无法考证的掌故，但人们似乎更相信它是真实的存在。天下神品，除自身天赋条件外，各种附会传说的叠加，也是其异禀天资的由来。这些历史的传闻按照其逻辑发展的轨迹，在不断的推进、固化中，便成了历史的定论。《兰亭集序》就是这样因演义而陷入一种秘境，在这种推波助澜下，自然就成为天赋神品。

不知是性之使然，还是偏好所使，在《兰亭集序》与《祭侄文稿》的比较中，我似乎更偏好《祭侄文稿》，即便不说该文忠肝义胆，满目血泪，刚烈凛然，慷慨激昂，是从容赴死的英雄气概的大义之文，从书法的角度，也有其不可比拟的神妙。展卷观赏，我们可读出墨行中的断腕之力和雷霆之势，也可以在涂抹点染之间，领略其急风骤雨般淋漓酣畅和冲波逆折式抑扬顿挫。

我以为，《兰亭集序》可摹，故有虞世南、褚遂良等无数成功的摹本，几可乱真。而《祭侄文稿》不可摹。千年以降，未见有临摹《祭侄文稿》的成功范本。环境、氛围、情绪等，摹写者都与颜真卿相距甚远，而其独有的笔墨气韵更是无法企及。这种独有的开创性破空之笔，不是刻意形成，而是在一种特定的氛围中自然天成，使颜体具有一种威严的气象、堂堂的格局、凛凛不可冒犯的气势。

《祭侄文稿》既是一曲哀婉沉痛的悼亡挽歌，又是一篇忠烈激昂、悲愤铿锵的讨敌檄文。文章写于安史之乱中，当是时，战事稍平，颜真卿开始寻找在讨伐逆贼，平定安禄山、史思明叛乱战斗中被杀的颜氏三十多名忠烈遗骨，不得，只寻得侄子颜季明头骨，睹物思人，悲痛欲绝之中，在纠合了多种情感，怀揣极为复杂的心情，提笔写下了这篇千古血泪之文。《祭侄文稿》无论从内容到书法，堪为千古一文，前无古人，后无来者。

正是因为对《祭侄文稿》的这种喜爱，故每次到浯溪碑林，我几乎都要用大半的时间，伫立于《大唐中兴碑》前，追思前贤，敬慕先哲，毕恭毕敬于这块"奇石，奇文，奇字"摩崖石碑前，去读出它的意到笔到，神情饱满的精妙。

但说实话，前两次的观赏，还多从颜体碑文结字入手，感受到他字的丈夫之气，挺拔之势，方正之局，威严之阵。《大唐中兴颂》为颜真卿晚年之作，是其书法臻于成熟、几成完美的稀世杰作。历代名家赞颂如云。黄庭坚曾大加赞赏："大字无过《瘗鹤铭》，晚有名崖《颂中兴》。"清人杨守敬赞曰："《中兴颂》雄伟奇特，自足笼罩一代。"康有为赞其"平原《中兴颂》有营平之苍雄"。

其实从书法的角度，我更喜《祭侄文稿》，它的不可复制性，自然天成的自由状态，是无法摹写的。而《中兴颂》，尽管它元气淋漓，立石有痕，刚正凛然，刀剑入墨，但从可复制、能摹写的角度看，毕竟后来者犹可追也。我见过不少摹写《大唐中兴颂》者，就几乎有不少乱真者。我在湖南韶山就见一书者龙燕清，其笔墨就已神形毕肖，已达几近的程度，深得其神韵。

我一直在想，古人于书法，远没有今天所谓理论家那么多理论。众所周知，书法的工具性是第一位的。只是在不断的演进中，书写审美意识的增强，书写的追求就不只有工具性，它承载了更多要素，使书写的单一转而多元，书写的简要变得丰富，变化促成了行书，速度催生了草书，书写从其工具实用性进入到艺术的领域。直到电脑出现之前，在全民用笔记事表意的情况下，工具性永远是第一位的。只有今天电脑已成为全民记事表意的主要工具的时候，用笔书写的时代隐去，其工具性渐渐消退。今天还用毛笔书写者，所追求的就基本上是艺术的审美，传统的赓续，它已作为文化，以一种全新的方式，注入到后代的血液中。这是一种文化的认同，精神的指归。而这种状态下的书写，可能刻意的成分太多，是无法达到我们祖先的那种任意挥洒，自然天成的境界。这是今天书写者无法逾越的障碍。

这流水般的想法并没有被滚滚北去的湘江水带走，而是紧紧黏附于这高高的78米摩崖之上。78米，石壁耸立，崖石平布，对于摩崖石刻来说，其长度宽度足矣。山水环绕，风景宜人，我所伫立的浯溪碑林，紧倚湘江北岸，也堪为天成。其时任道州刺史的大文学家元结，数次经过此地，为风光所感染，为大片的岩壁所吸引，遂刻石铭文，尤其是《大唐中兴颂》碑，堪称浯溪摩崖碑林之魂，此后，历朝历代文人骚客，膜拜者如堵，观赏者似鲫。

在众多的观赏者中间，有一人的看法，颇引人注目。这便是宋"四大家"之一的黄庭坚。他在浯溪碑林观后，尤其是观《大唐中兴颂》后，跳出前人的窠臼，作《书摩崖碑后》一诗，几乎极少评论《大唐中兴颂》的书法，而是就其内容，痛陈历史，挞伐玄宗沉湎酒色，重用佞臣，养奸纳垢，酿成祸端，直至安史之乱爆发，九庙不守，不得不狼狈西窜，群臣也作鸟兽散，另择栖枝。言中之意非常明白，对所谓的"中兴"持否定态度。此论在以后千年，争论不休。

我一直以为，文学与书法不可混为一谈，大家的眼光，毕竟高人一筹，当人们仅仅把《大唐中兴颂》作书法杰作来读时，同为大书法家的黄庭坚便独具眼光，读出了它"史胜书"的价值，此后张耒、李清照都读出了它的痛国之史，前车之鉴。

我以为，这才是读碑的正途，当然这并不意味着可以抹杀书法的意义。在这两者之间，书以文彰，文以书传。试想，如果没有摩崖，又怎么能使这等书法的神品得以传之久远？这种坚硬的历史与文化，可以说是中华优秀文化传承的一种方式。

我在浯溪碑林盘桓、驻足、凝望、沉思，有一种疑惑总挥之不去，尤其是面对《大唐中兴颂》时，总觉得今天我们所强调的是其书法的审美价值，而有所忽略它历史和文学的警示作用，这让浯溪碑林的路越走越窄，读不出它真正的历史和文学的内涵。

从唐以后，关于浯溪碑林，尤其是《大唐中兴颂》的解读千千万万，他们多从书法的角度，去打开这文化宝库之门，但我以为，黄庭坚、李清照、张耒等许多大家的解读，才真正深入碑林核心，展现其重要的文化和历史价值。当我第三次登临浯溪，立于《大唐中兴颂》巨碑前，思接千载，感慨万千时，我心中之结，仿佛瞬间解开。解我惑者，前贤圣者矣！

西坡种竹怀古

一

文人本爱竹，但杜甫却有"新松恨不高千尺，恶竹应须斩万竿"，对竹的憎恨，简直到了无以复加的地步。

我乡间营一小庐，栽桂花、蜡梅、松柏、楠木、红豆杉若干，又兼栽桃、李、枇杷、杨梅、石榴、柚子数株。此后每日观赏，便有几分志得意满、踌躇满志的神气。

突一日，绕屋三周，方见西向一面坡，石乱、土松、花杂、茅长，陡峭而坎坷。遇雨，泥沙俱下，则沟壑纵横，疙疙瘩瘩，便自然想起东坡"宁可食无肉，不可居无竹"语，禁不住就有了几分自责。余忝在文人之列，想来就有些惭愧，居然忘了竹君？岁寒三友者，唯置竹于家园之外，在心中就自然将自己狠狠掴了几掌。西坡，乱石成岗，如栽竹成林，既固坡成砥，又成一片具有文人气象的风景，岂不美哉？

邻家有不喜竹者，劝我打消此念。言，竹为疯长之物，一旦扎根，则盘根错节，四野蔓延，到处乱窜，他日若是成了气候，会给你徒增烦恼，不但不成风景，反而欲除而不能。

我喜竹，几近偏爱。少时家乡多竹，尤多密密匝匝毛竹，家乡被称为便江的右岸，即便是在喀斯特地貌的山岭，也是漫山漫壑，翠竹万顷。清明前后，春花乱飞，竹笋拔节。当是时，我等一众少年，便结伴进山，猫入竹林，匍匐前行，以鹰隼之眼，猕猴之臂，搜索扫荡，将小竹笋揽入囊中。大半日工夫，总能俘获数十斤小笋。那便是我少时的大欢乐。

归来，饥肠辘辘，人困马乏，然见满筐满篓的竹笋，便眼放光芒，喜不自禁。

剥笋为一件快乐之事，先揉碎笋尖，再撕裂笋嘴之壳，再以食指缠住笋壳，然后一路绞滚下来，鲜嫩笋体顷刻呈现眼前。

如有肥膘，炼油，鲜笋拍后成段，入锅翻炒，佐以大蒜、辣椒粉、酱油。竹香四溢，稍黄，脆熟起锅，便是一道天赐美味。

竹之于我，已入眼、入口、入心，故我不听邻家劝阻，从南坡周家移来四株楠竹，于初冬栽下。

翌年春生和气，万物吐绿，四野一派生机，每日里，格外关注那几株楠竹，盼有新笋破土。突一日，见土有裂隙，笋芽乍冒，心中暗喜，好像这新生命是自己所孕，便心生爱意，久久凝视而不舍离去。

又一日，又一破土之芽拱出，不几日便长出黑褐色笋尖，又恰好遇上春雨的滋润，几天便扶摇而上，亭亭玉立了。

但此后数日，便无消息。栽了四株，发了两枝，问移竹栽种的周爹，周爹端详一会儿，说，两株母的发了，公的没发。我说何不全栽母的，他笑言，没有公的也不行。我愕然，见他狡黠的笑脸，便知道是诳我。转而一想，竹为速生快发之物，有这两株，便可一生二、二生三、三生万物，成林之时，保不准要大举砍伐？

二

又一年，春风拂面，乍寒见暖。春雨飘飘洒洒下了一夜，次日，便见春笋破土，前呼后拥，嫩芽初出，坡上点缀成棋盘。不几日，便葱茏一片，那拔节的声音仿佛此起彼伏，在春风的摇曳中，清脆而响亮，比"残雪压枝犹有橘，冻雷惊笋欲抽芽"更显春之昂扬。突地就想起杜甫的恨竹之句，大诗人如此咬牙切齿，断不会是纯粹地针对自然界状况，想必是借物喻人，另有一番隐喻。杜甫一反世人对竹之美誉，冠竹以恶名，并将其与青松对比。本来松竹梅为岁寒三友，这是人间共识，文人更是对此倾慕有加。杜甫真乃"冒天下之大不韪"，寓竹为"恶"，而对青松则赞赏有加，寓之为人格高尚，孤傲正直的贤者。那么，"恶竹"是指谁呢？

从写实的角度看，杜甫离开成都草堂时，曾亲手栽下四棵小松。从诗的表面看，是诗人寄望小松茁壮成长，而担心四处乱窜的竹子侵蚀新松。但前人从杜甫诗的写实中读出了松竹的寓意。杨伦在《杜诗镜铨》中认为此二句"兼寓扶善疾恶意"。清人沈德潜《唐诗别裁集》说"言外有扶君子、抑小人意"。这应是拨云见日之见。

此二公之论为真知灼见，但仍免不了泛泛之谈，依杜甫诗作的写实风格，我以为，"新松"寓严武似可坐实。严武堪称一代年轻武杰，而且也有文名，《全唐诗》收其诗作六首，均为唐诗中的佳作。他两次出任剑南节度使，数次击破吐蕃，开疆拓土，为稳定西南，立下汗马功劳，三十多岁，即封为郑国公。

"恶竹"，泛指群小，似可说通。但联系当时的四川形势，严武一旦离开成都，则出现兵马使徐知道的叛乱。徐知道此人，岂不是"恶竹"？诗人在这里，鲜明表达了对"新松"严武的礼赞和对"恶竹"徐知道的憎恨。

三

"恶竹"毕竟是孤例，而且是杜甫在特定历史环境下独有的感叹，自然不能代表人们对竹的普遍的审美。

世间多流传东坡的"宁可食无肉，不可居无竹"，而杜甫的"新松恨不高千尺，恶竹应须斩万竿"则几乎无人应和。想想，竹还是可爱之物，无论是虚怀若谷、磊磊有节的品格，还是亭亭玉立、迎风摇曳的风姿，堪称内外兼修，有君子之品，玉人之姿，难怪历代文人雅士，视之为友。东坡算是文人中爱竹的"竹痴"，在"食肉"与"居竹"二者之间，他宁可舍肉而取竹，"无肉令人瘦，无竹令人俗"。他在《墨君堂记》中说："世之能寒燠人者，其气焰亦未至若雪霜风雨之切于肌肤也，而士鲜不以为欣戚丧其所守。自植物而言之，四时之变亦大矣，而君独不顾……风雪凌厉以观其操，崖石荦确以致其节。得志，遂茂而不骄；不得志，瘁瘠而不辱。群居不倚，独立不惧。"

道出了东坡爱竹的根本缘由，其节其操其品其格，不正是东坡自己的写照吗？"高人必爱竹"，在中国文人的长廊中，爱竹之士，咏竹之诗，唱竹之曲，与竹为伴者，真可谓不胜枚举。竹无俗韵，是千百年来正人君子，高人雅士追求的情趣。

"恶竹"，是杜甫的发现，几乎是文学史上的孤例，诗人赋予它的是群小的形象，挞伐有加，虽然翻遍文学史几乎无人应答，但我仍然以为诗人的眼光是锐利的，他捕捉到竹的另一种潜在的本质。它盘根错节，密布于暗处，在相互的勾结中，杀伐百木，一旦得势，则成燎原之势，整个山林几乎只有这"群小"的天下。

这难道不是一种有益的暗示和提醒？在众声喧哗之中，有时听到一种不同的声音，防患于未然，未必不是好事。

这时想想邻家之言，还真觉得说得有几分道理。起初我还觉得邻家不解风情，不懂文人的情怀，从杜诗想开去，方觉出"忠言逆耳"。任何事情，不可独听，兼听则明哦！

西坡已有半坡竹林，我凝视这迎风摇曳的竹篁，幻化成半坡风景，当年我之种竹之梦想，明年将会变成满坡美丽，心中的窃喜油然而生。但此时，仿佛有一种警醒的声音，从天际而来，结结实实落在坡上，我从窃喜中生出几分忧郁，我几乎听得见它那半坡竹的根系，在暗地里蔓延，不由得心中一紧。明年春笋破土之时，是不是应该及时除去多余的竹笋，以遏制它的疯长之势，为这片竹林，保留草木互生的环境，为这梦想的美丽风景，真正成为心中的绿地，以避"美竹"成为"恶竹"，将诗意真正留在西坡！

第三辑

琴筑

那一张张笑脸正迎着我像花一样开放。

一花一世界，
一笑一神韵。

未公的笑

省作协院内，无论老小，都称未央为未公。这称呼，是诗人未央的标配。

道德文章，未公臻于完美。官家坊间，都喜他爱他。相由性生，未公天生一副慈目善眉的样子，越往老走，那慈善之相愈发突出。未公的笑，在慈目善眉的映衬下，有一种温暖人心的魅力，而且那深含笑意流淌真切的情谊，把你的心滋润得舒服，妥帖。

未公的笑，有特点，微眯眼，嘴角稍上翘，很优雅地发出有磁性的笑声，缓缓地流淌。偶尔也会闻言大笑，那声音似山泉瀑布跌落，有银瓶乍破的味道，爽朗而结实！

省作协设立医务室，并将阅览室也设在这里。我的夫人服务于此。老作家们喜欢每天都去坐坐，这也是未公晚年喜爱的消烦破闷之地。久而久之，对未公的了解，夫人在我之上。老人多暮气，但未公多笑声，在小小的阅览室，未公所带来的总是一股春风，他的笑声，褪去战火中染上的戾气，洗掉了老人伤怀的暮气，那种真正诗人所特有的纯真、阅世丰富的历练，都裹挟在未公特有的笑声中。夫人多次跟我说，跟未公交流、攀谈，舒服而开心，除了善解人意的宽厚之心外，就是他特有的笑声，感染你、熏陶你，给你一种向善、向上、向美的力量。

未公在醇醇的笑声之外，也有冷峻的原则。1996年，我和谭谈同志都在省委党校学习，结果把作协党组会议放在党校召开。在研究完其他议题之后，最后一个议题是研究残雪受邀到美国访问的问题。意想不到的是未公首先表示不能同意残雪访美，他指出残雪作为作协一员不太参加作协活动等，党组同意了未公的意见。当我将党组意见转达残雪时，残雪并不责怪未公，她说，未公是一个没有私利的人。于是登门拜访，检讨自己。我以为，这也是未公笑声中的力量，他提携、包容、关爱同事部下，同时也鞭笞、警醒同事朋友。

他走了，但他的笑声不会走，我耳边总时时萦绕着他温暖而宽厚的笑声！

本色

学徒、战士、矿工、记者、编辑、作家，以及书记、主席。不管何种身份的转换，他都始终保持质朴的本色。

退休后，他与我隔邻相望，几乎每天都可以看到他门前镌刻的那副对联——"日照桑榆休谓晚，心无雾霭便为晴"。人生向晚，但他始终怀有一颗赤子之心。他一如既往保持初衷，把爱送给他人的时候，自己也获得了满满的爱。赠人玫瑰，留有大香。在他看来，获赠者得到的香，远不及捐赠者。奉献也是一种快乐的源泉。

1998年，他与另两位作家朋友，行程数万里，几乎跑遍湖南贫困县，去采写挖掉穷根的人与事。这次采访，让他萌生了一个念头，为山区缺教少书的孩子们捐建作家书屋。他的大爱之举获得了全国作家的积极响应，一时间，作家们的爱奔涌而来，书籍源源不断汇集湖南。

巴金、冰心、臧克家、贺敬之、刘白羽等文学前辈，也将他们的签名本寄赠过来。

湖南涟源田心坪镇，全国第一家作家爱心书屋，在短短一年多时间拔地而起。落成庆典的那天，喜庆声中迎来了一场大雪，纷纷的雪花仿佛孩子们欢快的笑声，撒遍了这个偏僻的山区小镇。

他被孩子们簇拥着，风雪掩不住他热情似火的心，他爽朗会心的笑声，在田心坪的小操场上，掀起一阵阵爱的回应，融化了冷冷的冰雪，把一点点希望种进孩子们的心中。

雪花飘飘洒洒，庆典仍如时开始，他紧握话筒的手在颤抖，他的眼睛噙满喜悦的泪花。他动情地说，我是苦孩子出身，需要吃饭的时候缺食，需要读书的时候缺书。这种切肤之痛，更让我知道一本书、一本刊物对于山里孩子们是多么重要。我和作家朋友水运宪、蔡测海深入贫困山区采访，结识了许多感叹自己没读书、读书少的农民朋友，他们多么希望自己的孩子不要重蹈自己的老路，治贫的重要一点是治愚啊！

那个雪花飘舞的上午，不仅仅是一种欢乐、一种感动，更深远的意义在于，此后，一座座作家爱心书屋，在三湘四水，在神州大地，在许许多多贫困山区如雨后春笋涌现。他不仅仅是输送知识，他把作家的爱和山区的孩子联系起来了，也许某一天，一位成才的孩子会大发感慨，当年，某一位作家的一本书，像一盏灯一样，照亮了自己在知识大道上前行的路。一种连接，一种贯通，在不经意中达成一种赓续，更重要的是，越是大作家，他们的爱、亲近、俯身向下，会在某种程度上，潜移默化影响孩子的一生，可以想见，任何一种"德"的培育，行为比说教有效得多！

独乐乐，不如众乐乐；众乐乐，才会有独乐乐。这是他一生的信条。越到晚年，他越努力把自己变成"快乐老头"，而他的这种快乐，总是在不断地奉献中去寻求。

有同为矿工出身的陈建功，曾以爱慕口吻说他是"好事者"。

他的确是"好事者"，作家爱心书屋、毛泽东文学院、百家文库、白马湖文艺家创作基地……许许多多凝结心血之作，许多看似不可为的难事，都在他坚韧不拔的力挺中成为现实！

当他建成白马湖文艺家创作基地后，我曾问他，到此为止了吧，今后不会再有什么项目了吧！他感叹说，要做成一件事不容易啊！难呵难呵，现在老了，该安度晚年了！

其实心中有梦的人是不会消停的。他仍然没有止步，一个梦想又在他心中萌发。20多年前，我曾不止一次听他说过为老农建一个活动中心。他感慨，放眼全国，这个活动中心，那个活动中心，唯独没有老农活动中心！他要下决心在涟源老家，为辛劳一辈子的农民建一个老农活动中心。

这个梦想在心中一天天长大，只要有合适的机缘，他就要让梦想落地并开花结果。恰逢习近平总书记视察湖南湘西十八洞村，吹响了精准扶贫的号角。他目睹了家乡曹家湾这些年的变化，农民的物质生活的确有了巨大的变化，但精神生活上还有欠缺呀！

他作出一个惊人决定，变卖了在娄底市城区的一套住宅，腾出了老家曹家湾祖上传下来的宅基地。他以年迈之躯，又要造屋了！这在外人看来是英勇悲壮之举，但他却以快乐面对。省城离他老家300多华里，他往返其间，亲力亲为，乐此不疲，个中艰辛，不足为外人道也。

将奉献作为一种追求，就会既获得一种力量，也得到一种快乐！在快乐的氛围中完成一项事业，你就会有一种百折不回的力量！正是这种信念的支撑，使他永远在本色中坚守，在坚守中显示出弥足珍贵的品格。

如今，一座两进的中式四合院坐落于曹家湾。诗湖文墙环绕其间，"还童园"里，阅览室、书画室、娱乐室为白发苍苍的老农带来浓浓的稚气，健康广场、娱乐广场为老农带来了朗朗笑声，而那些欢快的舞步，让这个小小的山村，显出勃勃的生机。

老吾老以及人之老，幼吾幼以及人之幼。从爱心书屋，到活动中心，一种精神层面的东西显得格外清晰：不忘来路。饮水思源不忘恩，树高千尺不忘本。

他，是一位既普通又不普通的共产党员。

他，是对社会慷慨解囊，对己近乎吝啬的著名作家——谭谈同志。

老人与敬衡居

他是最早唤醒南岳后山的人。

许多人以为晨钟会惊走飞鸟，南岳的钟声年复一年地敲响，飞鸟已经习惯了这种佛系的钟声，浑然不觉而安栖枝头，它并不像有些歌词唱的那样"晨钟惊飞鸟"。一切融入自然的异物，只需亘古不变地重复，就会变得安宁而祥和。如果你用心倾听，就会觉出那钟声由近及远震动了各个山头，悠远而安详。

他与这钟声一起，在月悬东山之时，便现身于这别致而不失山野之趣的小院。人们还处在这梦乡的世界，他似乎就是南岳后山的敲钟人，让安睡的世界生动起来。

月影之下，老人活跃而忙碌，他用鹰隼一样的眼睛，搜索小院的每个角落，一个烟头、一片纸屑、一块瓜皮、一撮杂物，他都会用粗糙的手捡拾归于垃圾桶。这样的细节，在我月余的逗留中，几乎每日都见他机械地重复。

旋即，便是为每一棵在晨风摇摆的老树新枝浇灌山泉。那些树及绿草坪在山泉的滋养下，容光焕发，显出勃勃生机。敬衡居最大的奢侈，是它巨量的山泉源源不断地倾泻而下，让这里的一切都变得鲜嫩、活泼。水与生命的交响奏出最美的旋律。

我有时怔怔地盯住那一汪汪泉水，心中总发出一种特异的声音，莫不是这永不干涸的山泉，让老人的生命淬炼如钢。

他可以称得上健步如飞，你不得不惊愕他超越常人的腕力与腰功。他可以毫不费力抓起100斤的铁锭，他可以抓住树干引体向上，他可以……一切在他这个岁数似不可完成的动作，他都给你一份惊人答卷。

这个老人的行为，使敬衡居的一切变得坚定而自信。

月亮隐去，天大光，南岳后山连绵起伏的山岭被曙光染得一派油绿。老人步履轻松，手挽竹篮，径直向菜园走去，这是他每天必做的功课。顷刻工夫，一篮满满的菜蔬，便呈现在你眼前。辣椒、茄子、丝瓜、苦瓜、冬瓜、南瓜、豆角、黄瓜、空心菜，春撒一颗籽，夏收万种蔬。这些前呼后拥的蔬果，将客人的肚腹变得如此乡野，也将敬衡居装点成真正的田园风光。

时钟没有停歇，发条永远紧绷，老人像一只紧绷发条的时钟，总是嘀嗒嘀嗒响个不停。他在弯弯山道拖行一个个沉重的垃圾桶，偶尔也会带领娘子军，在山道间行进。而他的笑容，也会将其他人带入快乐的行列。

这是一个老人清早的工作，他笑声爽朗，声音铿锵，动作敏捷，言语不多。他是乡村中的"行动领袖"，在默默中以行动感染他人。

偶尔，阳光太烈的时候，他也会和我坐下来探讨人生。

他表面语拙，其实精于人生的计算。

"我活了人家生命的两倍。"见我满脸狐疑，他朗声一笑说，"我总是不停地做事，从来没有闲下来，你说我的生命是不是人家的两倍？"我颔首称是，心中暗想，对生命长度的计算，各人有各人的算法，当今天我们与辩证法渐行渐远时，老人这种最简单的对生命长度的理解，不也包含了最朴素的辩证法吗？

"如今的社会多好！共产党多英明。如今做点事，与过去缺吃少穿的时代比，这点苦算什么？吃苦是福啊，你看我身体多硬朗，从来没吃过药，住过院。"

老人永远用对比的方法，看时代、社会、家庭、亲人的变化。他从对比中找到自己满足、愉悦的源泉。

和老人的交谈中，他每次总是说，我还只有85岁！这时候，我便会情不自禁想起海明威的《老人与海》。海明威笔下的古巴渔夫圣地亚哥虽为"失败的英雄"，但他不屈不挠、坚韧不拔的精神，却与眼前的老人有某种相通之处。这种永不言败、决不沉沦的精神是人类最可宝贵的财富。我在网上曾经听到一种不敢苟同的声音：苦难就是苦难，苦难决不可变成财富。如果苟同这种观点，圣人说的"故天将降大任于是人也，必先苦其心志，劳其筋骨，饿其体肤，空乏其身，行拂乱其所为，所以动心忍性，曾益其所不能"岂不为妄言？司马迁在《报任安书》中所列史例"盖文王拘而演《周易》；仲尼厄而作《春秋》；屈原放逐，乃赋《离骚》；左丘失明，厥有《国语》；孙子膑脚，《兵法》修列；不韦迁蜀，世传《吕览》；韩非囚秦，《说难》《孤愤》；《诗》三百篇，大抵圣贤发愤之所为作也"岂不是虚言？历史已经反复证明，生活哲学的辩证法为成大事者点亮前行的火炬，树立了无声的标杆。

敬衡居虽不为大事者，但我从老人的身上，获得一种有益的启示，明白了一个道理。

幸福都是靠奋斗得来的。

老人用自己默默的行为，良好的心态，换来了自身的健康和快乐。他坚守故土，用行为吸引拥有不少财富的儿子刘春林，投身新农村的建设。

我在敬衡居的日子里，喜欢在绿荫遮天的古樟下静坐，往往在独处中、默想中，会获得一种前所未有的灵感。古樟的老而弥坚，勃勃生机，让我想起老人，他没有任何的养生，也没有享受安逸，他让"吃苦"变得那样快乐幸福。这种精神感染了儿子，感染了员工，感染了来敬衡居的每位客人。他像那棵挺立的古樟一样，抵抗着四季的烈日骄阳，风霜雪雨。

南岳后山的这位老人，他成功了！他坚持在自己的家园，用一种精神牵引儿子，为故土注入一种文化，他将外面世界许多新的生活方式带进这个山村，创造一种"乡贤文化"，真正使新农村建设不仅仅是盖几幢新楼，修几条马路，而是吸引更多的年轻人，热爱故土，建设家园，使绵绵的乡愁在一种时代之风吹拂下，成为这一代人永恒的记忆。

光明的使者

假如我和令超互换，我能行吗

1996 年曾令超的第一本散文集出版。省作家协会及湖南文艺出版社等单位为该书举行作品研讨会。我为此次作品研讨会做筹备工作，第一次见到令超同志。当谭谈老师将我介绍给他时，令超非常热情，他紧紧握住我的手，眼神中流露出常人难以表现的喜悦。让我能从盲人眼中读到这种神情，令超是第一人。这一次见面让我与令超同志有了 20 多年的交往。

每当我读到他一部又一部新著时，我总是叩问自己：假如我和令超互换，我能行吗？我们对时间的挥霍，我们对惰性的放纵，实在是令人惭愧。我在内心一次又一次向令超致敬，他对文学的痴情与钟爱，他对生命过程的理解和对时间的吝啬，永远值得我们学习。

讲真话，把心交给读者

眼前是他的又一部新作《人生跋涉》。我在阅读过程中获得了一次次的感动，喜怒哀乐，情绪总随着令超的人生故事跌宕起伏，情不能自已。《人生跋涉》遵照自己内心，把生活还原给文字，把真情传递给读者。

令超的人生经历坎坷崎岖。他在书中毫无保留地呈现了因公负伤坠入黑暗之后巨大的精神变故。他想过死，并且多次企图结束生命；他提出过离婚，觉得不应葬送爱人的幸福。这个从童年便与苦难相伴的孩子，这个发奋向上、充满对美好生活憧憬的青年，美梦被现实生活击碎。人生的巨大变故，往往可以改变人生路径，从令超的人生遭遇，我们既可看到人生命运的变幻莫测，同时也感受到命运的可控性。屈从于命运，随波逐流，便可能遁入俗流，终老蓍叟；若逆流而上，便可立于潮头，弄潮人生，奏响命运精彩乐章。《人生跋涉》所呈现的，正是这种与生活抗争、逆势而行的铿锵有力的生命赞歌。

读《人生跋涉》，我总想起臧克家《有的人》中的诗句："有的人活着，他已经死了；有的人死了，他还活着。"生活中，有的人睁眼却说着瞎话，有的人盲了却道出了真相。令超这部自传始终说真话道真情，不违背良心，不看人脸色。爱恨情仇，喜怒哀乐，不避讳，不跟风，不拐弯抹角，直抒胸臆，表现出生活的底色，流露真实感情。

如果仅仅从艺术的角度看，令超的作品，我们可以指出某种不足，但为什么令超的作品还是能让读者喜欢，能引起读者共鸣？其根本原因在于其本色的真实。"讲真话，把心交给读者"，读者就自然将你视为交心的朋友。真情无敌，如果插上了艺术的翅膀，它将飞得更高，飞得更远。

他虽然眼里是黑暗的内心却是光明的

《人生跋涉》不仅仅给我们展示生活的真实，它在不断还原真实的基础上，营造着一片光明的世界。

令超双目失明之后，有过悲观、黯然、绝望，但他不是沉沦而不能自拔，他选择了自强不息的道路，他要像保尔·柯察金那样，将另一种光明传达给人们。

每读他的作品，我们都会感受一种向上、向善、向美的力量。坎坷人生，往往容易让人对社会人生充满仇视与敌意。然而令超虽然眼睛里是黑暗的，内心却是光明的。他善于积攒爱，把亲人、朋友、领导的爱一点一点牢记于心。《人生跋涉》一书中，前前后后描述了上百人对他的关爱与帮助，写得实在、动情。他知恩感恩，他用笔把自己获得的爱与大家分享，让人感到人与人之间的温暖、社会中人性的美好。他是不幸的，那么大的灾难降临在他的头上；他又是幸运的，他获得那么多人的关爱。这种爱是他生命精彩的养料，也是他创作的源源动力。这种人间之爱，滋润了他曾经黯淡的精神世界，使他的心一天天明亮起来，回报这种爱的最好的方式，就是用笔将这种爱的光明传递给更多的人。

爱与温暖是《人生跋涉》最鲜明的底色。经历苦难的童年、艰难的求学、生计的困顿、政治的考验、遭遇的险恶、生命的变故等一系列磨难后，很难想见他的内心仍然如此阳光，如此温暖，如此真诚，更重要的是他懂得珍惜爱，尊重爱，转化爱。他将爱转化成一种巨大的能量，将爱的阳光布满自己的内心世界，传给他人。

朴实无华的文风总能给你感动

曾有朋友对我说过，曾令超的文学创作之路会越来越窄，他无法看到这个世界，无法阅读书籍。的确，他对世界的观察，对优秀文化的吸收受到了限制。但上帝为他关上了一扇门，也为他打开了另一扇门。视觉不行，他就充分运用听觉。听广播，听录音，读盲人书籍，扩大了生活的视野。令超对文学创作的吸纳是多样的，一直保持着艺术向上的追求。

在艺术上，《人生跋涉》也不乏可圈可点之处。作品保持了令超一贯朴实无华的文风。古今中外的文章大师，文风大多返璞归真，许多年轻时曾丽词华章的作家，最终也改弦易辙，越老越臻于朴实。朴实不仅仅与真实相生相伴，而且蕴含一种内在美学，在不动声色中有一种震撼人心的力量。

他写自己面对友情和政治前途的选择一节中，没有过分渲染夸张，而在情节和细节的如实描述中，凸显人品与人格。郭笃先是他的挚友，因一篇文章遭构陷，某些人借机威逼、引诱令超，要他检举并与之划清界限，否则政治前途就毁了。曾令超选择了不卖友的道路。读到这里时，敬佩之情油然而生。文学作品固然要讲技巧，但有时无技巧却胜过有技巧。

他的作品总能给你感动与启迪。我不知道《人生跋涉》是不是他的人生总结和创作总结。《人生跋涉》没有惊天动地的大事，但就是这些平凡的人生故事，却给了我一次次感动。

他不愧是光明的使者。

福严寺的晨与暮

微曦初现，福严寺沉浸在一片庄严之中。晨钟首先将这种庄严送入你的耳鼓，继而木鱼声声带来诵经，浑厚而隽永。

四野寂寥，诵经曲破空而来，声浪起伏绵延，虫鸣的声音隐去。如果此时你闭目品读这晨之佛曲，用心去感受它与自然的贴近与融合，佛的声音仿佛在暗示，天地万物，一切生灵，都是自然之子，珍之惜之爱之。

月亮从东山升起，风起来了，佛音在风中飘荡，千山万壑中苍松翠柏绿竹，摇摆起来，似绿浪在天际摇曳，我仿佛看到，佛音将整个南岳搅得生动起来。

福严寺的晨，就是在这富有仪式感的唱经中开始的。这是打开天界之门的第一道光亮，渐渐放大，直至天之大光。

梵音退去，清脆鸟鸣声掠过山涧，蝉噪声四起，清凉世界里，一切生灵都元气满满，在山之怀抱显出勃勃生机，青山赠我以精神，我还青山以生动。

每天早晨，我喜欢环福严寺广场散步，它是这起伏山岭中难得的平旷之地，四面环伺苍松翠柏，中缀以十八棵罗汉松，盘龙虬枝，伟岸挺拔。当然，最靓的风景，是陆陆续续从四面八方涌来晨练的人们。他们以老人为主。盛夏的南岳，一房难求，福严寺的周遭，就有好几家民宿，居者多为长株衡老年夫妇，他们是这些民宿的常客，整个盛夏，他们便为山中客，在自在世界逍遥度日。

一对年过九旬的夫妇并肩走来，观者无不赞叹，真乃神仙眷侣。老者鹤发童颜，眼明耳聪腰直足健，走累了，玩手机，看抖音，拍视频。你能说这不是时代之风吗？

又一群年过七旬的大妈走过来，居然有飒爽英姿之状，太极八卦，瑜伽段锦，劈腿站桩，轻歌曼舞，一招一式，在这山野之中带来一股都市之风。

佛门为清净之地，多数寺庙对香客以外之人，是闭门谢客，而我在福严寺，看到的是另一种景象，其乐融融，皆大欢喜。僧界与俗界，的确有不可逾越的界限，但他们也有交集，这就是对生命和自然的尊重。放下的是名利，保存的是天道。

在福严寺这些个早晨，众乐乐的场面，让我沉思，让我感叹，让我赞颂！我想，如果一切大慈大悲，不在普度众生中实现，那又有什么意思呢？而个人在整个弘法的过程中，只是微尘而已。我读到方丈释大岳法师一首诗，就很能表明他的心迹。

古刹禅堂宿业开，洗心息妄出尘埃。

清风晓月山为伴，步约披云一纳来。

我想你在这样的早晨，读到这样的诗，定会感觉到福严寺浓浓的文意和深深的爱意。

没有盛世的福音，又哪有福严寺的佛声？

福严寺为南岳最古老的名刹之一。创建于陈光大元年（公元 567 年）。如果以人的岁数类比，它已近沉沉暮年，但我逗留于福严寺的时日里，因为一件偶遇之事，陷入深深沉思而感慨万千。

我来福严寺的第二天，一日无话。傍晚，红日西沉，酷暑退去，清风徐来，四野霭合，便携清茶一壶，围室外石桌夜话。当是时，中国画院胡抗美、曾翔兄正带书法培训班在此集训，同为文人，便有了共同的话题。当大家谈兴正酣时，忽听得有人惊叫起来，一位女士惊恐万状跑着大喊：蛇！蛇！蛇……众人闻声起身，顺女士手指的方向看去，这是一条近一米的长蛇，三角头，偶吐花信，悠悠爬行，似乎在说，佛门圣地，你们是不会杀生的。

释大岳见状，大喊千万不能惊扰，庙中有钳子，将它夹往庙外即可。于是便有僧人飞奔而去，夹住那蛇，放到山边。蛇一溜烟钻进树林，顷刻立隐。

蛇能于人声鼎沸之时，撞入庙间，是偶入还是不时有之？从庙中常备夹蛇之器来看，绝非偶尔。

是夜，我脑海中总浮现那蛇悠然自得的样子。难怪人家称入佛门之蛇为灵蛇！岁月的沉淀，佛门的气息，万物之间莫不是也有一种心灵的感应？我想，灵蛇是感应到友而不是敌的时候，才会作出那种反应。居然将团团围住的人阵逼退。

积善成德，积德建功，功德圆满之地，必将是万物的首善之区。

福严寺，好一座古寺，守住你的信念，注入时代的新观，你从早到晚的每一天，都会以文化寺，形成自己独有的、充满新的能量的文化。

张家界的萤火虫
——《美丽千古的约会》赏读札记

绝美风景的面前，我们往往失语。

此曲只应天上有，人间能得几回闻。

眼前有景道不得，自然造化笔难寻。

只有张家界，才会让你第一次感觉笔力不逮，词汇穷乏。你此时才会真切体会鬼斧神工，地设天造。

无论是传说中的广寒宫殿、王母瑶池或玉帝天庭，还是海市蜃楼，都无不是人间的翻版。而唯独张家界，它山势倒立，峰林奇诡，创造出世界的奥境、人间的奇葩。如果说张家界是神仙居住过的地方，也不知是哪路神仙有福消受？

30 年，他苦苦地守着这片峰林，枕云卧月，栉风听涛，游目骋怀，观天摘星，居然从岩石中听到"一瓣瓣花朵卜卜开放的声音，真就闻到岩石们沁人心脾的玫瑰味芳香了"。这不是文人的作态，而是一位守了 30 年的作家特有的感悟。执着、专注，坚守了漫长的时间，在某一时某一刻，一景一物就可能出现奇妙的景象。在罗长江的眼中，这片大峰林的石头，四时开满了鲜花。这片沧海桑田，亿万年海枯石烂的秘境，晨昏朝夕、风花雪月、云卷云舒、四时变幻，都是千古美丽的结晶。

张家界的奇山异水，为无数作家描写过，但照实说，多是泥痕雪爪，浮光掠影，像罗长江如此全面、深入的描写，几成孤例。一草一木，一石一水，一物一景，一源一流，都在他笔下诗意盎然，生机勃勃。他用足丈量了这里每一寸土地，用心体悟了每一方风物，用情倾注了每一丝风云，用笔抒写了每一点感悟。你所不知的这片大峰林的四大爱情景观，百丈峡的前世今生，猛虎出没长啸的远逝，空中田园的绝版风光……他深度开掘那些未闻的逸事，延伸峰林历史的纬度，将一份激情和浪漫，赋予这坚硬的石头，给予它永动的生命。

张家界是仙界遗落凡尘的尤物，历千千万万年涤荡而为自然之子。每一位涉足者无不感慨大自然的神奇！而罗长江却听到这片峰林的歌吟、呼吸的鼻息、脉搏的律动、血脉的流动。他感受到她的生命、情爱、悲欣、喜怒，他将她作为执念的情人，难怪他面对一座石峰，便会想起窈窕淑女，在云汉茫茫之间，期待情郎和夫君的到来，在窃窃私语中，可听到石头的情话。而面对金鞭溪的水呢？他迷醉其间，他把最美妙的情思，献给了这位清纯佳人。"一谷溪声，是无字歌，是清唱，是一抹惊喜的微呼，是一个意味深长的回眸，是一份无名的渐远的相思，是一声清纯悠长的鸟啼，是一小雪，是小雪般迷蒙的一川月光，是月光般富有诗意的一阵细雨……"30 年真情相守，才有了这等情愫，这等体验。

他匍匐于大自然前面，但他更有一双发现的眼睛，他在这片大峰林中寻寻觅觅，他要在坚硬的石头中找到柔软，在冰冷的溪水中觅到温情，在起伏的峰峦中看到古海，在云生云灭处参悟出宇宙人生。罗长江要将这自然之子锻造出人文之子。他的这种锤炼之情，弥漫于千年约会的每一场景，每一瞬间。他要从这片大峰林中，寻找宇宙的起源、生命的信号、人与自然的脉息，从形而上到形而下，这片大峰林不再只是凝固的音乐，山水和谐的演奏，每一个音符在天地间流动回荡，都具有生命的张力，雄浑、刚健、缠绵、柔美，顿时让这片山水变得丰富生动，气象万千。

作家迟子建写张家界，别开生面。她不写这片峰林的奇美绝色，而是另辟蹊径，以一篇散文《萤火虫一万年》，艳压群芳，独具一格。她以女性的细腻柔情，用童趣般的纯真，用粉身碎骨的爱，写尽了张家界的美。罗长江在众多名家写张家界的文章中，一眼就盯上了这篇与众不同的佳作。

让我们回到《萤火虫一万年》的童话世界，身临其境，感受她对张家界的认知。

入夜，她一个人跑到月光无处不在的竹林，一点光，又一点光从草丛中摇曳升起，活泼地从她眼前飞过。如果不是记忆中储存了关于萤火虫的足够知识，她几乎觉得是上帝开口与她说话了。

这是迟子建的奇思，夜，竹林，萤火虫的牵引，让她如坠梦境。当她面对恍若仙境的大峰林美景时，震撼不已，伫立悬崖边的观景台上，她对同伴说：真想从这里跳下去啊！

仅仅一言胜千言。这纵身一跳的举动，其画外之画，言外之言是何等深邈？一切浓墨重彩的描绘，都会显得苍白无力。更奇妙的是，有人梦见迟子建真跳了，所幸绝壁上一块岩石托住了她，这当儿，一群群萤火虫匆匆赶来，用温暖的笑靥给她以抚慰，簇拥她，陪伴她，静候救援。

张家界的美，一切都在不言中。

他是大峰林的守望者，但我更愿意说他是一只张家界的萤火虫，他积蓄亿万年的光，把这片大峰林的前世今生照亮。没有他，这片峰林仍然存在，但少了暗夜的星光点点，缺了生命的活活泼泼，少了自然风光的丰富层次，缺了无限想象的空间。为这场美丽千古的约会，罗长江专情而又深情地献出了全部的热情。他的确是盛装盛情出席，他把自己全部的艺术才情，毫无保留地倾注给这片永生热爱的山水。

一万张笑脸

摄影家李国武半蹲在地，用咔嚓咔嚓的声音，迎接我们到来。

谭谈、运宪、王平、开林和我，下车伊始，便对这突如其来的举动感到惊诧，待缓过神来，看国武那笑容可掬的憨态，立马便开怀大笑，笑声跌落在十三村飘溢的酱香中，铿锵而清脆。一刹那，那些笑脸便稳稳地落入国武的镜头中。

"酱王"李国武，十三村香菇酱厂掌门人。人称企业家，而我却把他看成文化中人。他的艺术感觉，他的文化内涵，他对审美的把握，许多专职摄影家未必能出其右。不管你叫他业余摄影家也好，摄影票友也好，仅凭创意这一点，李国武就可以独上高楼，睨视万方。

这是个创意为王的时代，尤其是艺术，它要达到的高度和深度，全都仰仗你的创意。

一万张笑脸。多好的创意，李国武要在自己的光影世界中，捕捉一万张神采各异、情绪万端的笑脸。在这一万张笑脸背后，每一个笑脸，都藏着一个故事。若把这些故事汇集起来，你认真想想，不就是一个时代的美点、一个时代的情绪、一个时代的缩影吗？

艺术讲究微言大义，意近旨远。你看看罗中立的那幅油画《父亲》，仅仅凭一张脸，就可以让人感受到世纪的风云。那张沧桑纵横、坚韧沉毅的中国式父亲的脸，把苦难艰辛、勤劳忘我的形象镌刻于纸上，透过这饱经沧桑之脸，你会感觉画家准确捕捉到了一代人的灵魂。

这就是创意之妙，艺术之奇。而抓拍一万张笑脸的创意，不正是打开这众妙之门，聚焦时代之花，捕捉人间之美吗？你难道不能从中感觉，这不就是这多元时代的象征吗？而且，从这些照片中，我们能够清晰听到，美好的中国梦的脚步声离我们越来越近。

我立于十三村橱窗前，那一张张笑脸正迎着我像花一样开放。一花一世界，一笑一神韵。

我一直认为，国武身上有一种最可宝贵的东西。这种东西，并非他获得的全国劳模、全国道德模范等种种荣誉。这种荣誉对一个企业家来说，当然也至为重要。但我从他身上，看到的是一种经年累月中积淀的艺术气质，这种禀赋性的东西，坚韧而恒久，容易让企业造就一种与众不同的气质。我在与他二十多年的交集中，就深感他用艺术培育十三村，对十三村不断注入文化要素，艺术与十三村经营并行不悖，艺术与十三村一同成长。

十多年前，岳阳籍作家陈启文、葛取兵邀我们去五尖山举办文学笔会，会后即一同前往十三村。当时的十三村，仅仅一乡间小作坊。坊主李国武给我留下深刻印象，他精明而干练，他的热情催生朗朗笑声，而浑身散发的艺术气质，让他的周遭都环绕亲和的力量。除此之外，他赠给我的一盒十三村香菇酱，把香味一直带进了长沙。我原来一直以为，艺术气质是无助于企业的发展的。但国武却用他的行为改变了我的陋见。数年之间，十三村便由乡间作坊一变而为"一酱难求"的食品生产工厂。

我由此懂得，任何事情，你只要把它作为一件艺术品来做，就必然会不仅提高它的品质，也提高你自身的品位。

艺术催生梦想，梦想改变生活。能不能把工厂变成人们向往的桃花源？能不能把工厂打造成四时风景，风光旖旎的花中之邑？能不能让工厂变成人鸟相谐，万物相生的生态之园？能不能把工厂变成赏心悦目的欢乐海洋？国武怀揣梦想，他要精雕细琢，把工厂作为一件艺术作品来打磨。

当人们回头再来看他的生态梦工厂时，你不能不感慨艺术潜藏于其间的巨大力量。国武正是追寻这个梦想，一步步把梦想变成充满桃花源田园之美的实景图。

今天，你任何时候踏入十三村生态厂区，都仿佛置身于花的海洋，你的身心迅即就被欢乐包围。繁花拥簇，恰如万张笑脸迎宾开放。漫步其间，藤蔓缠绵，溪水婉致，曲径落英，树影婆娑。一石一桥、一木一草、一舟一楫、一缸一罐，都妥归其位，透出艺术的雅致，让春之华美、夏之蓬勃、秋之绚烂、冬之静美，集于一园。而十三村所倡导的"德诚精善"，浸淫其间，就不再是生硬的说教，而变成润物细无声的默化。

一切艺术的匠心，不只是审美的需要，你只要打开他的众妙之门，就可看到他莲花宝座的金身。任何一位聪明的游园之客，都会由此产生联想，在如此精致的梦工厂之内，是断可以生产与之相匹配的精美产品。如果你将此连通起来，就必然产生逻辑的链接。正是这种艺术的涵养，十三村整个厂区，也渐进高华。

一座工厂，变成了网红打卡的快乐游园；一张张笑脸，成为了魅力的源泉。

在十三村，你目之所及，耳之所闻，孩子们撒欢的笑声、鹤发者放歌的欢态、少女们如花的情影、沉醉者流连的步履，成就了一张张最美的剪影。无论是春风沉醉，还是秋高气爽，食客一变而为游客，我禁不住斗胆改诗了，满园笑声关不住，万张笑脸出墙来！

这是时代之变，当人们视精神生活高于物质生活时，艺术之手便会把我们拉入艺术之门，引你去登堂入室，去体验生态之美。

当艺术改变我们的生活品质时，工厂不再是钢筋水泥，不再是灰墙土瓦，不再是一堆毫无生机的垣壁。这不是乌托邦，这是人间梦工厂，这是一幅在鸟语花香中飘溢酱香的生态之图。这是李国武的梦想，他实现了。北枕长江，南倚洞庭，他把梦想工厂结结实实扎在十三村。曾经在某个夜晚，李国武将那些放歌起舞、青春飞扬、稚童嬉戏的照片分享给我，我在端详每一张仿佛听得见欢声笑语的照片时，都会情不自禁融入其中，幸福瞬间就充盈胸间。

这是向善、向上、向真的追求。笑是人间最美的花朵。十三村，你不愧为鲜花盛开的"村庄"。

大山与小巷

世界的精彩，在于山水人事各不相同。人字虽是一撇一捺，但从纸上一变而为活生生的人，则大不相同，各有各的活法，各有各的故事，有豪杰之气概，有匹夫之勇敢。其实不管哪种状态，不落拓，不沉沦，凡事敢一拼一搏，即便是小人物，未必就没有他的精彩。草莽间有英雄，雏鹰者敢奋飞。我以为，人，关键是站起来，站起来就可以向前走。一撇一捺拆开，就永远躺在原地了。

近来，到大山里走了一趟，也去城中的小巷一瞥，就颇有几分感触，这些感触在心中日渐放大，便提笔敷陈一些文字。无论大山还是小巷，奋斗者的身影总在眼前晃动，我想，该立此存照，不管他们的足印或深或浅，或大或小，都与历史过程有关。于是，便有了《大山与小巷》这篇文字。

一

晚饭后，山大王陈黎明高喊，一起去照个相吧！

于是一干人便朝院门走去。那院门不高，两边一字儿堆了捆捆柴火，散乱而不规则，但随意中却见出精心。

国人凡事喜寓意。8字寓发，蝙蝠寓福。我在山西平遥古城观访时，见那钱庄屋檐奇异，凡是分水屋檐都是朝院内倾斜，说是肥水不流外人田。钱庄为聚财之地，格外讲究，屋檐聚水，岂能外排？

谭谈、运宪、宏顺、建永、柴棚等一众作家，在吆喝声中，便依次排开，大家还沉浸在晚餐大块腊肉中，啧啧咋舌，不经意地说说笑笑，似难以摆出正经的样子，摄影师无心恋战，只能以抓拍、偷拍来完成了合影。我注意到一个现象，世人多有从众心理，在一种特殊的环境下，节奏很容易被带起来。今天这一照，就很有点味道。在快门按下的一刹那，大家就莫名其妙被陈黎明带了节奏，只见他翘起大拇指，喊了一声"吔——"众人居然也不由自主地随声附和，这些自诩为老夫的作家也为老不尊了，好大一声"吔——"让这山院平添了少年的气味。

柴谐音财也，这柴门即财门。然作家是些生事的主，照完相，便有人说，这柴火应堆在院门内，以示财源广进。也有人说，柴火应堆院门外，以示广纳财源，招财进宝。其实你想想，世间多少事，无不有多义，一旦风行起来，便约定俗成，成千年规矩。有些事想想便哑然失笑。本是被太阳晒，却被说成晒太阳，本是驱除疲劳，却被说成恢复疲劳。凡此种种，即使错得离谱，大家也视而不见。

谭谈、运宪和我这次来雪峰山，非谋正业。所谓正业，即码几堆汉字，弄几页风雅。我们是被邀来为一座藏书楼书写三副联语。世上书家千千万，陈黎明却别出机杼，于翰墨大军之外，让我们客串了一把书家。又那楼名"福寿阁"，上高悬王跃文手书三字，很有些金石气。于是大家便戏称，文字客在抢书法家的饭！文人的寻山访水，多是笔会采风，但我等却是借一管毛笔，两行墨迹进得山来，也为一趣谈！

我于雪峰山，有两大敬也。古之，有伟大诗人屈原行吟的踪迹。近代，有铁血威武的落日之战。上下五千年的中国历史，在重大的历史事件中，此二者是尤其值得铭记的。

屈原踪迹于溆浦腹地雪峰山，不容置疑。有人考证，屈原在湘流放17年，有16年是在溆浦度过的。也有一说屈原在雪峰山下溆浦共有4年时间。前说基本不靠谱，我们且依了后说，以他大量的作品为证，在逻辑是可以说得通的。《涉江》《离骚》《天问》《山鬼》等作品，与溆浦、雪峰山地理沿革、民情风物极为吻合。溆浦有朋友告诉我，屈原在溆浦听说楚国国都郢被秦军攻陷后，悲愤交加，于是赴汨罗，投江殉国。我只能对朋友说，此乃神话也！

屈原的这些作品，我偏爱《山鬼》。我以为这是屈子对朝政反讽的一部杰出作品。世人多以为鬼面目狰狞，青面獠牙，然屈子笔下的山鬼却是一位曼妙少女，她鲜花绿萝饰身，清纯而可人。为什么称为鬼呢？上古时期，不能封为神仙者，便只能打入凡间鬼册。那么这鬼，自然便是民间的化身。屈原正是塑造这民间活泼可爱的少女形象，以反讽朝中尔虞我诈、嫉贤妒能的一派暮气的旧政。山鬼是民间的，充满生机，寄寓了屈原朝气蓬勃的新政。也曾经有人对屈原的爱国主义精神提出了质疑，认为楚国无论是国还是君，都不值得爱并效忠。其实溯流探源，不难看到，屈原的爱国精神有其独特的思想基础，在忠君与爱民这两者中，他更倾向于后者。"长太息以掩涕兮，哀民生之多艰。"他关心民瘼，一直希望通过推行新政，强国富民。他上下求索的也是救国救民之途，这才是他虽九死而不悔精神的可贵之处。

由古及今，我想起雪峰山那群花瑶。在她们举手投足之间，我仿佛又见到那清纯美丽的山鬼。所不同的是，她们把幸福写在脸上，眉宇间飞动的是喜悦。绿萝变成了织锦，山花变成了彩带。

雪峰山是落日之山，此落日比大自然落日更壮观激烈。苍山如海，残阳如血。正是在这血色之中，侵略者品尝了这血性之山的雄性与狼性，日军终于低下他们骄横的头！

历史在雪峰山写下了最浓墨重彩的一笔，屈原千古，雪峰山千古！

是夜，宿千里古寨，朋友将聚首雪峰山的照片发来，我在细细端详之中，最终把目光停留在那张柴门之照。虽是暮色苍茫，但柴门外一帮朋友，仍洋溢满脸的笑容。尤其是陈黎明，憨憨的笑容显然是从内心发出。我之所以称他为山大王，毫无贬义，而是从他的做派中捕捉到的精神气质。他的确有统领山林的狮虎气场，他的坚定的目光和果敢的行动，他率性而为与同情弱者的恻隐之心，让他既有霹雳手段，又有菩萨心肠。他的成功还在于在庙堂与江湖之间，融会贯通，创造的高山台地的雪峰山扶贫的模式，既颇受官方的首肯，也让山民受惠多多。这种多方俱赢的局面，一时为多地追捧。

如今，雪峰山的旅游业如火如荼，方兴未艾。而这一切，对于我这旁观者来说，我所关注的不仅仅是他项目设置的精准，从而让滚滚的人流带来滚滚的钱流。更让我深究的是，财门向谁开？钱流是独进腰包，还是惠及于民？

先人有曰，独乐乐不如众乐乐！习近平总书记说："江山就是人民，人民就是江山。"这是多么重要的为政精要。雪峰山扶贫模式成功的原因，我想也许是还山于民，惠山于民，把人民变成山之主人。也许是形成利益共同体，命运共同体，把山的命运与人的命运紧紧连在一起，把个人的命运和山民的命运紧紧连在一起，这就使每一位山民，众人拾柴，负薪前往。

我再一次细细端详这柴门之照。那一捆捆柴火，无论是列阵于院内院外，只要你取之于山、还之于山，取之于民、用之于民，由此"财门"出发，就可以踏上通天大道，直达远方！

二

"兴尽晚回舟，误入藕花深处。争渡，争渡，惊起一滩鸥鹭。"我一直认为，李清照的这首小令，是中国几千年诗词史中，写清纯少女可人的第一佳作。

妙在误入。她不同于林冲误入白虎堂。她别开新境，在欢谑中放肆，在争渡中无拘，在醉意中尽兴，在怀情中自得。一处小小的溪亭，杯水生波，几幅精致画面，写尽情趣。

我喜欢这首小令，她把生命状态写得如此自由活泼，她把青春纯洁写得如此可爱。

如果彼时有网络，想必才貌双全的李清照，是绝对的网红，而溪亭也绝对会成为网红打卡点，这是不争的事实吧！

真不敢想，世界的传播手段日新月异，正在以一日千里的速度改变我们的生活。在争渡的状态下，画面让人眼花缭乱，一切变得皆有可能。

有朋友告诉我，网红文化正成为一个时代鲜明的特征。我不置可否，但我内心已感受这种文化掀起来的滔天大浪，许多名不见经传的人物、地点、事件、风物等等，居然可以瞬间红遍大江南北，所谓一举成名天下知。其势比庄子逍遥游中大鹏一日九万里猛烈千倍，让人不得不膺服现代网络的伟力。

我不是遗老，更不是抽着鼻烟，摇晃一条小辫，戴着瓜皮帽的辜老头。我努力追赶时代的脚步，去找到一种与时代同频共振的节奏。近日的一种"误入"，让我触摸到一种时代律动的脉搏，感受到社会生活之变中，有一种顽强的东西，逆势而上，顽强生长。有人说我是误入网红文化中，触碰到社会的热点，我尴尬地笑了，即便是误入，也说明我还有接受新生事物的热情。

长沙劳动西路一条僻静的小巷，逼仄而老旧，那些暮气沉沉的店铺，清冷而寂寞。在四处高楼林立之中，区区小巷，已是佝偻的老妇了。但其间一间小店铺却格外抢眼，在一派清冷之中，它却人头攒动，熙熙攘攘，我侧身其间，感受到一种青春的萌动和时尚的流淌，我几次想与店主交流，总被顾客的询问打断。

这是一个以插画为主体的店铺，三间平房，布置满各种插画与其他艺术品，小巧而精致，释放青春的气息，散发时尚的气味。这些大小不一的物件，几乎全是手工完成，它们的不可复制性，风格的独特性，艺术匠心的独具性，显示了创新所带来的艺术价值和美学价值。它所走的当然不是传统的路子，它在审美意趣上，更符合当下青年人的审美时尚。

一对青年情侣，正打量着一套精致瓷杯。我问他们，喜欢吗？女孩连连点头说，喜欢。男孩还在端详，我说，这个瓷杯标价不菲呀！男孩说，是有点贵，店主一分钱价也不减。女孩说，这是手工一点点捏出来的，贵得有理由呀，艺术的附加值高呀！

我不由得想起30多年前，我所在的涟邵矿务局一位全国劳模从波兰度假回来，当大家都十分羡慕他捧回的大彩电时，这位劳模却说，当我们将画作赠给波兰矿工时，他们无比激动，说这是无价之宝，不知赛过彩电多少倍。彩电可以批量生产，艺术品是独创的，它的不可复制性决定了它的价值。一语道尽两者的悬殊。

今日线上网店占尽了商机，许多实体店纷纷折戟沉沙，一蹶不振之时，这个小小实体店居然逆势而上，于商战的刀光剑影中另辟蹊径，于沉沉暮气之中吹来一股清风，让人不能不刮目相看。

也许是周末，又有暖暖的冬阳。人多，我只好从拥挤的人群抽身而出，店主送我这误入者，说，这个小店也给周边带来了人气，其他的店铺也有向好的态势。虽不能拔一毛而利天下，一条小巷，也有命运与共的问题。

临别，我问店主，店叫何名？她说，就叫"P stop"，意思是"停下来，热爱生活，享受生活"。我拍了照，又看了那小店一眼，我想，一切创新都蕴藏商机，一切独创会带来新奇。

我不是尽兴而归，我在似懂非懂中感受它的文化，这就是网红文化？也许不尽然。在时代中掀起大潮的网红文化，不管它裹挟了多少泥沙，都会留下时代印记。一切崭新的事物，只有深入才能了解，只有碰触，才有真切感受，我虽不能至，但我至少误入了。

第四辑

吆喝

中国文脉从先秦到今天，
历史的天空群星闪烁，

祖先们所创造的文化，
应该是我们引以为傲的巨大财富。

烛幽探微唱大风

摆在我眼前的，是石光明先生的写史散文作品集《诗狂何处》。我之所以称之为写史散文，是鉴于当下文学界不少号称文化散文，只凭一点蛛丝马迹，便敷衍开去，任意发挥，只有大胆假设，而无小心求证，甚至许多号为文学大家者，也屡屡被人指出不少"硬伤"，史之不信！

中国文学史上，狂飙突起，猎猎劲吹之大风者，当推唐诗。李白、杜甫、白居易领衔建立起的诗歌王朝，云蒸霞蔚，群星璀璨，其天空之辉煌斑斓，是其他王朝所无法比拟的。唐诗的最伟大之处，在其光芒不仅照耀高高的庙堂，而且遍洒远远的江湖。即便是瞽叟老妪，并不识文断字者，也能吟咏一二，这种雅俗共赏，朝野同颂的现象，是历朝历代其他文学现象难以企及的。唐诗，是深入国人骨髓的文学之大风。

念天地之悠悠，独怆然而高吟。唐诗是前无古人，后无来者的千古绝唱！唐诗也是永不枯竭的泉井。其文学养分滋养一代代才人学子，其无穷的魅力吸引一代代学人才俊，去探源索流，去烛幽探微。

唐诗也是一片邈邈无垠的天空，无论是巨星还是微光，都共谱华章，辉映天穹。我们即便是任意挑选一颗星星，深入其中，都会发现其丰赡的内涵和无限的外延。你随意去登临一座诗的高峰，都会感受到其崔巍和挺拔。唐诗的解读和探究，你倾其一生，也未必可以穷尽其间的奥秘和玄机。

石光明先生，是近年来在唐诗之旅中孜孜跋涉者之一。他既非学院派穷经索隐的探究，也非作家式的散漫抒写，而是融合二者之长，以散文式笔调，以认真严肃的求证，翻山越岭，涉水过江，去追寻历史的足迹，去再现诗人的轨迹，去探究诗成的历史因由和诗人心迹。这种学人的态度，散文家的笔触，使本书在信史上和艺术感染力上兼备，既避免了繁琐乏味，干瘪枯燥的史料堆砌，又避免了信马由缰，一任宣泄的任意空飞。

君不见，近年来写史之文学，戏说成风，对历史的任意编造解释，这不独是对前人和历史的大不敬，最让人忧心忡忡的是误导读者，尤其是对那些对历史不甚了了、正在求学增智的青年读者，其危害之烈，不言而喻。如果历史可以任意编造篡改，史之不信，何谈可敬、可追、可思、可鉴？往深想，年轻一代，对祖国民族的认同，岂不首先就有某种存疑？

石光明先生在本书中，坚守信史的宗旨，宁缺勿妄，不为取悦读者而虚发妄言，这就使本书在描述的过程中，不过多华辞，不泛滥抒情，不插科打诨，不凭空臆断，这是对唐诗、对经典极为严肃的、负责任的态度。尽管本书只是一部散文作品集，但他仍然可以经受时间的考验。他的史料公正、客观、准确，为写史散文提供了非常好的范本。

追寻唐诗的脚步，感受唐诗的风韵，展示前贤的神采，《诗狂何处》善于在领读经典的路途中，另辟蹊径，独出机杼，创造出一片别样的天地。如他写"初唐四杰"之一王勃的《与君别离意》一文，勘查求索，不惜浓墨重彩，详细求证王勃家族的历史源流。集中描写王勃少年才盛、光华沛然的形象，欲立其文，先立其人。写《滕王阁序》横空出世，开笔不落俗套："王勃没有想到，一座没有多少故事的滕王阁，只因自己的一通说解，便生出风流不绝的文章故事，搅起笔墨飘香的历史风云；那百姓惯看的寻常长天秋水、落霞孤鹜，自己才挥笔稍加点染，竟惊艳了大唐，韵动千古，年年岁岁，绚丽依然；自己辞别了大唐，却被大唐刻进了记忆，写上了唐诗首页，文心诗魂风吹不散，雨打不去，氤氲诗坛，唯美百代，倾倒后人。"写王勃不经意中创造鸿篇巨制的风采，诗人倚马可待，一挥而就，文气贯通，才华横溢的形象，让人过目不忘。这是初唐最壮美的声音，真可谓开百代之先声，耀千秋之光焰。这是有唐以来的基调，王勃的可贵，不仅仅是个人才华的显示，更重要的是这种文风、文脉、文气，影响了整个唐代及后世的雄奇之风。"海内存知己，天涯若比邻。""前不见古人，后不见来者。念天地之悠悠，独怆然而涕下！"陈子昂与王勃的合唱，正是初唐风樯阵马，思接千载的雄浑诗风的体现。

经典永远是具有开创性的，它总能给人迥然不同、耳目一新的感觉。石光明先生的《诗狂何处》，正是选取了唐诗中为人熟知但不尽知的诗人作为描写对象，善于从新的角度去发现诗性诗意，给我们开启了一扇从新的角度认识诗人的大门。他写唐代边塞诗人的文章《一曲出塞盛唐秋》，全文所笼罩的盛唐气息弥久不散。卫国戍边，开疆拓土的豪迈之气显示那一时代的强音，再现了边塞诗作为盛唐诗歌奇葩的风采。

任何一个时代的优秀文学作品，都会被深深打上时代的烙印。唐边塞诗是盛唐最鲜明特色的标志，它不仅仅是疆土的拓展，将士的豪迈，也是文学上的另一片风景，伴随许多奇异的想象和神奇的风光，许多优美的诗句传唱至今。石光明先生再现这片天地，将盛唐音符弹奏出一曲强国之音，大风之曲。

唐诗的解读，仅仅作浅象、平面、一般化的赏析不难，难的是在众多史料中披沙沥金，有所发现。石光明先生本书中，许多篇什都有新的见解、发现、开掘。如《扬州一梦》，对杜牧的评析，就不只是单纯对诗文的解读，而是将杜牧置于历史舞台上，既充分展示其各种才能，也不乏对其生活经历细致入微地描写。其实杜牧不仅是风流倜傥的多情才子，更是具有政治抱负和强烈家国情怀的诗人，仅凭《阿房宫赋》一文，我们就可见其政治智慧和历史眼光。石光明先生《扬州一梦》一文的可贵之处，在于多方面展示杜牧的政治、经济、文学的才能，尤其展示了杜牧的军事才能，这是我读到杜牧解读中的新材料、新观点。过去只知杜牧为一介书生，最多也只是有些政治见解，殊不知除此之外，他还是一位有军事指挥才能的人才。这就使杜牧的形象较之单纯的诗人形象丰满得多，也还原了杜牧本来的面貌。

本书还收录了几篇唐诗以外的诗作。我曾经想建议光明先生去掉这几篇文章，以保持全书的纯粹性，但斟酌再三，打住了此意，反觉得这几篇貌似附录之作反而会收到意想不到的妙处。试想：将陶渊明田园诗与王维田园诗对照来读，不难感觉陶诗有一种对田园的真切向往，在抒情中有傲骨，在向往田园中折射对官场的厌恶；而王维诗中静谧、禅味、唯美，描绘的是单纯诗画中的田园，是一种寄情田园，士大夫观赏田园的心境。由此对比，可感受东晋与大唐之时代区别，诗人各自不同的遭遇带来诗境的不同。而如果将"初唐四杰"以及陈子昂与东坡参照来读，也会感觉两个不同时代豪放的差别和传承。初唐的豪放是一种苍茫、浩叹的破空之声，那种呼喊，是前不见古人，后不见来者的旷世之声。而东坡的豪放，则是感慨古今，思接千载，人生壮阔，神游天地的抒怀，我们由此可读到他们相同而又有细微区别的人生态度和胸襟。而将边塞诗派与陆游对比来读，就会让人感叹不已。边塞诗是雄心赳赳，建功立业，开疆拓土，豪气干云的出塞之曲。陆游诗则是国破家碎，悲愤交集，冰河铁马，收拾河山的悲愤之曲。两相比较，盛唐之王者之气和南宋山河破碎之痛，可谓是霄壤之别。

我一直有一个看法，并日益放大且坚定不移，中华民族的伟大复兴，除了需要全民族用万众一心，以勤劳智慧去奋斗、开拓、进取之外，还必须从我们祖先创造的优秀文化中去汲取力量。譬如唐诗，就是我们民族文化伟力的一个重要源泉，纯正的情感、气度、操守、意志、情趣、品格、追求等等，就是我们民族最优秀的遗传，这是中华民族血脉中最宝贵的基因。当今天我们提到文化自信时，切不可认为，这只是一句空洞的口号，中国文脉从先秦到今天，历史的天空群星闪烁，祖先们所创造的文化，应该是我们引以为傲的巨大财富。当我们回望历史，会清楚看到，这种自信绝不是敝帚自珍，而是有实实在在的铁例。许许多多经典排列筑成我们民族的文化长城。此长城，是中华民族抵御外来侵略的坚固堡垒。而这一砖一石，是由那些伟大先贤垒砌的，也更需要我们垒砌，尤其是青年既是传承者，更是垒墙者。因而本书之价值自不待言。我更愿意将此层意思传达给青年读者，因为，你若有唐诗的熏陶，自然会气质芳华，人品高格。石光明先生用自己兀兀穷年之功，为我们打开一扇新的通往唐诗之门。通过此门，我们可以窥见一个美妙的世界，感受到一股大风扑面而来。

行走通神

　　我是在阅读写粟裕将军的书籍时认识雄文的。

　　国内目前已公认张雄文是研究粟裕最为客观准确的专家之一。研究即治学，治学是需要严谨的科学态度，是力戒虚构与假想的。而文学在某种意义上与治学恰恰相反，没有想象就没有文学。雄文是二者兼具的优秀才俊。在文学的各种体裁中，除未见其创作诗歌外，其他的类别几乎无不涉猎，而每每涉猎，都有傲人的成果。

　　我与雄文，有两种情分。一是其父曾供职涟邵矿务局金竹山煤矿，而我也于那一时期曾在涟邵谋得一职，算是其父辈同僚。二是雄文曾就读毛泽东文学院作家班，而我也为作家班学员传道授业一二，算得上"广义师生"。由此我们有了较多的交往，对他的了解，便不是"纸上得来终觉浅"了。

谷雨过后，春光式微，麓山夜雨之时，雄文寄来了他的散文集《白帝，赤帝》，因作品大部分是其近几年游历山河之作，故谓之行走文学。作为同道，我愿意用文字酿一杯薄酒，为其壮行。

我读雄文散文，尽管阅读中几度老眼昏花，但仍不忍释卷，几乎是一气将其读完，除了我上述的情缘之外，更在于其作品的文质俱美，读之如饮醇酒。非常凑巧的是，作品描述的许多行走之地，我大多去过，读雄文的文章，恰似故地重游，尤其是他作品中描写的独到发现，又给了我一个拾遗补阙的机会。近几年来，我和雄文有了更多交集，常常在一些笔会相遇，而笔会之后，他往往总能以厚实之作，给文友许多惊喜。

东坡有言："退笔如山未足珍，读书万卷始通神。"读万卷书，是足可通神，而行万里路，我以为是另一种通神。

雄文的不少作品有一个显著的特点，即在现实的生活中、历史的钩沉中、艺术的路途探寻中，有三条行走的路径。

一是在生活的路径上坚实地行走。一个作家，丰富的游历是其见识必不可少的积累，即所谓生活的阅历，不可或缺。屈子湘楚放逐，李白仗剑远游，子厚谪居漂流，东坡贬谪浪迹……不管是自我的远足，还是贬谪的迁徙，都是行万里路啊。雄文的行走，多为名不见经传的地方，而这些地方在他的笔下，总可以现出别样的风景、人事的独特。在白帝城，在阳雀坡，在穿岩山，在株洲云龙，在长沙雨花区圭塘河……他总能在这些风景中寻觅到不一样的感受。

二是在历史的路径中探微发幽，烛见历史的深处。历史往往是现实生活的最好参照，知古鉴今，拨云见日。雄文的这类散文，善于在对历史的精雕细刻中，翻出新意。如《白帝，赤帝》一文，从少昊、太昊写起，继而周王朝，继而汉高祖刘邦，继而王莽篡权，继而公孙述，继而蜀主刘备，王朝更迭，烟云四起。围绕白帝和赤帝，将正史与野史杂糅搅拌，风云际会，纵横捭阖，然而作者笔出新意，在城头变幻大王旗中，铁骑突出，引出一拨又一拨文人墨客。这场由李白领衔的盛大诗会，阵容豪华，杜甫、陈子昂、白居易、刘禹锡、苏轼、黄庭坚、陆游、范成大、王士禛等，列队步入。作者写道："他们吟诵的声音托起了白帝城头的云霞，将高峡上悬浮的这座城迷离在诗歌的平仄与韵律里。"

意犹未尽，作者最终笔锋满含情感，更翻出一片崭新的意蕴。"多年后，当我立在白帝城头，用目光一遍遍摩挲李白、杜甫、白居易们遗落在云端里的背影，似乎终于明白，他们早已超越了白帝、赤帝，是这座城真正的王者。"这就在历史的迷雾中拨霭见晴，展示了作者的真知灼见。尽管作者笔下倾情描写的人物，都立于历史的潮头，但在唐宋诗人构筑的诗歌帝国的面前，都黯然失色。

三是在艺术探索的路径中坚持自己的风格。散文的过度抒情，缺乏坚实的叙事能力，是当下散文界较为普遍的一个现象，所谓空洞，往往便是由此而生。雄文是传记作家高手，在叙事的过程中，他力求叙事的精准，在此基础上，注意句式的变化，音律的起伏，语意的创新，在平实中见奇巧，在变化中见生动，使叙事不再呆板、涩滞。

从雄文创作的基本状态中，我得到一种启示：行走，往往是一个作家必不可少的功课。但最关键的是，我们应该拓宽行走的范畴，不仅仅是对大地的丈量，还应包括对生活的分解、抽象与提炼，这才可能打通历史与今天、现在与未来、生活与艺术、表现与升华互通的隧道，把作品写得厚实与沉稳，充沛而丰赡。

一路诗情唱大风

晚饭后，那条逶迤的便道，便是学子们散心的所在。它绕过岳麓书院，通往爱晚亭，然后将学子们散布于岳麓山野径幽阶。

我与邝厚勤，便是那条路上的相遇者。所谓相遇，是同学一场，同届，中文系，非一个班，但厚勤却给我留下较深印象。他英俊帅气，行状中透出几分斯文。也许他的名字有了某种暗示，厚勤，厚道而勤奋，这更引起我的注意，并有了种种联想与揣度。

当种种联想并没想明白时，他却给了我不断的惊喜。这种惊喜是我们初入道弄文字的人的共同嗜好，些许的文字变成铅字，便雀跃鼓舞，心旌摇曳。虽然他主要走的是歌词创作之路，但我内心仍然有了很大的亲近。

岁月不居，人生向晚，我们都步入闲淡之时，本可心静悠然，闲对世事时，厚勤却壮心不已，仍走一路唱一路，把歌吟看作人生快事，将笔耕当成毕生追求。他再次将近十年的耕耘，集纳整理，汇成《诗路印痕·厚勤词存》《诗路印痕·厚勤文存》。

这自然是晚境之作，但我们却看不到一点落寞之情、感伤之怀，而是仍然一如既往，保持原有的风格，坚定、鲜明、刚健、淳朴。

中国词风，历有豪放婉约两派。豪放一路，以东坡、稼轩、放翁为代表，一路大风，金戈剑气，指点江山，激扬文字，家国情怀，社稷苍生，堪为正道脉象，九派中流。

婉约词风，以柳永、秦观、纳兰为代表，浅吟低唱，婉转缠绵，离愁别绪，杨柳晓风。其间也有伤怀之作，感时伤世，情深意切，为庙堂与江湖双双追捧。

厚勤之作，无疑承袭豪放一脉，在他的笔下，时代国家，江山人民，历史记忆，山河巨变，征途险阻，世间风云，都入诗入词。他对祖国，总满怀深情，他的讴歌，发自真情，滚烫之心，日月可鉴。《祖国，读您》《倾听国歌》《仰望国旗》《情恋中华》《中国走在新天地》等词，一往情深，爱之切切，毫不掩饰自己像爱恋情人一样热恋祖国。

厚勤的词的确直白，但我以为，他的直白有三个特点：一是真。真情无敌，去粉饰，少做作，使他的歌词结实而有力量。二是简。简洁有力，无累赘，无繁琐，整个歌词如大树少枝蔓横生，主干凸显，易记易诵。三是快，步履铿锵，节奏紧凑，但在戛然而止之后，有韵味，有余味，言外之意，涌上心头。

在歌词创作上，我历来主张表面直白，实则隽蓄，尺幅之外，含意隽远。如乔羽《说聊斋》："你也说聊斋，我也说聊斋，喜怒哀乐一起那个都到那心头来。鬼也不是那鬼，怪也不是那怪，牛鬼蛇神它倒比正人君子更可爱。"这首歌词之所以成为经典，究其实，表面直白如话，口语式沉重幽默诙谐的表达中，直驱《聊斋》本质内核"人不如鬼"，故能直击人心，醍醐灌顶。

匍匐在经典面前，向经典靠拢，是厚勤在诗词创作上前行的身影。在本书收纳的300余首词中，除了主体风格豪放之外，其中也不乏旁斜逸出之作，表现多风格的融合，这种多风格的融合，使他的词风，直白中有曲致，简单而不单纯，言内与言外互为一体，从而显现了词的立体、丰富、层次、变化。

《石库门的记忆》写伟大建党的初始，"十三副肩膀，扛起民族的记忆；透过石库门，望见曙光晨曦"。透过两个细节，让人在回溯历史中浮想联翩，深深感受到那一时刻的庄严。《一步千年》表达对领袖的敬爱与赞颂，抓住亲历、亲切、亲民几个场景，在不动声色中令人动容。《苗山梦》以春水、琪桐、笋尖、阳雀、阿婆、阿公、阿哥、阿妹牵出苗山梦，自然贴切，梦由心生，将中国梦化为苗家的蓝图。《保卫武汉》则是另类的歌呼，"龟山呼救，蛇山求援"，歌词劈头展现新冠疫情紧急的态势，紧接凸显全国驰援武汉的一幅幅感人画卷。《板仓纪事》写对先烈的追思，深情追忆，词句浸满了崇敬。不一而足，词人所选取的题材都是时代的命题，合奏的主旋律，他在一叹三咏中，节奏的轻重缓急，色彩的明暗亮涩，情绪的奔放控制，都遵循歌词易于吟诵的特色。

歌词不容艰深晦涩，但也不能流于浅显干枯，如何将两者把握好，这是它的难点。"辞达而已"，讲的是词表情达意的准确；"言之无文，行而不远"，讲的是行文的文采。文采斐然，方能使文章传之久远。能使二者并行不悖，水乳交融，是铸成人间好词的不二法门。

我不敢说厚勤的词达到如此境界，但我以为，他运行的方向是准确的。在表达上他不以辞害意，弃华彩求通达，去艰涩留朴素。君不见，当下所谓"严肃"歌词中，口号式歌词为数不少，华而不实之词之风甚烈，厚勤歌词中，似少染此毛病。在意象中他废大存小，从小处着手，不断深耕文意的内涵，生发新意，拓宽意境。记忆中，在我们脑海中挥之不去的经典，总有一种物象在记忆深处。《红梅赞》以一枝红梅寓先烈人格的高尚；《马儿呀你慢些走》以恋道的马寓对祖国美好风景的留念；《思念》中那只飞入窗口的蝴蝶，寄寓对海峡对岸亲人的思念；《十五的月亮》以月寄情，表达戍边战士与军嫂的牵挂勉励，共同献身国防的情怀；《小白杨》以哨所前的一棵白杨，寓哨卡战士的茁壮成长……优秀的歌曲除了美妙的旋律之外，总善于以物寓人，以景寄情，以情抒怀，厚勤的词作中，不乏这样的作品，我相信它们一旦与优秀曲家结缘，一定可以开出美好的花朵！

《厚勤文存》，非厚勤主打产品，但我仍喜欢他的文存，无论是艺评、散记、随笔、书札，都保持了严谨务实的文风，言之有物，信言不虚。本书中，尤喜他的散记随笔，无论是写与名家的交往，如乔羽、阎肃、黄永玉、虞逸夫、于沙等，还是与一般贩夫走卒，都见情见性，情深处着重细节的描写、气氛的渲染，善于从小处入手，渐次见出亮光。

厚道之人，行文老实，不凌空蹈虚，仅凭这一点，厚勤之文，自然有了富厚，而内在动人的力量都深藏于这些不动声色的文字中。

勤奋之人，必有厚报。厚勤弥老愈勤，健笔如昨，壮心不已，如春种秋收，粟熟仓满，叫人好生羡慕！

挂在心头的村庄

人，永远走不出童年。

坚固的乡音，顽强的味蕾，不褪的记忆，总是牢牢驻扎于大脑中，你即便天南海北，满世界游走，你身上还是脱不了故乡的气息，童年的味道。

这是一本十分有趣的书，它充满着原色，泥巴的陈色，青草的芳香，亲人的血缘，众生的奇异，物件的陆离，风景的秘闻……它空间逼仄，时间有限，只是一个"70后"的纸上村庄。究其实质，童年记忆中的村庄已经远逝，但他无法走出，驱不走，忘不了，时时将它挂在心中，他徜徉其间，将发生在一个叫"洪久坳"的村庄的故事，还原到我们的面前，这是童年的味道氛围，这是某一旮旯角落人们的生存状态，这话题有快乐、愉悦、轻松，也有沉重、悲悯、忧郁，但这一切都充盈汩汩的爱意。

从对《洪久坳叙事》的阅读中，我获得一个有益启示，本书在对故乡的梳理、对童年记忆的钩沉时，表面上看似信手拈来，随意点染，在不经意中展卷铺陈，实则是一种新的发现。童年的印象，经过数十年的淘洗，用成人的眼光再次审视这片土地，这种第二次审美，在认知上更深化，情感上更充盈，取向上更成熟。

从故乡的鹿岐峰，他找到人生的坐标和方向，从而在漫漫人生长路上坚守初衷，不迷失方向。

从生他养他的洪久坳，他将童年的悲欣喜乐，汇聚成这个村庄的缩影，而且拉长历史的跨度，拓展了空间，一个普通的村庄在作者的笔下变得生动起来。

一条江，一棵树，一口井，一个渡口，一道田坎，他将童年的记忆，串连起历史的烟云、今昔的变迁，叩问现实生活的人心与情感。在都市与乡村的比较中，他发现生活中有喜有忧，尤其是对消逝的乡村风物，他在深深眷念中不无忧虑。这种忧虑，说小点，是对家乡的拳拳之心，往大说，则是家国情怀。

我坚定认为，真情是俘获读者之心的不二法门。在《洪久坳叙事》中，我尤喜他一组写亲人的文章。在这组文章中，他用最本色的口吻，最朴实的笔调，最精微的细节，从三代人的记忆中，撷取了感人至深的人物与事件，在不动声色中，通过人物自身行为产生一种内在的震撼的力量，让你动容，直击心灵。

《你是我一生的内伤》就是一篇于无声处听惊雷的祭兄文。四哥广生年长作者9岁，从小，广生便一边读书，一边照看弟弟，但一次带弟弟到村口玩耍时，四哥卸下半岁的"我"放在睡篮，然后意外发生了，四哥遭受电击身亡。这个从天而降的横祸，让他们兄弟姊妹五人的排位发生了变更，"我"由老五而变成了老四。作者写道："没有你，这个家总是有缺失。本来是老五的我，现在却成了老四。可是，'老五'这个称呼，我愿意保留一生。"

作者没有呼天抢地，在貌似平朴的叙述中，我们可以看到，悲痛的波涛汹涌澎湃，无法释怀的心境跃然纸上。这是生命不可承受之重。

另一组写人物的"一人一世界"，众生世相，人生况味，各色人等，个性鲜明，构成了少年眼中洪久坳的一道风景。木匠、篾匠、砌匠、剃头匠、补锅匠、杀猪匠、铁匠、接生婆、媒婆、厨师、裁缝兄弟等等，作者以白描手法，着重以手脚动作，眉目传神，乡音俚语，习俗风情营造人物情趣，往往寥寥数笔，人物便栩栩如生，可感可触。

旧时乡间最容易给童年留下记忆的，除了人物之外，便是那些老去的物件。当作者为老物件立此存照时，虽然普通，但今天已经风云消散，退出了生活的现场。难怪作者名之为"一物一菩提"。这些曾经陪伴我们，与我们生活息息相关的物件，足以让我们顿悟，生活正以一日千里的速度推进。翻天覆地，无疑是这个时代的特征，现代生活虽然出现了种种的替代品，但仍然是老物件涅槃之后的浴火重生。我以为，记住它们，便是续接乡村的历史，赓续一代一代人的血脉。这些老物件已经成为一种文化，应该扎根于后来者的身上。

本书以小见大，杯水兴波，集中笔力，在一人一物一景一情的叙述中，见出作者文字的功底、认识的深广、谋篇的严谨、节奏的把控。

写到最后，在赞赏之余，又不禁哑然失笑。此书的作者是我弟弟梁瑞平，但此梁瑞平非彼梁瑞平。一个是在永兴高亭窝里梁家长大的梁瑞平，那是我胞弟。一个是耒阳鹿岐峰洪久坳长大的梁瑞平，那是我的族弟。关于他们，自然会有许多张冠李戴的故事。我们同祖同宗，血管里都淌流着祖先的血液，故我读到此书时，自豪感和亲切感油然而生。

这是一本好书，沉着、内敛、从容、本真，在朴实无华中内蓄足够的信息。他从生命原点出发，连接过去现在未来，因而又有尺幅千里之感，虽是一村，但那也是不一般的世界。当年费孝通先生的《江村经济》，开启了他社会学田野考察的先河。从一村出发，去解剖中国的社会，从而获得巨大成功。而瑞平也是从一村出发，用文学的形式，去探究生我养我的故乡，因而，本书不仅有文学的价值，审美的价值，史料的价值，还有社会学的价值，因而是一本卧侧之书，可容诸君细细地品味。

漫步诗境

这是一本让我久久不能释怀的诗集，是诗中所充盈的美拨动了我的心弦，所谓琴瑟共鸣，心有灵犀。

石光明的诗集《难忘是乡愁》，读后心潮久久难平。是什么样的力量，让我有了这样的情状？有乡愁牵动我回眸童年的眼光，有湖光山色在心中的荡漾，有亲情乡情深深的呼唤，有对山水人文胜景的无限神往。除此之外，我以为更为重要的是其大美的图境，让我在徜徉中陶醉。

《难忘是乡愁》首先在其古典美，凸显出对古典诗歌的继承与汲取的执着，其间古典诗意的美让人流连忘返。在《难忘是乡愁》一诗中，诗人写道："走过了春／走过了秋／走过了岁月风雨后／还望儿时青山月／还牵童年河边柳／青梅笑枝头／竹马也风流／又剪东坡晨飞燕／又骑西湖暮归牛／堂前问亲友／邻家已丰收"。诗写的是当下的生活，但诗人所构筑的画面又是何等地充满古意，怀旧之情弥漫其间，很容易让人联想到丰子恺的图画。又如在《月食》一诗中，诗人更是思接千载，情系广宇："遥远的天狗传说／弥漫南圃东篱／一点点蚕食吴刚的春秋酒香／撕咬嫦娥的秦汉舞姿"。现代科学和古老传说的融合，月食这一天体现象便充满了无穷的想象和绵绵的诗意。如《短信的咏叹》中，诗人将当今人生活中最普遍的一种现象入诗，善化传统文化，一下子便将枯燥的生活现象变幻成古今通融的画面。"刚定格古代驿马 / 六百里加急的嘶鸣 / 又启动当今信息 / 神七飞天般的提速"。诗人对传统文化深厚的学养，为其诗歌古今唱和奠定了基础。

人类一切情感的生发，都是从故园开始的。《难忘是乡愁》所凝聚的故园之情、田园之美，使他的诗歌总是充满一种最深切的呼唤。这种呼唤发自内心深处，构成美学意义上的田园之美。在我看来，最有代表性的是《潇湘恋》一诗："几度斑竹君山月 / 几回渔歌洞庭船 / 多少平沙落雁 / 多少远浦归帆 / 芙蓉国里九月酒 / 莺飞草长三月天……最美千古蝶恋花 / 再结潇湘万里缘"。切切之情，绵绵之意，怎不激起我们思家之情，怀乡之念，怎不让我们对故土家园充满敬意和热爱。

在诗人的笔下，故园的一切都是如此美好。"高山剪不断 / 溪河长相连 / 漫天漫地的乡情 / 是收割不尽的炊烟 / 弯弯的山道 / 是一辈子走不出的情缘 / 一品咂红薯粉的甘甜 / 就会拥抱一场思念的乡愁"。在诗人的眼中，资水所激起的灵感，炊烟所升腾的乡情，红薯粉所酿造的甘甜，都是那样让人无限思念。也许有人会说这是陈旧的情绪，但我以为，在高度工业化、城市化的今天，乡村才真的保留了诗歌的精灵，在人类向大自然无尽索取的时候，真的诗意的生活正在消失，美也在灯红酒绿之中变得光怪陆离。与之相对应的田园之美便变得弥足珍贵。同时，诗歌也深深地表达着东方哲学的美学追求，天人合一。

我对新诗的某种腹诽，是鉴于其晦涩，缺少韵律节奏，不宜吟咏，朗诵起来常常有喊口号之感而生发的。《难忘是乡愁》给人鲜明的感觉是，诗随情绪的律动，在节奏、音韵、色彩诸方面，较好地将新诗与旧诗无缝对接，让人读来朗朗上口，韵味悠长，可吟哦、可咏叹，有时像如歌行板，有时像洞箫夜曲。今天我们谈论诗歌的时候，我们先不要急着否定传统，至少在诗的音韵上，古人就非常知道诗的内在美学特点。光明的诗始终坚守诗的节奏音韵的美学特点，真正让诗歌能"诗"也能"歌"，可"诵"可"吟"，使创新成为有源之水，有本之木。

雏鹰展翅

——《彼一如我》读后札记

武静怡是老朋友武俊瑶的孙女。老武生前，一是把零陵卷烟厂做得风生水起，把一个原来名不见经传的小厂，办成全省四大烟厂之一，红豆、香陵山、风流等品牌香烟，走遍大半个中国。二是爱文化、爱文学、有情怀。零陵卷烟厂的企业文化，蔚然成风，文化体育在全国烟草界领风气之先，尤其是工厂的文学群，人才辈出，一时无双。在他的带领下，余艳、赵妙晴、郭威、王丽君等脱颖而出，令永州文学之光格外耀眼。老武生前最大的梦想，就是多写几部有影响的作品，可惜天妒英才，老武走得太早，遗憾不能圆梦。

但人间虽有憾，苍天却有情，上天给他送来一个聪慧美丽的文学续梦人。这个花样年华的少女，做爷爷的薪火传承之人，小小年纪，就把一部散文集呈现在我们眼前。

我读武静怡作品集《彼一如我》后，有三个想不到。

一、想不到如此成熟，如此老到，让人不敢相信这是 16 岁孩子的作品。她对社会的观察，对人生的理解，对情感的把控，对文字的驾驭，都不输于许多成年的作家。她对未来和脚下的理解，深刻，周全，显示出走向远方的潜质。

二、想不到如此博闻，如此博识。很难想象，一个 16 岁的孩子，在应付繁重的学习任务之余，她居然阅读了那么多古典文学经典，居然能啃东坡的《上神宗万言书》，居然用文言文写作，驾驭起来从容不迫，游刃有余。

三、想不到如此富有才华，富有激情。我一直认为，文学是需要天赋的，这种才华除了读书破万卷，下笔如有神之外，更重要的是要有对生活的敏感、充沛的情感、丰富的想象，武静怡如此完美地体现了这些天赋。

我希望这些赞扬不是捧杀，而是鼓励静怡走得更好、更远的动力。

少年成名，并非全是好事。盈亏往往在一念之间。由此，我有点寄望。

一是从书本走向生活，这是文学的常识，许多人并不以为然，因为纸也可以扎成花，开始其艳丽往往在真花之上，其后渐失光泽，远谈不上活泼的生命。如果希望自己的作品传之久远，还是要用生活的土壤栽培一些永不开败的花。二是返璞归真，铸金石之气。繁华落尽始见真，真情无敌。要坚信历史会无情地淘汰那些虚情假意的作品。历史上的优秀女作家，莫不是既柔情如水，又刚健豪迈，不仅有芝兰之气，更有金石之气。三是持之以恒，不骄不躁，在文学的道路上走得更远。第一部作品，只是小试牛刀，这只是万里长征走完了第一步，今后的路更长，更艰难。希望静怡不断树立新目标，攀登新高峰。

文有别裁

　　湘西产奇人，不知是山水的浸润，还是人文的熏染，那些远去的大名贯耳的人物不说，单是近 30 年中我结交的湘西朋友中，就为数不少，张建永就是其中的一位。

　　己亥初夏，在雪峰山腹地与建永兄不期而遇，他给我的第一印象，儒雅而彰显野性，热情而不失率真。他的野，不粗。他的热，不虚。在穿岩山的那幢欧美中混搭风格的木屋的谈笑，在露天之下共进山野风味的晚餐，在福寿阁揭牌仪式上的互道，短暂而匆匆。我们言谈很少，但眼神的照会，心灵的交流，让彼此有旧友的感觉。

　　山中一别，未及月余，建永兄突然寄来他的新作《行走的树》，厚厚两大本，为数年间微信写作的结晶。书至，正是夏至，南方数省暴雨成灾，湘省虽不最烈，但我捧书展赏时，也正是雷暴滚滚，天雨如注。心想，这行走的树，莫不是天作之奇，将湘西的一本奇书送到我的手中？

谓之奇书，并不是因为书中的文章先以微信的方式在朋友中流传，此后再由多媒体转而为纸媒刊布。据我所知，建永兄本是正襟危坐，以学院派的方式做学问的教授，在文艺学、美学、哲学诸方面均有建树，此"树"业已茁壮，根深叶茂，大可兢兢守业，修成大果。然建永总喜觊觎人家的领地，居然涉足文旅、文创、新农村建设、摄影等诸多行业，而且每一涉足，均获成功，尤其是总策划张家界大型民俗剧《魅力湘西》，刷亮了张家界旅游文创的名片，成为山水与人文共融的经典。这台大剧的成功虽得益于国内诸多名家的共同打造，但毋庸置疑，创意先行，创意为王。创意虽是电光石火，但它瞬间可照亮黑暗的天空。建永兄奇就奇在，既能皓首穷经，也能经世致用，既可在业内高蹈，也可跨界驰骋，既可思接千载，也可脚踏大地。

面对这样一位奇人，我不得不深思其成长之源。他一再声明自己是土著，我不太相信，如同沈从文他们那一干人一样，上溯数代，就可以看到，其祖先迁徙的脚印和他们文化的轨迹。湘西尽管高山大谷，山水奇异，民风彪悍，遍地巫风，但仍充满楚文化的遗韵，正是这湖湘一脉和巫傩文化的融合，锻造出不少湘西文艺的奇葩。建永有家学之渊，有七年知青的苦乐年华，有走出大山求学于名校、负笈欧美拓展视野的经历，又回归大山，在多种文化的混搭中，加之天纵无拘无束之性格，遂成一奇才，便不难理解了。

奇文共欣赏，疑义相与析。这的确是一本充斥奇文的书。它的奇，不是哗众取宠、故弄玄虚，不是装神弄鬼、呼风唤雨，不是搜奇猎艳、旁门邪道。作者用他鹰隼般的眼睛，瞬间便捕捉到稍纵即逝的精彩，他的笔有如刀斧，刀刀见血，斧斧见骨，尤其是人物速写，以简笔勾勒，寥寥数语，便将一个人物立在你的眼前。全书写人物的篇什很多，我尤喜欢写雪峰山中人物的那组随笔。

陈黎明，雪峰山中的传奇式人物，养猪养成了上市公司，转而一头扎进深山老林，搞旅游开发，搞文旅融合，搞深度扶贫，整日里在山里窜，不时冒出许多奇怪的想法，我行我素，敢立马把想法变成现实。在建永兄笔下，这个人物的胆识、情怀、志趣、品行等，都毫发毕现，让人过目不忘。

《真人版陈黎明》，开篇就抓人眼球。"不来就不来，一来就吃喝喧阗，带一大堆怀化老乡，男的女的老的少的到吉首大学看老夫。什么节奏，这家伙干事可能就是这样，要么不干，要干就尽全力干。"说的是大白话，但它有一种力量，见性见情，直击心扉，把人物推到你的面前，豪气四射，活脱脱一雪峰山好汉。另一篇写陈黎明钢筋铁骨般的体魄，更是精彩极致，让人不由得大声叫好。"老弟陈黎明身体极好，极结实，把他从雪峰山顶扔到山脚，身体上摔不坏任何零件。"只有突发奇想，方有这神来之笔。这不仅仅是生活的语言，大众的语言，更是一种语境的营造，瞬间创造一种惊险刺激的画面。陈氏被抛向空中，迅疾垂落，如滚石般奔突，轰然巨响，坠地后居然安然无恙，拍拍屁股上的灰，扬长而去。我想，读者据这段文字，足可以想象这样的画面。这段文字，貌似信手拈来，实则匠心独具。无一奇字，但字字奇巧。

让我喜欢的还有那篇《侃一个雪峰山野放的姑娘》。文中的陈沐，是陈黎明的女儿。有奇父，必有奇女，这个奇女子，小小年纪，便有奇才，一篇千字文，居然让建永兄大发感慨，"黎明所有的财富不敌其女一个"。千金陈沐，并未如大家闺秀富养，而是野生放养，从小便在大山中"任由她和山笋，鹿子，野猪一齐长大。她成天带着弟弟，跑得比野猪快，溜得比眼镜蛇灵，追鸡抓猫捉狗，掏蛐蛐，捡红薯，无所不能"。大山无拘无束的空气，神奇险峻的峰峦，自由奔放的山瀑，晨昏变幻的风云，给这奇女子铸造成坚强的品格，无羁的思想。尤其奇异的是，她广猎中外奇书，腹有诗书气自华。此时，我不由得想起屈原《山鬼》的诗篇，莫不是上天赐给了陈黎明这样一位天资聪慧、山之精灵的神奇之女？

人有至情，必有奇思，尤其是那种切肤之感，总是锥心凿骨，形诸笔下，便会是感天动地之情，血雨泪飞之文。建永兄书中有两篇堪称至情隽永之文，一篇《曾姨》，一篇《母亲》。曾姨是那个特殊年代一颗最宝贵的珍珠，她美丽、仁慈、聪慧、高贵，一个偶然的机缘，17岁的作者遇上曾姨，她给作者开启了文学、音乐的大门。更重要的是她给了作者无限的同情，她给了作者饥饿记忆中最温暖的食物，半年之中，作者似乎每天都可以获得这种温暖。美丽的曾姨所散发的是一种光彩夺目的人性光辉。而另一篇《母亲》，几乎笔触母亲一生，家道中落，人生坎坷，忍辱负重，相夫教子，坚韧不屈，明理旷达，一位柔弱的女子，面对人生种种重压，以惊人之举，爆发千钧之力。母子连心，娘亲的欢乐和痛点，儿子无不有切身体会。但作者没有捶胸顿足，没有撕心裂肺，而是在从容不迫的叙述中，把控情感闸门，不让情感之水，一任奔泻。前人有言，感情太烈，容易杀伐诗意。舞台表演可以风暴雷电，呼天抢地，如郭沫若话剧《屈原：雷电颂》，如风驰电掣，如大河奔腾，它需要浓得化不开的情感，它需要暴风骤雨般的节奏，一泻千里，震撼人心。但诗与散文的写作，则需要节制，太烈，反而容易弄真成假，破坏美感，它需要内蓄，在不疾不徐中展示内在的感人力量。《曾姨》和《母亲》两文，都有一种深重内敛的情感，深藏于人物的细节和故事的情节中，读后让你久久不能平静，久久不忍离去，这便是心心相通的文字。书中也有些记叙那些闻名遐迩的人物的文章，生活的接触有限，尤其是未能深入人物的内心，因而显得表象化，泛情化。好文章必然是生活、学识、才力的厚积薄发。

散文是语言的艺术，散文高手的语言，不仅充满感情，饱含生活，而且在排列组合中，独出机杼，出奇制胜，我喜欢建永散文的一个重要原因，便是他语言的奇趣。他在语言的创造中，不刻意，不弄巧，总是在一种不经意的谈笑间，表现出一种自己独有的趣味。"光头王小勇，溪布街客栈老板，披着酱板鸭一样的皮肤，晃着麻雀一样精瘦的身子，亮着银元一样闪烁的光头，笑眯眯站在我眼前。"调侃的氛围，新鲜的比喻，亲切的语气，一个活脱脱的王小勇就站在你面前。建永散文的语言还善于剑走偏锋，在雅与俗的两极游走，又能不失时机地融合，创造出一种雅中有俗，俗中有雅的语言奇境。我喜欢这些文字，常常击节拊掌，为之喝彩。《寡言格格》《沈从文与丁玲》《湘西犟卵黄永玉》《川老鼠田勇》等篇，生活中的俗语和庙堂间的儒雅，总是交织一体，它不是水油分离，而是水乳交融，制造出一种山村野吠和雅室悠琴的和鸣。当下散文语言的同质化现象已非常严重，类型化语言陈陈相因。行将老去的散文，首先便是语言的老去，生活化的语言、富于生命的语言、从心中迸发的语言已经不多，而建永兄的散文，给散文界吹来一股新风、一股大风。唯陈言务去，一千多年前，韩柳振臂一呼，让唐宋文坛文风为之一变。今日之中国，需要许许多多文风之变的践行者，以创作的实绩，给散文界以崭新业态。

崛起之魂

——读张雄文《潮卷南海——深圳风雨一百年》

作家张雄文在当下湖南文坛算是后起之秀，却十分扎实而勤勉，埋头耕耘于散文、报告文学等领域，近年来屡有不乏影响力的佳作问世，令我这个老乡十分欣慰。不经意间，他又捧出了一部出色的新著——长篇报告文学《潮卷南海——深圳风雨一百年》。这部 36 万字的皇皇之作，可以说是一幅深圳百年铁血交织、潮起潮落、风云际会的绚烂长卷，也是一部中国共产党百年来带领深圳人民翻天覆地、震惊世界的精彩华章。

蛇口荒岭上一声炮响，将深圳这个寂寂无闻的小镇推向了世界的聚光灯下。而后来所创造的深圳速度、深圳效率、深圳奇迹，更是魔幻般演奏着中国改革开放最精彩的进行曲。横空出世的深圳，也成为人类历史上前所未有的造城杰作。如果说这一华美乐章是中国人民伟大创造力的合奏，那么，中国共产党则是这一合奏的总指挥。

《潮卷南海——深圳风雨一百年》一书，生动而真实地再现了深圳百年巨变，倾情演绎了共产党人在深圳筚路蓝缕中的"群英谱系"，揭示了深圳神奇崛起的历史赓续和最根本原因。

深圳40年间的巍然崛起，无疑得益于改革开放。然而，本书站在更高的视角、更大的历史跨度、更深远的历史维度寻迹觅踪，探究深圳奇迹产生的必然逻辑和内在成因。作者以精彩的文笔和恢宏的气势，将改革开放40多年和中国共产党成立100年的历史联系起来，甚至将这场伟大改革延伸到上百近千年。从文天祥的铁笔丹青，到林则徐的抗英销烟，再到宝安（辖深圳）早期共产党人领导的农民运动，该书用一幅幅生动而真实的画卷，展示了这片土地的深厚历史积淀和回肠荡气的英雄之气。这种联系绝不是牵强附会，而是从历史的纵深、从潮起潮落中披沙沥金，用众多鲜活的事例证明中国共产党人在历史大潮中的中流砥柱作用。书中描摹了许多立于潮头、无畏风浪、"苟利国家生死以，岂因祸福避趋之"的共产党员形象，他们在深圳的百年风雨中冲锋陷阵，将个人荣辱得失置之度外，表现出共产党人泰山压顶不变色的英雄气概。正是这种压倒一切敌人的无畏精神，才使深圳党组织从无到有、从弱到强，也使深圳从一个边陲小镇，成为引领全国改革开放的排头兵和中国特色社会主义先行示范区，也成为具有巨大影响力的国际化大都市。

尤其可贵的是，《潮卷南海》一书在展示深圳百年伟大工程时，不回避矛盾和斗争，既真实表现党坚如磐石的意志、牢不可破的团结、以人民为中心的执政理念，也反映了守旧与创新、开放与僵化、教条与解放之间错综复杂的矛盾。历史的经验反复证明，我们党之所以朝气蓬勃、青春焕发，是因为在伟大斗争中吐故纳新，在不断纠正自身的错误中不忘初心、找准航向。《潮卷南海》以事件为中心，以人物为素材，还原历史真实现场，既增强了历史的代入感，也增强了文本的感染力，可信、可感、可思。

历史是由人民书写、由人民创造的。深圳的崛起所表现出来的人民的首创精神、巨大热情、磅礴力量，再次证明了这一理论的正确性。如果我们对这一论断的本质进行探究，从《潮卷南海》一书中，我们不难看到星星之火在燎原中的作用，定星舵盘在航海中的依仗，压舱石在惊涛骇浪中的安稳，中流砥柱在洪流险象中的镇定，这是在急流险滩中穿行的船魂。从本书所描述的中国共产党人的"群英谱系"，也不难看到深圳这座城市的崛起之魂。

"改革不停顿，开放不止步。"汇聚人民群众的伟力，将改革成果惠及千家万户，深圳的未来，一定会演奏出更精彩的华章。同时我相信，作家张雄文也会站在《潮卷南海》一书的山峰上，冲向另一座更为险峻的文学之峰，取得更为灿烂的文学硕果。

（本文发布于 2018 年 3 月）

以学养艺三家论

此三位者，一位画家，一位书画兼具，一位书家，把三者合为一文论之，皆因三家不独书画颇具自家风格，而且均以学养涵艺，长于画外之音，书外之音，以我之陋见，书画登堂入室，不独技也，更在学也。

康移风：豪迈皆由江天来

《千里湘江图》，九十米之巨，从湘江源头异蛇之乡永州始，到湘水之末的洞庭止，万古江河，不老江山，用一种时代观照，构建鸿篇巨制。四位从涟邵局走出的画家，以足行走，以心体味，以神向往，以笔纵横，四年时间成此大业。

我观《千里湘江图》，无论是九嶷高庙，还是南岳禅寺；

无论是韶峰日出，还是岳麓形胜；无论是高天流云，还是河谷走水；无论是青山妩媚，还是洇水多情；无论是峭石壁立，还是山高林密；无论是舟帆点点，还是屋舍俨然；无论是沃野千里，还是田畴万顷，都是一派人文鼎新，欣欣向荣，江天寥廓，万物自由的景象。湘江两岸，不仅是森森古木，更是电网密布；不仅是谷壑掉阖，更是广厦林立；不仅是山路蜿蜒，更是高速纵横。现代元素，时代特征跃然纸上，一股豪迈之情破空而来。

《千里湘江图》之神在豪迈，每一用笔，每一勾勒，每一泼彩，每一构图，山水传达之神，均欣欣然不可名状，或壁立千仞，或山耸万丈，或大水奔走，或溪涧婉转，或木葱林秀，或路入云端，大好河山，山水精神抖擞，白云舒卷欢畅，林木争强好胜，大厦斗奇争艳，这种隐藏于画中的一笔一画都无不透露欢愉与自豪，真可谓"千里湘江图，万丈豪情起"。

画由心生，情由物呈。判别画之高低、优劣、文野、雅俗，大抵除了画家技术修养之外，便是思想的洞见力，生活的观察力，创作的想象力，艺术的辨别力。凡事预则立，这种"预"便是长期的文化和艺术修养。康移风及其三位，为"谋艺者"，始终注意画外修炼，以兀兀穷年，做了大量的准备，有了精神的准备，艺术的准备，方可为潇湘立言，为湘江放歌，为青山存照，为"母亲"画像。

楚石：学以养艺　画藏高古

此楚石，非石也，自号南岳居士。虽非石，但他却有石之

213

品质，沉稳，质朴，坚韧，方正。

他以株洲炎陵为绘画母题，展示的不仅是炎陵山水的雄奇壮美，更是揽万山于一胸，抒发自我感受。

炎陵，中华民族始祖陵寝之地，罗霄山脉腹地，千嶂万壑，飞瀑湍流，山环水绕，古木参天，每一涉足，必起肃然之情，每一凝目，必有遥想之思。炎陵的山水，不仅是古木森森，异代之感，而且人文古奥，高山仰止。楚石不愧为选材高手，揽山水于我胸，不仅仅是止于形，更为重要的是撷神而捕之，这正是一个学养充沛的画家所为。

楚石的山水画，区别其他山水画家的重要标志，不在于他的山水画画法上的特点，而在于他的山水画穿越时空，古意盎然，恍若隔世。他紧紧依傍于此，以密林峻石、深沟大壑展示炎陵山水的自我世界。他在虚与实、远与近、古与今之间挥洒自如。他的山水，总透出一股厚重的历史感，总表现一种肃穆高古、寥廓空寂的庄重感，这种感觉，十分贴近炎陵山水的魂魄。

赏读楚石的山水画，感觉他画风迥异，炎陵山水在他的笔下，林密，石峻，隘险，泉泄，他打破画面留白的窠臼，满幅密匝，山重水复。他不追求写意的效果，而是在写意与工笔之间寻求融合，无论是苍松老藤，还是危石巨垒，他都毫发毕现，他继承中国传统的山水的表达，冲淡圆润，以水墨泼洒，以我心观山水，以我笔写山水。他表达的自我观照十分明显，他追求的是一种意境，展开的是一种胸襟，从而将山水提高到一种宗教和哲学的层面。他笔下的山水，寂寥静穆，密密山林之中，无不透露一股老庄哲学气。我们仿佛窥视到密密的树林中蕴藏一种天机，这种天机流动于密林之中，捉摸不定，飘忽不定，故在读他的画的过程中，心中会涌动一种神秘的感觉，不仅让你眼观，而且叫你心领。要读懂楚石的画，还真要细细咀嚼，慢慢品味，反复体会。

在楚石的绘画中，除炎陵山水外，他尤喜扇面。他自称"衡州扇癖"。这种情致雅玩，既娱人娱己，也集小雅为大雅。众所周知，扇面画为文人画显著标志之一。画家于尺幅之间，将情趣植于其中，或天高云舒，或深壑大沟，或寒梅点点，或幽草萋萋，或空山孤寂，或林泉幽鸣，每一物都见出作者的情趣，万物于团扇中一展风姿。扇面也为文人赠人雅物，一扇在手，不仅清风拂来，而且雅图扑面，其美学意义更胜于实用价值。

由楚石的画，我想到画家应有一双发现的眼睛，这种发现，是善于从审美的高度，发掘与众不同的东西，尤其是善于从貌似平静中发现惊天秘密。中国画要在传统的基础上有所突破，这是重要的一环。这种发现，是画家学养、修为所决定的。画作的优劣、高下，在学养的面前立判。

我之所以首先论说楚石的画作，关键是意在说明，楚石画的鲜明特色，是建立在众多才学之上，而非一骑绝尘，无所依傍。我在一篇论书法的文章中曾谈到，书家的雅与俗，是与书者学养成比例的，学养充沛，雅自然生成。反之，学养不够，俗结伴而来。所以，消除俗，关键是学养的提升，以文养画，画以文成。但凡大画家，多为文人学者。

我读过楚石不少文章，其文简练精到，多有深意，尤其是山水游记，善移步换景，由景生情，表面写山水、林泉，实则写心境、情境，颇受晚明小品的影响。

对株洲先贤的研究，是他对书画研究的另一课题，如对茶陵诗派李东阳书法的研究，就拓宽了李东阳研究的范围。李东阳为茶陵诗派的开创者，以文名诗名著称天下，其书法成就少有问津者。然楚石从书法角度，全面展示李东阳书法成就，尤其是他的篆书成就，深入研究，给予很高的评价。这种发人之所未发，震耳之声尤为可贵。其他如攸县冯子振、茶陵李祁等，他均有专文勘论，这种对地方贤达的研究，具有开创意义。其学术上严谨不苟，其文风扎实不华，都给人留下深刻印象。

楚石成名，起于书法篆刻。他早年问鼎兰亭奖，可谓湘省书法界青年才俊，观他书法，真隶楷行草，均用力甚勤，颇具功力。这就为他的画作从容不迫，游刃有余，找到了不二法门。我们知道，书法一道，对绘画的支持，是有力而切实的，这是常识。中国画与中国书法密不可分，如果溯源，则书为源，画为流。故当今画家，凡书法平庸者，难得在画界成大器。汉字，从象形发端，原本就是人类的简笔画，点线撇捺，是绘画的基本要素。而楚石在书与画上，相互帮衬，相得益彰，这种打通，使两者互为利器，可阔步走得更远。

楚石的这种打磨还包括他楹联的造诣。楹联，堪称汉语中的独门绝器，它在律诗的基础上，进一步浓缩精粹，对称、节奏、音韵、色彩等语言的诸美，集中于寥寥数语之中，十分考验撰者的才智与才学，故数千年来，撰联、赏联之风在中国延绵传承。"湖湘楹联七子"虽是一个打造的品牌，但楚石楹联实力不可小觑，他旧学根底深厚，格律平仄稔熟，堪为画家中一绝。他的不少佳联，镌刻于三湘大地便是明证。

聂鑫森兄曾谓楚石画为文人画，这是很高的评价，尤其是当今社会，画界多谈画技而少谈读书，这实在是中国画的退步。楚石走传统一路，多栖而稳健，以多种学养的互相渗透，互相融合，创造自己的艺术世界，这种与古人的接通，必然会翻出新的艺术世界。这条路，需要更多的付出，也可能不为世所认同，在当下急功近利，各种声音绕耳之际，不为所动，也实属不易。楚石的可贵之处，在于远接先古，近融当代，在于尊重艺术规律，尊重自己的内心，尊重先贤的榜样。这种尊重，是可贵的艺术品质，是盐水里、苦水里、碱水里泡出来的真理。

逸峰：梵音破空　厚学养墨

人生际遇，一个缘字。我与逸峰先生相识，实属不期而遇。但彼此一见倾心，相见恨晚。那年仲夏，湖南省作家协会在崀山举行笔会，其时暑意渐浓，丹崖正红，文朋诗友，兴会一时。是夜，笔会邀三五文友书画雅集，逸峰便在其中，他儒雅文静，磊磊谦谦，在彼此的心领神会之中，我便把他放在心中一个重要位置。

此后数日的交集，我们谈世事，谈文学，谈书法，总能心学相通，彼此欣赏，在切磋中建立起一种跨越年龄的友谊。我虽长逸峰近 20 岁，但我强烈感觉到，逸峰对人生和艺术的洞见，其老到和锐利，远超过他的年龄。他博闻广识，转益多师，心灵根慧，神思妙悟，表现出很好的艺术天赋。

那次笔会之后，我们天各一方，几无际遇，彼此只有借助微信，默默神交。岁月更替，不期经年，我对逸峰的了解，逐渐由表象而及里，由浅层而向深层。尽管他身处大漠，而我却在湘江之畔，但他的谦谦君子的书家形象，反而日渐清晰，我终于觉得可以为他写一些文字了。

我由此而观逸峰先生数十年的书法运动，很明显地感到，他始终坚持在博学基础上的守正。真所谓"路漫漫其修远兮，吾将上下而求索"。由文学学士而佛学硕士，进而书法博士，再而宗教博士后，青灯黄卷，茕茕孑立，好学不倦，孜孜以求。如何建立自己的书法艺术大厦，他登高望远，不避坎坷，从中国书法的胞衣之地出发，跋山涉水，一路拾珠，投身母怀，吮吸最纯正的母乳，牢牢打好广博学问基础。他熔书法、诗歌、音乐、宗教、哲学于一炉，用炼丹炉炼得三昧真金，以健脑益神，强筋健体。他三剑合璧，诗、书、印三峰对峙，又并驾齐驱，诗有书法的凝重之气，书有金石的铿铿之声，而金石则集二者之美，大道至简，大朴致远。正是多种艺术形式的互动，彰显逸峰先生踔厉奋发，勇于攀登的书家风貌。

逸峰先生的作品之所以可以驻足久观，反复把玩，而且在欣赏的过程中可引发许多联想，让人感受到书法之外的许多东西，其根本原因就在于深厚学养及文化的支撑。

许多论家论及逸峰先生的书法作品时，都无一例外概括为"静"。的确，逸峰的作品，往往表现出安静的风格特征。但如果我们深入肌理，不难发现，这种概括还只限于表层，不得精髓。逸峰先生的作品，多以梵文禅诗入书，这就难免梵音袅袅，禅意绵绵，佛门即为空门。空者，静也。但这种静，只是与纷纷扰扰俗世相对的。我以为，逸峰先生书法中所表达的不完全是这种静。

逸峰先生作品，篆、隶、行、章、草，绝少有急就章，其安静之中所表现出的是一种沉着，在沉着中呈现一派庄严肃穆。这种从容不迫、宠辱不惊的书写方式，十分吻合其书写的佛经禅诗。我每欣赏其作品，总会感受一种阅世洞明的精神境界。的确，它不仅仅只是体现在书法风格上，而是直抵灵魂，安抚慰藉心灵，让你有一种精神的升华。细细品味逸峰的作品，你会觉得书家悬腕握笔之际，其布局谋篇已了然于心，他在徐缓有致中，役万端笔墨于手中，稳稳地将一笔一画落入纸上，像木鱼声声，敲进你的心灵。这外化的一切，便可见书家心思的缜密、情绪的把控、心态的平静、入禅的定力。在沉着的总情势的把控下，我们看不到人生的任何慌乱，看不到纷扰世事的狂躁，看不到欲望膨胀的狰狞。

沉着，不独表现在逸峰先生的书法精神境界上，在书法及金石的技术层面上，逸峰先生的作品同样可以读出众多名家名篇的身影。从钟繇到二王，从颜柳欧赵到苏黄米蔡，从张旭到怀素，从王铎到八大山人，他博采众长，转益多师。当然对书法影响最大的当数秦简汉牍，对金石影响深刻的当数摩崖碑帖。逸峰善于将无形化于有形之中，简牍书写的朴拙和涩滞，取其神化为书写的张力，从而使笔触充满古意，通篇则有了历史的纵深感。而金石则取摩崖的斧斫刀劈，岁月苍茫之神，展示力度之美。正是由于善于从传统中吸收精华，所以他的作品，无论是布局谋篇，还是笔势，笔意，笔趣，都呈现淡定从容，厚积薄发。既能深入传统，又不为因袭所累。

逸峰先生的书法，就十分强烈地表现出了对哲学意义上的追求。这种追求，我以为表现在三个方面。

一是在书写内容的选择上，大量的宗教诗文入书，这就使其书法作品充满了"究天人之际"的意味。宇宙、生命、人生、世相，许多人生终极命题与终极思考充盈其间，表达了作者的哲学思考。而且作品也由此立意高远，主旨宏大。深邃的意境使作品不仅仅有审美价值，而且具有了历史价值和学术价值。

二是在继承与创新中融通稳妥，不偏废，不逾矩，不矫枉，表达出一种"通古今之变"的强烈愿望。读他的作品，能让你凝神屏气，思接千载，冥冥之中，仿佛听到梵音破空而来，感叹岁月流逝，人生易老，然而江河不废，古今通变。尤其是读他的佛语小品，远古的笔意、今人的审美、八大山人的意趣、弘一法师的才情，都跃然纸上，让人揽古观今，不禁唏嘘。

三是逐步形成自己的书法语言。书法不仅仅是传统的传承，它还能透过历史的烟云，向今人诉说祖先的思想、情趣、情状、志向、节操、好恶。因此，书法不仅仅是一纸笔墨，它还是纸上的舞蹈、纸上的诗歌、纸上的音乐、纸上的建筑。它同样需要有自己的格局，是辽阔的疆域，还是逼仄的领地？它同样需要自己的语言，从形而上的角度看，书法应该是充满生命力的，是摇曳多姿的生命活体。因而它必须具有自己的语言。同样是观赏一场剑术，不同的艺术家用不同的语言表达自己的观感。诗人杜甫在观赏公孙大娘的弟子十二娘剑术之后，回想年少时观公孙大娘剑舞时四方震动的场景，以诗抒发观感；而书家张旭则是观剑术后，将其狂舞之姿融入自己的草书中，形成自己特别的书法语言。他挥毫如流星，满纸烟云现。剑书合体，故其草书独步天下。逸峰先生善从宗教诗文中领悟禅宗奥秘，并从中提炼自己的书法精神和书法语言，宗教所告诉我们的是从繁芜的世事中解脱出来，追求一种至简至静的精神状态，而逸峰恰恰从这个方面形成了大道至简的书法语言。

逸峰先生正值踔厉奋发的年华，以其厚学笃实，慎言谦谨，天质禀赋，刻苦勤奋，当可承担更远大的责任，走出更广阔的天地。

厚能致远

2020年10月18日，微风细雨，我们驻足在153米长的桂塘书法长廊前，禁不住发出无限感慨。偏于一隅的龙山县桂塘镇九年制学校，居然有这样的气魄，建成了全国校园最长的书法长廊。其中甘苦，本书作者梁厚能在《我与桂塘书法墙》有详尽记叙，恕不赘言。

更令我震撼的是，接待讲解的梁厚能，拖着行动不便的身躯，在巍巍颤颤中，激情迸发，倾情解说，其坚韧不拔、百折不挠的精神，几乎让我老泪纵横。

厚能是毛泽东文学院第十期作家班的学员，那时的他，给我的印象是自信、精干、沉稳、活泼，有自己的思想，在文学与书法两道上并驾齐驱。想不到分别七年之后，岁月风霜竟将其消磨得形容枯槁。见我诧异，厚能告知，年来中风，几乎偏瘫不能自持，现能拖着病腿行走，已属万幸。

在我印象中，厚能的写作，是凭借生活的馈赠，用行走炼文字，靠田野铸品质。早些年读到他的《书法湘西》，既令人耳目一新，又极为信服。我一直坚信，来源于生活的文字，才是活的文字，如果有了读破万卷的功力，又有生活历练的助力，断可以留下好文字。

眼前的《一方水土》，是厚能这些年行走的结集。吾乡吾土、乡风乡愁、父老乡亲三辑，53篇文章，空间仍囿于湘西，更确切说是龙山、桂塘。时间不过十年，记述亲历的人事物。这正印证了哲人的慧语，人永远走不出童年，永远走不出故乡。

《一方水土》正是从作者的胞衣之地梁家寨出发，踏遍故乡的山山水水，将那些名不见经传的山寨、老街、古桥、洞穴、湖汊、溪流、岩坑、坝坂，诉诸笔下满含深情的文字。这些乡土的风景虽不为天下大观，但一草一木、一石一土、一街一桥、一村一寨，都带着脉脉体温，绵绵情愫，显示出秘境之奇，发现之美。

我以为，每个人都有自己独特的审美对象，尤其是像湘西这种秘境之地，野性、原生、奇异、独特的风物，在人类个性日益消弭的今天，则显得尤为珍贵。

商贸科技，与世界接轨，这大概是世界的趋势，我们必须热情拥抱这种趋势。但在文化上，多样化、个性化才会弥足珍贵，文化的任何的趋同都是不可取的。《一方水土》正是因这种独有性、奇异性，从而获得一种审美意义的新鲜感。

厚能是深耕细作文字客，他的田野考察，显示出独有魅力，他善于从一事一物生发开去，不矫揉造作，而是随着事物人景的真迹，娓娓道来，情感的真切，密布于老老实实的文字中。初读，似觉文采不足；细品，才体味出其情胜于文，有天然去雕饰之妙。写廊桥的打造，写自己文学成长的道路，写父亲的人生，写朋友的情谊，他的文字的把控、情感的抑扬、见识的深度、行文的舒畅，都见出其功力的深厚。

厚能不愧是记叙的高手。散文的叙述往往是衡量作者水平高下的一环。照实说，当下许多散文作家，下笔千言，并不能完整清楚地说清一件事，这就缺乏还原生活场景的能力。真情无敌，真情最直击人心之处，往往是记叙的真实。《一方水土》最打动人的，是作者真实准确记叙的那些艰难曲折追求过程。在这些记叙过程中，他把对家乡的热爱，对故土的深情，对亲人的挚恋，对朋友的忠诚，全都蕴藏于字里行间。他绝少抒情，而是不明自见，一个微小的表情，一个不经意的细节，一个普通的动作，一个自然天成的场景，都意味深长。

人是要有一点精神的。当今天人们几乎在精神追求上缺失时，读厚能的《一方水土》，你不仅能在审美意义上获得享受，欣赏龙山、桂塘别样的风景，而且可以在另一种审美中，感受人生的内涵、价值、追求。

今天的厚能，前行中可能已经蹒蹒跚跚，但他在摇摇晃晃中将自己的追求一件件落实。这种坚韧执着的精神，在我看来，可以直达远方。将来，桂塘的子孙们会记住，你们还有一位先辈，曾经在故土收纳、装点、耕耘。

大地飞翔

承智的诗是种在田野的稻菽，栽在乡土的禾苗，有泥巴的味道，又有四时的风景。他的诗，兴观群怨四者融合，咏叹抒发浑然一体，他所歌咏抒发的对家乡之爱，对故土之恋，对自然之崇，对家国之敬，表现出强烈的赤子情怀，是近年来我所读到的诗歌中，刚健清新、情浓境高、直面生活、吐露真情的好诗。

承智与我，有数次面缘。印象最深是今年夏末，我去桂阳讲学，在礼堂的右排，齐刷刷几十人，一律黄衫，很是抢眼。课间方知成员全是桂阳县诗文协会的同仁。此前我已闻承智组织的桂阳县诗文协会，有数百人之众，吟咏唱和，风生水起。他是毛泽东文学院第十八期作家班的学员，故在毛泽东文学院听我讲课后，我与承智有了片语只言，然后匆匆合影，虽说是这样短暂接触，但这位小老乡就给我留下了干练沉稳的印象。

时下网上流行一种说法，凡热衷组织活动、热心参加各种文学活动者，往往是不能写的。此说一时间风行文学圈，让热心文学活动者颇为尴尬。实际并不尽然，我目之所及，就发现许多名家，非常喜欢参加活动。而古之文人，就更热衷此道。兰亭的雅聚，为千古盛事。李白的仗剑辞亲、翩然远游，东坡的泛舟四海、醉饮山水，即便是自费，也乐此不疲。正是这种既活又动，才有了山水的浸染、人间的阅读、世事的经历、情感的体验，作家才可能由此插上想象的翅膀，才可能挥洒才情，孕育出惊世之作、传世名篇。也许古今二者不可同日而语，但不分青红皂白，将活动与创作对立起来，真可谓一竹竿打翻一船人，容易误导青年作家脱离生活，闭门造车。

我对承智的创作最初印象，是在毛泽东文学院第十八期作家班群里获得的。他发在群里的一些小诗，颇有生活的温度，饶有个人的情趣，尤其是真情流露，给我留下很好的印象。当我有机会捧读承智的诗集《舂陵江放歌》时，这种印象在进一步延续、放大。承智赓续湖湘老一辈乡土诗人的传统，表现出对河流、土地、村庄、耕种等农家农事的关注，而且是那样一往情深。《舂陵江放歌》这首诗用最充沛的感情，表达了对故乡母亲河的由衷赞美。桂阳为千年古郡，人文深厚，风物奇瑰。远古的气息，荟萃的人文，时代的节奏，当下的画卷，都用一条河串联起来。他别开新境的是，笔墨多在当下："观赏你千变万化的容颜／倾听你淙淙流淌的声音""今夜，我想在你怀里竖起心中的帆／一弯新月，几片桨声／开始我远航的梦"。对新时代感慨莫名，赞美有加，这种由衷的抒发，充盈全诗。而另一首《沉睡的村庄》，虽说是写一个最寻常的审美对象，却善于翻出新意。你看，"他们用一把镰刀／割尽人间的杂草／用一柄锄头／翻遍岁月的荒凉／村民肩上的扁担／一头承载着大山的厚重／一头可以载着子女的希望"。这种农事中所包含的劳动的哲思，使诗旨有了更深远的含义。而此后一连串的新奇比喻，让村庄的诗意更为别致。

诗歌说到底，是为读者提供一个个鲜活的审美对象。这些审美对象是崭新、别致、陌生、奇异的，它们自有自己的面目、气息、味道。所谓诗有别裁，古人早就看到这一点，如写月，诗人们便是层出不穷，稍举几例，可见一斑。李贺有"燕山月似钩"，林逋则有"暗香浮动月黄昏"；李清照有"淡云来往月疏疏"，张若虚则有"江月年年只相似"；杜甫有"月傍九霄多"，陶渊明则有"带月荷锄归"；李白有"我歌月徘徊"，李煜则有"笛在月明楼"；孟浩然有"江清月近人"，王昌龄则有"明月何曾是两乡"。万月殊异，不一而足。承智深谙此道，在他的诗集中，此类例子俯拾皆是。如把村庄喻为大山深处的纽扣，把炊烟喻为村庄亘古不变的诺言，把石头喻为远古的记忆、历史的枫叶，把坚贞的爱情喻为一生只在一个地方，一生只爱一个地方的大树。再如写飞天山的石头："孤立无援的石头／天空沉默的根／在时间中央／光滑的风无法落下脚跟"。这是前人没有的写法，显示诗人深入观察、琢磨、推敲的功力，只有具备上述的能力，才可以创造新意象，提供新的审美图像。

承智在足踏大地的行走中寻找诗意，在普通人的生活中孕育诗情，只有贴着大地，你所开出的诗花，才可能吸收土地的营养，集纳天地阳光雨露，才有了芳香四溢。近年来诗坛的虚情假意，非诗的平庸无意义写作泛滥，那种貌似花团锦簇、艳丽夺目的花充斥诗间，给人以繁花似锦的感觉，实则是纸扎之花，昙花一现。著名诗评家李元洛先生就一针见血地指出："当前的诗坛与创作，有许多人们习焉不察或众所讳言的弊病。我以为有如下弊端：极端向内转而无关民生家国的个人化、私人化，形而下的游戏人生的轻薄化、快餐化、恶俗化，陈陈相因千部一腔趋时应势的标语口号化，漫无节制的翻译腔盛行的散文化，矫揉造作不知所云的玄虚化，滥用口语不知提炼的口水化，拉帮结派互相吹捧的圈子化和江湖化，唯权是捧的官场化，唯利是图的商业化，如此等等，不一而足。"我之所以大段引用李元洛先生的话，意在表明我非常认同李先生的金玉良言，也同时庆幸承智的诗绝少沾染此种诗坛恶俗，这是让人颇感欣慰的。所以，诗人，到生活中去，到人民中去，这最浅显的话，实在是颠扑不破的真理。承智的诗是从大地，从人民中生发出来的诗，他的感情虽然朴素，但真诚。这种真诚深藏在诗歌的字里行间，所以打动你，启迪你，引起你深深共鸣。

写到此，我想提一个问题，什么叫诗美？这是一个非常大的问题，是一门专门的学问。但如果化繁为简，用通俗易懂的话说，美的诗歌，应该是引人向上、向善、向真的咏叹。这是诗美的内核、本质。其次，便是诗而有文、诗而有质、诗而有新，并拥有众妙之门的多种艺术手段，借助大地的力量和丰富的想象，遨游天空，展翅飞翔。

承智的诗，正向这个方向行进，他可盼可期。未来，相信他可以在诗歌的王国，走出一条自己的路来，可以给我们展示一片更宽广的诗歌天地！

村庄声音的乡愁

小满之后，即进入了炎夏，林静送来了他的散文集稿《泊在河里的村庄》，翻读他的这些在繁忙工作之余辛勤耕耘的文字，感觉到一股山野之风扑面而来，清新而爽朗，明快而甜润。

放眼当今的散文界，繁花似锦，然而却仍然缺乏从泥土中长出来的花，那些无病呻吟，预设情感，凭空臆造，虚情假意的东西太多。因而，我们太需要充满真情实感充满着朴实而真实的感情的散文。林静的散文，坚守着散文创作的正途，读他的文字，时时可以感受到他对于故乡的一草一木、一人一事、一山一水、一景一物的真情流露。形诸于笔端的文字总是那样温暖。《脉地》中那间油榨屋虽"很简陋，却是一村人的梦"，而村中的那口井，多年后"鱼儿依然浅浅地游，桂花依然芳菲地开，只是，只是多了好些期盼……"。而在另一篇散文《桥头》中，那股亲切的暖意更是触手可及，"瘦瘦长长一条街上，人却清清纯纯，因此声音也清清细细，一如流水……一镇的人，皆皮嫩肉细，掐得出水来"。这些非常细微的描写，无不让人感觉作品的每一个文字，都是浓郁的生活之酒所酿，没有最真切的生活体验，没有对故乡怀念的那一份真真切切的感情，是断不能写出这样的文字的。在他的《道州写意》的专辑中，作者所选取的都是故土的村镇，几乎每一篇都浸含着作者的深深的眷恋，这不能不让人想起艾青在诗中所写的那样："为什么我的眼里常含泪水，因为我对这土地爱得深沉。"这是我们民族中最宝贵的一种情感。在这种真实情感的笼罩下，林静的故土散文让你读到了温暖，读到了自豪。像《楼田》便是一篇字里行间充满自豪之情的文章。楼田是理学家周敦颐的故乡，作者以山水风景、人情世态入笔大写圣人成长环境，写楼田屡遭兵燹的遭遇，然仍归结为"——山水养人哪"，最后结篇引名联"周庭举世皆尊，元公哲学，鲁迅文章，恩来开国总理；风景这边独好，濂水湛蓝，都庞苍翠，道岩湘南奇观"。全文虽然未充分展开写周敦颐，但却从山水风景的角度，写出了美山秀水培育了周敦颐莲一般的品格，诠释了家乡的"人杰地灵"。

林静的笔下，选取的几乎全部是故乡的山水、村镇，这些寂寂无名的地方，给我展示的是原生态的风景与底层的生活状态。作者善于将景与人交织映衬，相互辉映来写，使风景在人的活动中凸显出生动，如《东洲山》写道州古城春来垂柳吐芽、黄笋冒尖、白鹭低翔、浅草涌动之时，便惹得无数少男少女来此踏青。此时洲上便"一洲充盈的是青春年少"。而夏天，"繁荫深处更是情侣成双，演绎了无数不可言说的故事"。此后写渔人，写学生，写农人，都是人与风景的相融，勾勒出一幅幅生动的画面。而《屋边营》则是写山区林业站与供销社的人们的生活情趣，惟妙而细腻，在一种似乎明快又似乎迷茫的状态下，寂寞而空旷的山区，这样两个单位的姑娘与小伙子，便有许多不可言状的情愫。你看作品结尾，是多么耐人寻味。"下雨的时候，细腰的女售货员和林业站的壮实小伙子，心绪都是定定的，愣愣地看着迷茫的雨，看着若隐若现的山，看一河亮丽的水，看着泊着的船，好像有重重的心事。"风景缺乏人活泼的生命状态，便缺乏了生动，缺乏了生机，茅盾在其名作《风景谈》中就反复强调了人与风景的关系。林静的散文在这一点上是非常值得称道的，也许作者并非有意为之，而是按照生活的自然状态去描写，但我以为，这正是他的散文成功之处，他似乎在不经意中抓到了山水的灵魂。不少散文作家，只是单纯地一味去写风景，写山水，即便是妙笔生花，缺了人与山水的互动，则山水少了灵性，风景没有灵魂。

林静散文的语言，也自有他的特色。语言是散文作家制胜的不二法门，散文作家的高下，往往语言便可以分出仲伯。林静散文语言的总基调是清新、温婉，少了点雄浑和辽远。他的散文的语言与他所描写的山水风景人生体验是相吻的。永州山水秀美，民风淳朴，作者总是用一种温婉的笔触，去描摹那些山水。在《两河口》中，他写道："两河口，也是那么令人心动。那树，繁茂如云；那花，芳芳菲菲；那草，纤柔萋萋；那水，波光潋滟。"而在另一篇散文《泊在河里的村庄》中，作者用极为简洁的笔触，写这个富有特色的村庄。"村庄不大，一二十来户，黑瓦，竹篱，一两株桃，三五只狗，七八丛竹；数十只鸭，还有几驾马车。仅此而已。"简洁中透出温暖，而不是悲伤，故他的语言是洒脱的，从容的，善于从生活和书卷两个领域吸取语言的养料。

林静散文的语言，非常注意节奏与色彩。他的语言的节奏是明快而舒缓的，注意与情感的抒发相配合。如《瓜地》一文中写这个村庄人的性格："这村子，人的性格就极好，温温的，易接近。还有姑娘，娇娇小小，身姿曼妙，声音脆脆，柔情无限。"作者用一种张弛有度的语言节奏，非常鲜明地表现出这一村子的性格，你在阅读时，便自觉有诗韵般的感觉。而在语言色彩的处理上，《绿街》一文中有一段非常值得我们玩味："一个声音轻轻柔柔，树荫下，两张窄窄的，描着细纹图案的小圆桌，几方小凳，摆得整整齐齐。桌旁的煤炉，一个铝锅正冒着热气，满街绿意的灯光里，一个白裙长发袅袅婷婷的姑娘，正执了汤勺，微微笑笑。"这段文字，有间接点染的银色和黑色，有直接描写的绿色和白色。在这些充满梦幻的色彩中，邂逅的长发飘飘的白裙女孩，她的甜甜而真诚的微笑，让人难以释怀。因而，这条无名的小街，便成了绿街，而这些颜色，是温暖、爽快、幸福、梦幻的色彩。在林静的散文中，这样的例子俯拾皆是。有人称散文为美文，我以为至少切中散文的要害，散文应该给读者以美的享受。作者应该准确将自己的审美过程奉献给读者，从而获得一种阅读的快感和自身的享受。如果能够给读者以思想的升华和灵魂的洗礼，那便是更高的要求。

我喜欢林静的散文，但我更希望他在今后的散文创作中，多一点阳刚之气，多一点"大漠孤烟直，长河落日圆"的气概。

楚巫文化的回响

邝良田、刘爱廷、王明喜三位家乡民俗研究才俊，历经数年，推出了《永兴民俗》一书，他们多年的愿望，终成现实，我为他们高兴，也为家乡永兴高兴。

我对民俗文化一向极为珍视，为许多正史所不拾掇的民俗文化往往有比正史更逼近真实的史料。它的发生、演变、生成及发展，都历经千百年多种文化的交流、撞击、融合，是民众所书写的活生生的历史。民俗最为显著的一个特点，是它完全融入民间生活之中，它作为一种文化形态，即使是在巨大的社会变革中，也往往如根深蒂固的参天大树，坚挺地立于民众之中。因此，考察一个地域的历史，尤其是要深入了解这个地域的文化历史，你不能不更多地去关注这个地方的民俗文化，只有从这里，你才可以读到真正从土地里长出来的历史。

永兴，是我生于斯长于斯的故土。我从小就耳濡目染、亲身经历过许多的民情风俗，祭祀、敬神、婚嫁、出葬、生庆、节庆及至歌谣俚语、耍狮舞灯、饮食习俗等等，对于这片土地上生长出来的种种民俗文化，都怀有特殊的亲近感。尽管我很早便离开了故乡，但故乡却有一种东西跟我紧紧相连。亲情仅仅是一种外向的表现，在骨子里，它有一种文化渗透于你的血液之中。因而，对于本书的亲近，我与一般的读者自然有许多的不同。

我一直坚信，永兴是一个多种外来文化融合的区域，它的最鲜明的印记，便是这里庞杂的语言现象，我的这一判断得到了印证。三位作者认真考证了永兴在中国历史上几次人口大迁徙中的状况，中原文化及其他流域的文化汇集于此，与楚文化碰撞交融，形成了既有湘楚文化普遍的现象，又具有某种与永兴地域相适宜的楚南民俗文化现象，再往南走，便是岭南文化了，那里的文化，明显地表现出面向海洋的文化现象。因此，郴州是湘楚文化的一个重要的分界线。湖南作家叶梦曾写有《遍地巫风》一书，是写益阳地区巫文化现象的，它是用文学的形式写民俗的现象，我一直以为，它是叶梦诸多文学作品中非常有价值的一本书。楚文化一个非常鲜明的特点，便是它弥漫着巫文化的氛围。最典型的例子，伟大诗人屈原流放于楚地时，它的诗歌创作的风格便深受这种文化的影响，《天问》《九歌》《涉江》《渔父》等作品，都无一不打上这里民俗文化的印记。这种文化现象在我的家乡也非常盛行。本书中大量描述天地、自然崇拜的民俗现象，即便在科学昌明的今天，它仍然顽强地在山野乡间生存着。放眼南望，有五岭山脉，有浩瀚的大海，这种文化现象才戛然而止。因此，郴州是巫楚文化无法南出的终结地，可以设想，巫楚文化也试图往南渗透，但巍巍五岭以至南方的温暖气候隔止了它，巫楚文化只能在这里发出一阵阵巨大的回响。

　　本书的三位作者历时数年，用心良苦，用力甚勤，挖掘整理了大量的永兴民俗文化，并依一定的体例，将其分门别类，可谓是永兴地方志的另类组成部分，也不啻为永兴县的一项重要文化工程。我一直以为，只有文化的支撑，一人、一家、一地，才可能在历史的长廊中走得更远。在湖湘大地上，曾经的许多可以炫耀当时的建筑早已灰飞烟灭，但有丰厚文化底蕴的岳麓书院屡废屡建屡修。由于文化的支撑，它已经不是一栋房子，而是一种精神的象征，一种文化的符号，它历千年而弥新，这栋建筑已经不朽了。所以，我对三位作者的举动，是持非常赞赏的态度，我也极愿意以一个永兴人的身份，借为本书写序的机会，阐说一点我个人对文化、对民俗文化的理解。

　　当然，本书是类似永兴民俗辞典类的书，它并未就每一民俗现象深入阐释，这就为今后对永兴民俗学有兴趣的同仁，深入研究永兴民俗文化开辟了宽广的道路。我衷心希望有志于这块土地研究的后学者，产生对永兴的民俗文化的兴趣，能深入到这块领地进行更广泛的民俗文化研究。著名的社会学家费孝通就非常善于以解剖麻雀来纵观全局，他的社会学代表作《江村经济》，就是从一个村庄来研究中国社会状况。我以为，与其研究许多大而不当的课题，还不如就一时一地，一个生活的原点进行深入发掘研究，更能产生真正的学问。这是我读这本书后想得更远的一个问题。

　　这本书不会像现今一些书那样一炮打响，它可能是沉默的，但我相信这本书在永兴的历史上会走得很远。一本书能够做到这一点，我以为就会不枉作者的苦心，也是对辛勤笔耕者的崇高的奖赏，我坚信这一点。

此景只应天上有

此景只应天上有，人间哪得一回见。当彭益将《国色天香张家界》书稿寄给我时，我的第一反应是，张家界似是一位不施粉黛的绝世佳人向我走来，她有旷世之貌，千古之容。在我的印象中，迄今为止，纵有千千万万描摹这位绝世佳人的诗文，仍很难找出一篇（首）写尽她形神的作品。我相信任何一位，即使是浪迹天涯，见多识广的文人，第一次与张家界相遇，都会被惊得目瞪口呆。

用"人间仙境"来形容，不过尔尔；用"太虚幻境"来形容，太缥缈了；用"造化钟神秀"来形容，了无新意。不知你发现没有，检索关于张家界的诗文，寻觅武陵源的雅集，虽然国内顶级的作家、诗人，登临张家界者如过江之鲫，但张家界的美景却让人踌躇满志，满目奇景而无以倾情泼墨。

这种现象，并非这些大家见景无情，赏美不惊，而是在登临观赏之后，为奇峰异水所震慑，"眼前有景道不得"。我以为，这在神州大地，甚或全球，都是不多的现象。江山如此多娇，当我们历数众多名山，不难看到，无论是泰山、衡山、华山、黄山、庐山、天山，还是太行山、雁荡山、长白山、神农架……古往今来，名家名篇辈出，名山在名家笔下千姿百态，万端风情，诗人和作家们可以纵情挥洒，泼墨天地。挥毫也得江山助，不到潇湘岂有诗？文人与山水，有天然的缘分，山以文传，文以山丽。唐诗宋词，元曲明文，哪一种文体，没有山水的浸染？哪一篇名文，没有风光的拂照？泰山之雄，华山之险，衡山之秀，黄山之巍，庐山之壮，天山之远，雁荡山之奇，长白山之阔，神农架之野……中华的巍巍名山，几乎都可以凸显一种特色，以一字囊括其万方仪态。但张家界与众不同，它很难找到一个传神的汉字相匹配。正是这种唯一，即使最能捕捉山之神韵的文人，也捉襟见肘，难以挥毫。

在我印象中，张家界可谓无一峰不奇特，无一石不奇怪，无一山不壮丽，无一水不秀美，无一景不冠绝！正是它山之倒立的奇异，集众美于一身的不凡，成就了自然界无法复制的世界级风景。

张家界的极美在某种意义上超出了人类的想象，限制了文人的想象。试想，尽管你是笔力非凡的大家，当想象力被窒息的时候，你提笔彷徨，四顾茫然，你抓不住山魂，捕捉不到水之精灵，在大自然奇美的状态下，你会木讷词穷，你甚至会觉得自己非常浅薄可笑。由此我想起伟大诗人屈原，这位浪漫主义诗人，在他的笔下，香花美草，长剑博带，佩环美玉，在他的描写中都游刃有余，唯有他笔下出现最美丽的少女时，诗人也一时笔拙词穷。他无法用庸常之见为她命名，他只好用最变形的艺术，给予了最亲切的呼唤，他把这位最美的少女命名为"山鬼"。鬼在中国人心目中，面目狰狞，青面獠牙。丑到极致便是美，这种美丑极致颠倒的现象，是美学中的一条重要规律，两千多年前伟大诗人屈原，便以他杰出的创作实绩，给了我们最生动的诠释。

张家界的美征服了所有顶级的作家诗人，他们折服之际不能动笔，这的确是令大家词穷的风景。

我记得有一年陪作家们到张家界采风，前来导游的讲解员据说是张家界最好的讲解员。面对一大群天南海北的作家，她毫无怯色，眉飞色舞，侃侃而谈。多年过去了，她巧舌如簧的华彩词章早已烟消云散，但有一句话，却如刀刻一般，让我永生难忘：

你说张家界的风景到底有多美？我无法用词语来表达！

岁月如逝，风云流转，无数次重复游览一地的风景，张家界是唯一，但每游每新中，它不断调整我的审美视角，它总是引起我的新的思索。在某一天，我终于明白，绝美风景的张家界也许还在等待，总有一天，这伟大的山水，会等到某位伟大的作家、诗人，伟大的作品会因这无与伦比的山水而成就！

这是否便意味我们非著名作家可以掷笔，可以不再歌吟？文化的积累，向来是积跬步而至千里，伟大往往诞生于平凡之中。张家界之美，在其集天下山之精华于一体，汇万峰神韵于一身，即便是观者如堵，仍然是一千个人便可以读出一千种感受！所以，只要有自己特有的感受，只要有自己不同的视角，你便可以诉诸笔下。

"我见青山多妩媚，料青山见我应如是。"辛弃疾当年的感慨，应该是每一位与山水有谊的文人的感慨，赴约山水，结缘风景，在大自然的启迪中，你才会真正体会生命的意义，你才不会为名所累，我们在得失之间，才会选择了无畏。山水赠我以灵感，我以灵感写山水，从这个角度看，我们用电光石火的瞬间感受，运墨于笔端，真炽而热烈地去描绘这片山水，即不辜负山水养育之情。

彭益将12年前举办的"全国电视散文"征文优秀作品汇编成册，名为《国色天香张家界》，以为首届湖南省旅发大会助阵，也圆他一个美好的梦想，我深以为然。尤其是这些作品与电视融合，就如同展翅的孤鹜，把张家界的奇山秀水、人间仙境展示在五洲四海面前。我一直以为，把张家界的美分享给世人，是作家和光影工作者义不容辞的责任。

检视这一篇篇曾经沧海之作，我们同样可以自豪地说，从自己的视角、感受、体验出发，去阅读这天地间绝美的大书。读者诸君可以跟随我们，去领略张家界山水千般姿态，万般风情。这些在今天看来并非杰出的作品，却可能是伟大作品诞生的前奏。我记得20世纪90年代初，我主编第一本描写张家界风景的散文集，文集收录的作品作者中，有的今天已成为享誉全国的名家。可以毫不夸张地说，这片山水，怡情养性，追魂摄魄，是丰富世界的美学宝库，也成就了一批批作家。

"唯有牡丹真国色，花开时节动京城。"张家界无愧"国色"之称，但我以为远不是这个目标。放眼天下，可以相信，张家界成为世界级旅游目的地，指日可待。造物主赐我们一片如此美丽的土地，我们当不负山水，把这壮丽奇瑰的山水永装心中，用坚实沉稳的脚步，从金鞭溪出发，以坚韧的脚力，去攀登黄石寨、天门山、袁家界等无数高峰。我们当用我们鹰隼般的锐眼，去领略洞悉黄龙洞、宝峰湖、张家界大峡谷等别样的风光，以自己的文字，倾情演绎张家界风景的前世今生！

真情无敌胜千言

文学说到底是情感的表达。亲情、友情、爱情、乡情、国情……方家说：情为文章之根。即言情为一篇文章的生命源泉，树高千尺的根本。由此生发多情山水、爱恨人物、感人情节、摄人细节。但有情并非能打动人，人间有真情实意，也有虚情假意。说到底，真正打动人的一切，都必须是真性情，真感情。

真情是衡量文字价值的根本，纵使文采斐然，情感充沛，若充斥的是虚情假意，则像纸花一样，灿若一时，枯萎永久。

《碧湾之上》，是黄义多年文稿的结集，集结了他童年时光、负笈洞庭、跋涉省城、打拼人生的多维世界。不说他写作的创新，光是在真情弥漫之中，你就可领略他精神世界的真性情。

有人认为，童年、故乡、亲友等等，都是生活的一种重复，都是无谓的渲染，正是这种观点的大行其道，打压了描写童年、故乡的文字的存在空间，消减了这种文字张扬的人间正道。

如果说在《碧湾之上》，我之最喜爱的文字，便是这组写故乡、写童年、写亲人的文字。从爷爷奶奶到父母，从三姑四姨到曲里拐弯的亲戚，作者具有强烈的文字还原能力，我们几乎可以听到人物的呼吸，触摸他们的须发，感受到他们内心的波澜。这跨越时空的深情描写，他写父亲义无反顾的选择，写母亲一以贯之的执念，写堂兄倾情一生无悔，投身乡村教育的人生境界。将碧湾之美、黄氏之荣，糅合其间，既有时代的特点，又时时闪耀家族的星光。表面看起来得来全不费工夫，实则文运匠心，苦心经营，显示出作者较早便悟出"炼字"的炼金术。

我固执地认为，越是原始的、粗糙的、充满底色的东西，越是人间最稳定的东西。乡愁不是几座老房子的堆砌，更不是老物件的摆设。童年回忆中最牢固的是妈妈的味道，终其一生而绝少改变。

《碧湾之上》既有视觉之斑斓，又有嗅觉之杂陈，更有听觉之悦耳，但真正进入你心扉的，缠绵于你四周久久不散的，是一种坚韧不摧的味道，这才是这个村庄的灵魂和本色。黄义不是刻意去写这些东西，而是在描摹人、事、物的过程中，自然而然地流露，这就使这个充满个性的山村，具有了自己最稳定的底色，最原始的本真。

我曾经纠结本书谓之散文好，还是称为文集好。

放眼看去，中国散文之路是越写越窄，古往今来，中国好散文，实则就是好文章。《古文观止》，言事、言情、言真，哪一篇不是好文章？这样一想，便可释然。文章天下事，关键在真知。即便是通古今之变的《史记》，鲁迅先生也称之"史家之绝唱，无韵之离骚"，赞美太史公非独为帝王将相作传，不为统治阶级作喉舌，而是表达了对于历史的真知。

《碧湾之上》，正是从文学出发，即便是短小的通讯，也写得情绪盎然，元气充沛。尤其是那些劳模式的人物，总写得富有血肉，充满情绪。所以从这个角度，我几乎更赞赏文集的厚重。

《碧湾之上》更值得推重的是，作者有几篇是对黄庭坚的专门研究。这不是家族门庭的炫耀，而是千年以降，黄氏一位后生对祖先的膜拜。所谓慎终追远，寻找来路，这是中华民族最优良的传统。黄义的这几篇文章，不仅具有史料的价值，而且是对一个村庄精神探求的深入。

黄庭坚是"宋四家"之一，他与苏轼双剑合璧，无论是文学上，还是艺术上，都属卓然大家，在中国文艺史上，领航高标。先不说黄庭坚在文学上的各类成就，仅书法史上，他也是开天辟地的人物，他的长枪大戟书法的开创，让中国文人书法，血骨盎然，嘎嘎作响。

从这个意义上看，《碧湾之上》寻找到了精神的源头和文脉的皈依。

星汉璀璨之巨光

中国历史的天空，浩瀚无垠，纵然是光华夺目的巨星，也未必能遮蔽渺渺苍穹，俊星飞驰，星光灿烂，千古风流，星汉壮丽。

史册，是祖先的谱牒，民族的丹青，它承载先人的骨血，记录百代的兴衰。中华民族历来重视血脉赓续，文脉启承，所谓千秋一盏灯，万古永流传，历史，会指引你知来路，向未来，能"究天人之际，通古今之变"。鉴古知今，察言观色。中国历史的记述，从太史公司马迁起，便文史融合，于严正的史实中，浪奔波涌，妙趣横生。鲁迅有言，司马迁《史记》乃"史家之绝唱，无韵之离骚"。这是中国史学最经典的美学范本，堪称炉火纯青，臻于完美。无论是史学价值、文学价值、美学价值，都垂范后世，重若千斤。

仰望天空，巨星耀眼，繁星满天，随意摘取一二，就可以照亮天空，彪炳千秋。

眼前让我爱不释手的，是陈立勇（飘雪楼主）的长篇历史小说《双面汉武帝》，这是立勇汉史创作系列中的一部，书中描写的汉武帝，堪称汉享国406年，历经27位皇帝中最出类拔萃的一位。"秦皇汉武"，是中国历史上双峰并峙的两位帝王，是中国历史天空中两颗最耀眼的巨星。

汉朝，是中国封建时代引以为傲的朝代。从高祖创国始，励精图治，休养生息，开疆拓土，建功立业，在政治、经济、军事、科技、外交、文艺诸多方面，都创造了当时世界顶流现象，政治上一统天下，军事上威震四海，人才上蔚为壮观，文艺上空前繁荣，科技创造层出不穷。到第四代、第五代的汉文帝和汉景帝时，"文景之治"，已出现国富民强，一时兴盛的局面。而接下来出现的第六代汉武帝，则将这种局面，推至汉朝的顶峰。

汉武帝的雄才大略、经天纬地不容置疑，关于他的记述、描绘，可谓汗牛充栋，浩如烟海。对于大多数写作者来说，前人之述备矣，完全是一条畏途。但立勇于畏途中另辟蹊径，取法乎己，坚持"大事不虚，小事不拘"的历史小说创作原则，既保持史实的严肃性，又突出文学的生动性。当我阅读完《双面汉武帝》后，至少有这么三点印象非常深刻。

一是秉笔严谨，勘史准确，在广阔的历史背景下展示汉武帝波澜壮阔的一生。

近几十年来，戏说历史、调侃人物、杜撰史实、矮化英雄，充斥于历史小说创作之中，此恶劣之风，说轻点，是对祖先的大不敬，说重点，则是毁我文明，戕我文化。

《双面汉武帝》则严格依托《史记》为取材基地。文治方面，汉武帝在位 54 年间，以罢黜百家，独尊儒术的大一统思想号令天下，实行积极有为的治国方针，也由此催生了一大批各类优秀人才。如史家司马迁、外交家张骞等，都是前无古人的一代翘楚。武功方面，扩充军力，开疆拓土，挥戈南北，征伐匈奴，使汉朝幅员辽阔，汉朝的威武令四海臣服。卫青、霍去病、李广等一大批战将，横扫天下。

二是着力剖析汉武帝复杂多面的性格，呈现出一个血肉丰满、奋发有为的帝王形象。

任何一个人物，无论精神面多么复杂，都会有其性格的主导面。汉武帝性格的主导面无疑是刚健豪壮、踔厉奋发。作品不吝笔墨，倾情赞赏。在果断废黄老之说，扬儒学大旗的斗争中，他英明的决策，坚定的信念，果断的行为，演进的缜密，给人留下极为深刻的印象。而运筹帷幄，南征北战，叱咤风云，决胜千里的英明神武的形象，更是跃然纸上，栩栩如生。

汉武帝一世英名，但他也走不出历史的怪圈。封建时代多少英明之主，晚年都摆脱不了巫术的惑乱，汉武帝毫不例外走上这条不归之路。他晚年一系列昏庸的举措，显现出其人性的另一面，残忍、自私、荒唐。而他登基第二年便在茂乡修建坟墓，一直修建五十年，方告竣工。后人叹息，"宝鼎光沉仙掌倒，茂陵斜日空秋草"。

三是行文的深入浅出，语言的流畅轻松，叙述的张弛有度，情节的跌宕起伏。

《双面汉武帝》是一本守正创新，轻松好读的书，除了作者正确的唯物史观外，便是具备了上述三个特点。深入浅出，实际上是不容易的事，为大众所接受，雅俗共赏，更非易事，他既借助于情节的起伏变化，悬念疑窦的丛生，更借助语言流畅活泼。《双面汉武帝》无调侃油滑，更无插科打诨，语言在轻松中显出张力，在沉稳叙述中长短相宜，文白相间，显现出良好的语言功力。正是凭借自己语言的特色，全书塑造了一系列个性鲜明、立体丰满的人物，而这一系列栩栩如生的人物，成功地烘托了汉武帝这位后世敬仰的千古一帝。

立勇正值不惑之年，二十年前，在家乡曾与之有一面之缘，当时他还是青春勃发的青年。不意一别经年，竟是读到他皇皇大作之后。我们都有煤矿工作的经历，故一见倾心，更让我惊讶的是，立勇兀兀穷年，笔耕不倦，当我们再次相见时，他能有如此丰厚的创作，且惊且喜，远不是一声祝贺所能表达。以我之见，他的历史的功底，文学的才华，创作的勤奋，完全可以跻身优秀的历史小说作家行列。在今日繁荣、海量创作的星辰大海中，他的确有被遮蔽的可惜，以他现有的实绩，足以在历史小说的王国，占有一席之地。但让我宽慰的是，他的汉史创作系列，其销量已达上百万册，而且拥有许多年轻的读者，幸莫大焉！当一个作家的作品，在演义历史的正途之上，能风行天下，走进万家，这是人生快事，创作的赋能。我更期待，立勇能心无旁骛，在历史的砚田中，勤耕细作，在创作的道路上，向新的高度勇敢进军。我相信，以他的才学与毅力，其蕴蓄的点点星光，一定会幻化成灿烂大光。

甲辰初秋写于板仓

诗风书舞　双剑合璧

如果说诗为心灵的风雅，书法则是纸上的芭蕾。石光明、吴志宪两位先生，诗书联袂，剑舞骚坛，挟秋风之快意，去暑伏之燥热，于秋高气爽之时，为古城长沙带来了一场别开生面的韵律和线条的二重奏。

石光明先生早有诗名，其诗词歌赋，艺文华章，均涉猎深广，只是囿于官员的身份，加之本人谦谨与低调，又绝少与文艺圈往来，故琴瑟之音，多在友人中回响。其实细读石光明的诗词，你不难发现其深厚的古典文学学养，古今诗学大家审美意趣浓郁的芬芳。他的诗词绝少用典，但字里行间弥漫中国文学史上春风大雅，仿佛在不经意中，随处可以遇见诗仙、诗圣、诗佛、诗魔的身影。这种熔古意铸新词，化名句于己诗的本领，使其诗词读来既有唐宋诗词遗风，又不失当今时代的旋律。传承和开创，是任何文学艺术发展的必由之路。

诗言志，文载道，我以为是文艺创作的千古之道。石光明先生的诗，总是表达出一种追求、探究、抒发、赞美、批判。其诗词的审美情趣，高雅、积极、健康、乐观、向上、向善、向真的本色，使他的诗词必定有长久存在的价值。我相信，以他的勤奋和诗情，一经生活的触发，一定更加会长风济帆，凌云健笔。

　　吴志宪先生是神交已久的朋友。他的书法，已在圈内盛传。湘中娄底为书法重镇，砚田大户，而涟源人氏吴志宪先生，岂有不受此影响？

　　我观其书法，一脉正派，博采众长，于守正中形成自己的风格，于传统中形成自己的学养。此次展出的 76 幅作品，篆隶行楷，毫发之间，遒劲刚健，力道厚重，可见出汉隶的苍朴、魏碑的稳峻、唐楷的雄浑、明清诸家的秀美。尤其行书，娴熟老到，集多家神韵于一身，既有颜体的凛凛正气，又有米芾挥洒自如的隽永，可见其多年读帖临帖中所下的功夫。

　　书法不是单纯的写字，它是自我精神、自我情趣于笔尖的宣泄，它是中华传统文化的张扬。吴志宪这次展出的书法作品，绝非闲情雅致的消遣，从所选择的诗词看，均为立足于江湖民间的书写。从节令时序的更替、桑麻农事的乡韵，到血脉赓续的亘远、四时变幻的风景，多以拥抱生活，感悟人生的诗作入眼，以书传情，以文化人，从而达到诗书合璧，美不胜收的美学境界。

　　石光明、吴志宪先生，既为同乡，又为同窗、同事，如今都已步入花甲之年。诗书乃为人生的雅事，也是他们共同的人生追求、工作之外的排遣、志趣相投的爱好、乡音乡情的融合。一个是挥洒才情，演奏华章；一个是居纸泼墨，握管凝神。情不能已，则为诗，发为心声，抒发胸臆，吐露情绪；趣不能达，则为书，以墨明志，以毫抒情，以笔具象，以美娱人。诗书同源，它们都以一种文字之美、情趣之美、理想之美、象形之美，直抵真善美的深处，如无声之春雨滋润人心。

　　当我一幅幅观赏两位先生诗书合璧的华章时，感觉在长沙市简牍博物院内，在微醺的秋意中，作一次美的长廊的漫步，心灵与眼中，都弥漫起一种久久挥之不去的美意。

甲辰初秋即笔

后 记

烈士暮年，壮心不已。我虽人生向秋，但既非烈士，更无壮心，只是不甘寂寞，恐以虚度。以充实人老之心，不至荒芜。

这几年，在朋友的邀约下，于山水、林泉、远村、书山间游走，好时代，好风光，好朋友相携相伴，如沐春风，似饮甘醴。

任何时代，都有白天和黑夜，任何事物，都有正面和反面，三步之内，必有芳草，暗夜之中，便有魑魅。心中有阳光，眼中有明亮，一切美好的事物，都需要歌颂赞美，当年，一个雷锋，带来了多好的社会风气？也许，歌颂和赞美已经为许多作家所不屑，但我愿意做这不屑中的一员。

于是，牵牵绊绊写下一些文字，以不负好山好水、好人好事、好风好尚、好举好措，在时代的徜徉中，溅点水花，留点痕迹。

我之所以名之为《月迷苏仙》，是因为我的家乡郴州，当今已时时有美好的相遇。当年，谪居郴州旅舍的秦观感叹"郴江幸自绕郴山，为谁流下潇湘去"。诗人当年发出诗意般的浩叹，而郴州今日已处处涌动"福地"的春意，万般的诗意。

读者是最好的老师。他认可你的文章，才可能在奔忙于生计之间，与你共话人生，欣赏山水，思索世相，追求真理。我不想做孤芳自赏的作家。我坚持认为赞美是另一种批判的方式，他将悲愤、憎恶、鞭挞、嘲讽寄寓在赞美者的身上。这正像当年屈原以香草美人寓理想中的美政，陶渊明将理想社会寄寓于桃花源中。鲁迅先生就看到了陶渊明金刚怒目的另一面。

我是散淡之人，以为将这些文字散落网络报刊，即完成了一个文字工作者的任务，即便我汲汲于名利，也觉得这样的文字，是不会入精英的法眼，名利求之而不可得，何必自寻烦恼。欲戴王冠，必承其重。

然而今年年初一病压身，多有作家朋友希望我将这些文字结集出版，以不负纸笔，又承深圳出版社，雄前兄垂爱，希望交他出版，宅心仁厚，实为感激。学生袁姣素，为书稿的收集、编辑等，倾心相助。责任编辑张若一、何滢，精心编排，勤勘细校，方有此书早日付梓，当一并致以谢忱！

尤为感谢的是湖南省文联、长沙市文联对老作家的关怀，惠以小书。

文章写作中，许多师友的教诲，帮助，指正，是难以忘怀的！读者的关注，厚爱，垂青，是我永生的动力！

甲辰秋月于开慧镇